공현의 낙수에서 배로 황하로 들어가며
죽흥시를 지어 부현의 벗들에게 부치다

自鞏洛舟行入
黃河卽事寄府縣僚友

강물 낀 푸른 산 뱃길은 동쪽을 향하고
동남쪽 사이 활짝 열려 드넓은 황하로 통하네
겨울 나무는 먼 하늘 끝에 닿아 희미하고
석양은 물결 속에서 사라져 간다

來水蒼山路向東
東南山豁大河通
寒樹依微遠天外
夕陽明滅亂流中

Fantastic Oriental Heroes

후흑문주

심온

후흑문주 심온 1

김현영 新무협 판타지 소설

초판 1쇄 찍은 날 § 2005년 7월 2일
초판 1쇄 펴낸 날 § 2005년 7월 12일

지은이 § 김현영
펴낸이 § 서경석

편집장 § 문혜영
편집책임 § 장상수
편집 § 서지현 · 최하나

펴낸곳 § 도서출판 청어람
등록번호 § 제1081-1-89호
등록일자 § 1999. 5. 31
어람번호 § 제2-0638호

주소 § 경기도 부천시 원미구 심곡1동 350-1 남성B/D 3F (우) 420-011
전화 § 032-656-4452 팩스 § 032-656-4453
E-mail § eoram99@chollian.net

ISBN 89-5831-613-6 04810
ISBN 89-5831-612-8 (세트)

厚黑門主 沈溫

김현영 新무협 판타지 소설

Fantastic Oriental Heroes

후흑문주

심온 ①

기상천외 해결사, 후흑문주 심온

도서출판
청어람

목차

글을 내면서   6

제1장 면담   9

제2장 행방불명된 자들   23

제3장 초월적인 힘   51

제4장 기연 후유증   69

제5장 여자의 변신은 무죄   99

제6장 필사방(筆寫房)   119

제7장 마교(魔敎) 지하 뇌옥의 비밀   147

제8장 가끔 희망은 절망을 살찌운다   187

제9장 흑막주의 고민   217

제10장 순심선행대전(純心善行大戰)   237

제11장 본선   273

외전 마음봉의 결투   289

글을 내면서

상상!

이 단어를 떠올리고 있자면 몸이 깃털처럼 가벼워져 허공 위를 두둥실 떠다니는 것 같은 기분이 들곤 한다.

세상에는 수많은 상상이 있으나 나의 상상 영역은 주로 무협의 시대, 험난한 강호였다. 나는 그곳으로 떠나길 주저하지 않았다.

거기엔 굳센 장벽을 허무는 장풍이 난무하고, 번개같이 빠른 신법이 있으며, 홀연히 등장하고 또 홀연히 사라지는 영웅들이 있다.

그뿐인가? 기괴한 신화와 전설이 숨어 있고, 긴박한 위기가 도사리고 있으며, 천 년의 세월을 기다리는 기연이 나타나기도 한다.

괴벽스런 사부의 호통 소리가 있고, 괴짜 제자가 있어 요절복통하게 만들며, 또 한편으론 악의 무리들이 호시탐탐 천하를 빼앗을 기회를 엿보고 있다.

정확히 언제인지는 모르지만 어릴 적부터 나는 강호에서 뛰놀았다. 가슴이 벅차오르는 감동을 느끼며 한 장 한 장 책장을 넘기는 동안 시간도 공간도 초월해 가며 결국 나는 그 속에서 주인공이 되어갔다.

그러다 무공을 익히고 기연을 얻으며, 악의 우두머리와 조우하고는 끝내 나는 강호를 구해낸다.

그 시절의 추억 중 아직까지 잊혀지지 않고 있는 기발한 무공도 있다. 세 가지 정도인데, 첫째는 마주 선 상대의 눈동자를 보면서 그가 읽고 있는 서신의 내용을 파악한다는 것이었고, 둘째는 붓을 들고 펼친 무공이었다. 주인공이 무학에 각성한 후 붓을 들어 긋자 산이 두 조각으로 갈라졌다.

셋째는 환술이 극에 달한 주인공이 작은 열쇠 구멍으로 연기처럼 빠져나가던 모습이다.

솔직히 말해 어느 것 하나 황당하지 않은 것이 없다. 하지만 나는 그런 상상을 했고, 또 그 상상의 무공이 개연성을 갖도록 상황을 만들고, 그런 신비한 무공을 만든 작가들의 상상력에 박수를 보낸다.

상상하기를 즐겨하는 나는 혼자서 키득거릴 때도 많고, 기가 막히다고 생각되는 상상을 메모하지 않아 잊어버리고는 '뭐였더라' 하며 머리를 감싸쥐고는 아쉬워한 적도 많았다.

지금 이 책은 그러한 상상력의 결정체들이다.

어릴 적부터 간직해 온 무협과 꿈의 세계가 변형되고 담을 넘어 모습을 드러낸 것이다.

프랑스의 과학 철학자인 '바슐라르'는 상상력에 대해 '상상력이란 이미지를 형성하는 능력이라곤 하지만 그것보다는 지각 작용에 의해 받아들이게 된 이미지를 변형하는 능력이며, 무엇보다도 애초에 받아들인 이미지로부터 우리를 해방시키고 이미지들을 변화시키는 능력이다. 이미지들의 변화, 이미지들의 예기치 않은 결합이 없다면 상상력은 존재하지 않는 것이며 상상하는 행위 또한 없는 것이다'라고 했다.

나는 이 말에 전적으로 동의한다.

지금 이 책은 바로 어릴 적부터 읽었던 수많은 무협들의 변형이며 내가 그 속에서 꿈꾸고 상상했던 것들의 색다른 조합이며, 경계를 지나 기존의 틀을 해방시키는 작업인 셈이다.

기존의 것이 없이는 새로운 것은 없으며, 벽을 허문다는 것은 벽이 먼저 존재해야 하며, 한계를 극복한다는 것은 반드시 기존의 한계가 설정되어 있어야 함을 의미한다.

나는 이 글을 통해 무협의 이면, 상상의 세계를 펼쳐 보고자 한다.

꿈을 간직한 독자 분들과 저 멀리 상상의 세계로 함께 떠나고 싶다. 무한한 상상의 나라로.

김현영.

◆第一章◆
만남

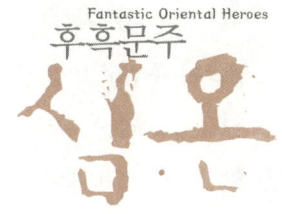

Fantastic Oriental Heroes

후흑문주

심·온

강호!

그곳은 눈부신 검과 도가 공간을 가르고, 숨 막히는 모험이 기다리며, 아름다운 사랑이 피어나는 곳이다. 또한 수많은 사건과 사고 속에서 살인과 약탈, 죽음과 상처가 난무하는 곳이기도 하다.

그렇기에 강호에는 헤아릴 수 없는 여러 문제들로 가득하여 하루하루 그것들이 해결되기를 기다리는 자들로 인산인해이다.

갖가지 사연으로 누군가를 죽이고 싶은 자에서부터 뒷조사를 하고 싶은 자, 잃은 자를 찾고 싶은 자, 혹은 아무에게도 말할 수 없는 고민을 안고 외롭게 밤을 지새며 해결책을 찾는 자들까지.

이러한 강호에 언제부터인가 해결사를 자청한 조직이 나타났다.

이름하여 후흑문(厚黑門)!

두껍고 검다는 특이한 이름을 지닌 이 문파는 홀연히 강호에 모습을 드러내면서 일갈했다.

—얼굴이 두껍고 마음이 시커멓다면 세상에 이루지 못할 일은 아무 것도 없다. 후흑문은 바로 그러한 자세로 천지에 쌓인 답답함을 해결코자 한다. 오라! 문제를 가진 자, 밤잠을 설치며 괴로워하는 자, 모두 해결의 벼랑 후흑애로 와서 의뢰하라. 그리하면 곧 해결되리라!

지금으로부터 약 삼백 년 전부터 명성을 날리기 시작한 후흑문은 이제 강호인이라면 누구나 아는 이름이 되었다. 후흑문은 살인을 제외한 모든 의뢰를 접수했고(하지만 모든 의뢰가 다 수락되는 것은 아니었다), 그들은 실패를 몰랐다. 그렇기에 오늘날에 있어 후흑문은 달리 해결의 문파로도 불렸다.

*   *   *

화월루는 낙양의 주루 중에서 가장 화려함을 자랑하는 곳이었다.
주변 건물들이 다 고만고만하고, 꽤 크다고 하는 것이 고작 삼층 누각인 반면 화월루는 한껏 멋을 낸 건축 양식에 오층으로 이루어진 까닭이었다. 게다가 내부적으로도 질 좋은 술과 빼어난 미모의 기녀들이 수를 헤아리기 힘들 정도니 명성은 드높을 수밖에 없었다.
그중에서도 맨 꼭대기 층은 특별한 장소로 일반인들은 아예 출입할 수 없었는데 많은 재물이 있다거나 권력이 있다고 하여 드나들 수 있는 곳이 아니었다.
지금 바로 그 귀빈실의 상석에 한 청년이 앉아 있었다.

그는 눈을 지그시 감고 두 팔은 머리 뒤에 대고, 다리는 탁자 위에 올려놓은 자세를 취하고 있는 것이 실로 거만하기 짝이 없었다.

작은 집에 수백 명이 살아가는 것은 혼란스럽고 큰 집에서 혼자 사는 것은 크게 외로움을 키우는 것이 된다. 무엇이든 그 쓰임에 맞지 않으면 허전해 보이고 부족해 보이는 것이 세상의 이치다.

그처럼 이곳 귀빈실 또한 크고 넓어서 이같이 오직 한 사람만 앉아 있는 것은 저절로 적막해질 수밖에 없는 풍경이었다.

그러나 어찌 된 일인지 청년의 거만한 모습은 이곳의 분위기를 전혀 엉뚱하게 변화시켜 고독이나 적막함 따위를 찾아볼 수 없게 하였고, 도리어 여유가 넘치고 밝은 기운이 감돌게 하였으니 실로 납득하기 어려운 광경이었다.

그때 문이 열리는 소리와 함께 한 사람이 들어섰다.

그는 귀밑거리가 희끗거리는 노인으로 눈은 흐리멍덩하고 머리는 수일간 빗지 않은 듯 제멋대로 뻗쳐 있었다. 그나마 옷은 비단옷으로 정갈하게 입었는데 도리어 그 때문에 용모와 옷의 불균형이 극에 달해 영락없이 정신 나간 노인네의 꼬락서니였다.

"문주님, 그녀가 왔습니다."

노인의 말에 청년은 자리를 박차고 일어나더니 환한 미소를 머금었다.

"드디어 오는군. 총관이 볼 땐 어때?"

두 사람의 이야기를 들어본즉, 거만한 젊은이가 문주이고 정신 나간 노인네가 총관인 모양인데 둘의 꼬락서니로만 봐서는 도대체 어떤 문파인지 심히 걱정스럽기 그지없었다.

"크크, 느낌이 장난이 아니었습니다. 특히 그 뭡니까? 면사였어요,

면사.”

면사(面紗)란 무엇인가? 강호에서 면사는 곧 눈부신 미모를 감춘다라는 뜻이었다.

“오호! 면사! 면사란 말이지? 뭘 꾸물거려, 어서 들이지 않고?”

청년 문주는 열에 들떠서 마구 손짓했고, 총관은 머리를 사정없이 끄덕이면서 헤헤거렸다. 누구든 이 광경을 보았다면 필시 이렇게 말했으리라.

“저것들 아주 쌍으로 미쳤구나.”

총관이 나갔다가 다시 들어올 때는 면사녀를 동반한 채였다.

그때 청년 문주는 어느샌가 창가에 서서 뒷짐을 진 채 밖을 바라보고 있었는데 아까의 거만한 모습은 온데간데없고, 멋진 사나이의 정취가 물씬 풍겨났다.

“문주님!”

총관의 말에 그제야 사람이 들어온 것을 알았다는 듯 청년 문주가 뒤돌아섰다. 그러자 얼굴 가득 떠오른 온화한 기색으로 인해 내실은 더욱 풍요로운 느낌이 그득해졌다.

“오, 어서 오시오. 석양이 지는 모습을 보고 있자니 그만 귀한 손님이 오신 것도 몰랐구려. 나는 석양을 볼 때면 그 속에 빨려드는 느낌을 느끼곤 한다오. 하하, 내가 주책을 부렸구려. 자, 자리에 앉읍시다.”

청년 문주는 안쪽에 앉고 그 맞은편에 면사녀, 그리고 그 옆에 바짝 붙어서 총관이 앉았다. 청년 문주의 환한 미소가 차츰 변하더니 금세 딱딱하게 굳어서는 총관을 노려봤다.

총관은 애써 눈길을 마주치지 않으려고 고개를 숙였다가 옆을 쳐다봤다가 하면서 여전히 면사녀의 옆 자리를 사수했다.

한참이나 노려봐도 총관이 본체만체하자 청년 문주는 손을 아래로 하더니 검을 턱 하니 탁자 위에 올려놓았다. 잠시 살벌한 분위기가 공간을 점하고 빠르게 퍼져 가자 총관은 그제야 머리를 긁적이며 주춤주춤 일어서며 말했다.

"하하하… 그러고 보니 제게 바쁜 일이 있었는데 깜박 잊고 있었군요. 아하하하, 전 바쁜 일이 있어서 이만 물러가겠습니다. 대화들 나누십시오."

"그래? 아니, 여기 있지 않고서?"

청년 문주의 이 말은 검의 손잡이를 살짝 뽑아 드는 자세를 취하며 뱉어낸 말이라 자칫 눌러앉는다면 단칼에 베어버리겠다는 의지를 드러내고 있었다.

"아닙니다. 어서들 말씀 나누십시오."

총관이 나가자 청년 문주는 다시금 환한 표정을 지었다. 그러자 신기하게도 방금 전까지의 살벌한 기운은 눈 녹듯이 사라졌다.

이로써 벌써 이 방 안의 기운은 청년 문주의 행동에 따라 세 번이나 바뀐 셈이었다.

온갖 거만한 자세로서 방 안에 넉넉한 여유를 채운 것이 첫째요, 창가를 바라보며 사나이의 고독을 물씬 풍긴 것이 두 번째였으며, 셋째가 방금 보인 따스한 기운이었다. 이런 변화는 너무도 자연스럽고 빠르게 전환된 것이라 보통 사람은 눈치챌 수조차 없는 것이었다.

"부친께서는 여전하신지요?"

"천하의 영웅 중의 영웅이신 후흑문주께서 염려해 주신 덕분에 잘 지내고 계십니다."

"하하하, 이 소인배를 영웅 중의 영웅이라시니 정녕 감당하기 힘들

구려. 낭자의 부친이시야말로 이 시대가 낳은 불세출의 영웅이 아니겠소이까."

그렇다. 이 청년이 당금 천하의 얽히고설킨 실타래를 풀어가는 해결의 문파 후흑문의 문주 심온이었다. 그리고 아까 정신 나간 노인은 후흑문의 대소사를 관리하는 총관 오교였다.

또한 이 면사녀로 말할 것 같으면 칠대기왕(七大奇王) 중 한 명인 변왕(變王) 담천변(譚天變)의 무남독녀 외동딸인 담유설(譚柳雪)로서 후흑문에서 일하고 싶다는 뜻을 전해와서 오늘 면담을 하게 된 것이었다.

심온은 탁자 위에 놓인 차를 들어 담유설의 잔에 채워주면서 말했다.

"드시지요. 미리 용정차(龍井茶)를 준비해 두었습니다. 낭자의 입맛에 맞을지 모르겠구려."

"차의 빛깔이 맑은 비취 빛으로 빛나니 용정 중에서도 극상품인 듯합니다."

"차에 관한 안목이 대단하시군요."

심온은 그녀가 빼어난 외모는 물론이고 그에 걸맞는 교양을 갖춘 것 같아 마음이 흡족하기 이를 데 없었다.

후흑문의 일은 결코 간단치 않았지만 꽃다운 나이의 여자 문도를 찾아볼 수 없는 상황에서 그녀는 사막 한가운데의 호수와 같다고 할 수 있었다.

직접 대면한 지 얼마 되지 않았고, 몇 마디 말밖에 나누지 않았으나 그녀의 몸 주위로 번져 나오는 기품과 아름다운 목소리, 그리고 면사 너머로 흐릿하게 보이는 얼굴의 윤곽에 이미 문도로 승인할 마음을 품고 있었다.

심온은 세련되고 한편으로는 다정다감한 말씨로 듣기에 좋은 말들을 골라가면서 늘어놓았다.

처음 들어설 때 어쩐지 낯설지 않은 느낌을 받았다거나 몇 가지 고민되는 일로 마음이 답답했는데 그대의 음성을 들으니 청량한 기운이 감돌아 걱정 근심이 없어졌다는 등의 과장된 호의들이었다.

담유설은 그런 심온의 말이 싫지 않은 듯 면사 안쪽에서 작게 웃음소리를 냈는데 살짝 손을 들어 입가에 가져다 대는 것이 여간 마음을 설레게 하는 것이 아니었다.

심온은 이때쯤에 이르러 더 이상 머뭇거릴 필요가 없다고 판단하였다.

"본 문의 일은 사실 여인들이 하기엔 힘든 일일 수도 있는데 괜찮겠소이까?"

"익히 들어 마음속으로 각오를 다진 지 오래입니다."

"하하하, 반가운 소리구려."

"꼭 함께 일하고 싶습니다."

담유설의 당찬 말에 심온의 얼굴은 활짝 피어났다. 함께하기 싫다고 해도 붙들어두고 싶은데 한 치의 망설임도 없이 답하니 흐뭇하기 이를 데 없었다.

"좋소이다. 그럼 당장 오늘부터 함께하도록 합시다."

"정말 저를 받아주실 건가요?"

"물론이오. 왜, 뭐 궁금한 것이라도 있으시오?"

"그게 아니라 너무 간단히 결정되어진 듯하여……. 소녀는 까다로울 것이라 생각했었습니다."

그녀의 목소리엔 수줍음이 가득했다.

'크크, 수줍어하긴. 얼굴만 예쁘면 된다는 말을 할 수도 없고 참. 크크, 답답하구먼.'

심온은 속으로 온갖 추태를 부리는 것과는 달리 겉으로는 진중한 음성으로 말했다.

"나는 사람을 분별함에 있어 느낌을 중요시 여긴다오. 그대가 저 문을 열고 들어오는 순간, 나는 이미 우리 식구란 예감에 사로잡혔소이다."

담유설은 몸둘 바를 모르겠다는 듯 손을 입에 가져다 대며 고개를 숙였다.

"자, 이제 한식구가 되었으니 면사를 벗는 것이 어떻겠소?"

심온이 이제껏 가장 하고 싶었던 말을 던졌다.

"실망하실까 염려스럽습니다."

"실망이라니, 그 무슨 섭섭한 말씀이오? 너무 아름다워서? 아니면 너무 평범해서? 나는 이제껏 그 누구도 외모로 사람을 판단한 적이 없소. 아름다운 외모도 그저 공허할 따름이지요. 허허, 천하의 후흑문주를 한낱 외적 형상에 흔들리는 사람으로 보는 것이오?"

"그런 뜻으로 드린 말씀이 아니라……."

"하하, 됐소이다. 자, 어서 얼굴을 보이도록 하시오."

담유설이 조심스럽게 면사를 걷어냈다.

화사하게 얼굴이 드러나는 순간, 심온은 눈의 즐거움을 한껏 만끽하고자 지그시 눈을 감았다 떴다.

순간, 심온의 입에서 비명이 터져 나왔다.

"끼아아악!"

이건 정녕 꿈과 같은 일이었다.

'무, 무슨……?'

담유설의 온 얼굴은 그야말로 제멋대로였다. 주근깨가 밤하늘의 별처럼 알알이 박혀 있고, 치아는 군데군데 빠져 웃을 때마다 칠십 노파를 연상케 했으며, 코는 암퇘지의 코를 잘라 붙여놓은 것만 같았다.

심온은 자리에서 벌떡 일어서더니 뒤로 주춤거리다 의자에 걸려 넘어지면서 더듬거렸다.

"이, 이게 어찌 된 일이오? 다, 당신은 누구요? 내게 왜 이러는 거요? 내가 뭘 잘못했기에……."

담유설의 얼굴에 당혹이 어렸다.

"왜 그러세요? 이제 함께 일하자고 하시지 않았나요? 외모는 그저 껍데기일 뿐이라면서요?"

"내, 내가 언제 그런 소릴 했단 말이오? 이건 아니야! 암, 안 될 말이지! 이 여자 악귀야, 썩 물러서라! 어서 물러가지 못할까!"

담유설의 안색이 붉게 달아오르며 분노로 일그러졌다. 그러자 추한 용모는 더욱 괴기스럽게 변했다. 저러다 한순간 괴물로 탈바꿈하는 것은 아닌가 싶을 정도였다.

"문주란 자가 어찌 이리도 돼먹지 못했단 말이더냐!"

담유설은 양팔을 앞으로 뻗고 턱을 쭉 내밀고는 심온을 붙들려는 듯 다가섰다.

심온은 좌우, 후미를 황급히 둘러보다가 마땅히 그녀의 손길을 깔끔하게 빠져나가기가 여의치 않을 듯싶자 무릎을 살짝 구부렸다가 튕겼다.

그건 매우 간략한 동작에 불과했지만 나타난 현상은 폭발적이었다.

그의 신형이 용수철처럼 솟구쳐 화월루의 지붕을 꿰뚫고 깨끗하게 사라져 버린 것이다. 천장에 휑하니 뚫린 구멍에서 잔해물이 몇 개 떨어졌으나 그것은 미세한 것일 뿐 무너지거나 건축 구조물의 큰 받침이 떨어져 내리는 일은 없었다.

담유설이 닭 쫓던 개마냥 사나운 이를 드러내고 천장을 바라보고 있을 때 문이 벌컥 열리면서 총관 오교가 방 안으로 들어섰다.

"소저, 무슨 일인 게요? 문주님은 어디로 가신 겁니까?"

이때 담유설은 오교에게 등을 보이고 있었기에 오교는 담유설의 얼굴을 아직 보지 못한 상태였다. 어쩌면 들어서자마자 얼굴을 보았다면 굳이 질문 따위는 하지 않았을지도 모르는 일이었다.

씩씩거리던 담유설이 고개를 돌려 오교를 노려보았다.

오교는 벼락이라도 맞은 사람처럼 몸을 부르르 떨더니 담유설과 구멍 뚫린 천장을 번갈아 보면서 모든 것을 이해하고 말았다.

지금 그의 기분은 '절대공감(絶對共感)' 이었다.

'문주님이 얼마나 고충이 크셨을지 이해가 갑니다.'

그사이 담유설이 달려와 어느새 오교의 멱살을 틀어쥐었다.

"이봐, 영감쟁이! 어떻게 된 거요? 왜 문주라는 작자가 지붕을 뚫고 날아가 버린 것인지 내가 이해하도록 해명하시오! 그렇지 않으면 오늘 늙고 오래된 피가 바닥을 흥건히 적시게 되고 말 것이오!"

총관 오교는 땀을 삐질거리면서 이렇게 말할 수밖에 없었다.

"문주님은… 언제나… 바쁘십니다."

그 말에 담유설이 붙들고 있던 멱살을 풀고 오교를 내려놓았다.

"아하, 그런 것이었군요? 바쁜 몸이라서 볼일을 보러 가신 게로군요? 난 또 내 얼굴 때문인가 했지요."

'이런! 믿고 있다.'

오교의 이마로부터 식은땀 한 방울이 또로로 흘러내렸다.

"하하하… 그럼요. 원체 바빠서 얼굴 보기가 쉽지 않지요."

담유설은 손으로 입을 가리고 웃더니 수줍게 말했다.

"호호호. 뭐, 어쨌든 상관없어요. 날 이미 받아들이겠다고 하셨거든요."

다시금 오교의 이마로 식은땀 방울이 쏟아져 내렸다.

'아, 완벽히 정상이 아니다. 정녕 후흑문에 시련이 닥치는 것인가!'

◆第二章◆ 행방불명된 자들

세상엔 많은 보물(寶物)이 있다. 황금(黃金), 진주(眞珠), 청옥(靑玉), 홍옥(紅玉), 자수정(紫水晶), 취옥(翠玉), 석류석(石榴石), 금강석(金剛石).

그러나 잠시 마음을 가다듬고 나면 가장 소중한 보물은 가족이며 자녀라는 사실을 깨닫게 된다. 그들은 그 무엇과도 바꿀 수 없고 대체될 수 없는 존재이다.

여기 한 사람, 진귀한 보물을 잃은 자가 있었으니 그의 이름은 허관걸이었다. 그에겐 '자녀' 란 이름의 '여섯 개의 보물' 이 있었는데 십칠 년 동안 고이 간직해 왔던 네 번째 보물을 잃어버린 후 상심 속에서 하루하루를 보내고 있었다.

아들 허융은 한 장의 서신만을 남겨놓은 채 사라졌는데 내용은 이러했다.

아버지, 어머니, 이 소자, 기연을 찾아 떠납니다. 오래 기다리시게는 않겠습니다. 조만간 영웅의 모습으로 두 분 앞에 나타나 마음을 기쁘게 해드리겠습니다. 그동안 옥체 보존하시고 마음 평안하시길 바랍니다.

허융은 서신 속에 '마음 평안하시길 바랍니다'라고 썼지만 정작 그 서신이야말로 속을 뒤집어 버린 것이라 할 수 있었다. 정녕 기연이 무엇이며 영웅이 무엇이란 말인가? 부모가 어찌 영웅 된 아들만을 바라며 초절정의 무공을 익힌 강한 아들이길 바랄 것인가. 그저 평범하나마 건강한 가정을 이루어준다면 부모로서는 그보다 기쁜 일은 없을 것이다.

아들의 출가가 아닌 가출로 허관걸은 천지사방을 헤매었고, 결국 아무 성과도 얻지 못하였다. 그러던 그에게 한줄기 광명이 찾아왔으니, 그건 곧 후흑문에 대해 알게 된 것이었다. 망설일 것 없이 해결의 벼랑이라 불리우는 후흑애(厚黑崖)에 오른 그는 의뢰의 서신을 벼랑 아래로 던졌다.

불가능이 없다는 절대 신뢰 문파인 후흑문(厚黑門)이 부디 자신의 의뢰를 수락해 주길 간절히 바라던 어느날 그 앞에 한 젊은 사내가 나타났다. 사내는 자신의 이름을 심온이라고 했다.

"이곳입니까?"
심온이 만학서고(晚學書庫)라는 간판을 가리키면서 허관걸에게 물었다.
"맞소이다."

답하는 허관걸의 표정엔 어쩐지 미덥지 못한 기색이 묻어났다. 간절히 기도하는 마음으로 후흑문의 응답을 기다리던 그가 정작 눈앞에 후흑문에서 파견된 해결사를 보면서는 찜찜한 표정을 짓고 있으니 도무지 이해할 수 없는 노릇이었다.

그러나 사정을 들여다보면 충분히 납득할 수 있는 부분이기도 했는데 까닭인즉, 허관걸이 생각하고 있던 해결사의 외형적인 특징과 막상 나타난 심온의 외형과는 그 차이가 너무나도 극명했던 것이다.

허관걸이 기다린 해결사는 일단 날카로운 인상에 예리하게 빛나는 눈과 냉정히 꽉 다문 입술, 거기에 곁에 서 있기만 해도 마음이 든든해지는 자였으나 심온은 잘생긴 호남형에 자주 생글거리는 것이 주로 여자나 후리는 데 힘을 다할 것 같은 외모를 지니고 있었으니 실망이 이만저만이 아니었던 것이다.

허관걸은 심온을 보자마자 애송이로 규정지었고, 이따위 허접한 견습생 정도나 될 법한 인물을 파견한 후흑문주가 원망스러웠다. 아들을 찾는 중대 문제가 어찌 이제 막 해결사가 된 녀석의 훈련용이 될 수 있단 말인가. 그는 서운하고 서운하고, 또 서운했다.

그러나 그렇다고 해서 돌려보낼 수는 없는 일. 허관걸은 지푸라기라도 잡는 심정으로 그에게 의지해 보기로 했다. 미덥지 못한 것이 사실이지만 여기까지 오는 동안은 그래도 아주 나쁘다고 할 수는 없는 실력을 보였으니 말이다.

애송이 해결사 녀석은 제일 먼저 아들이 남긴 서신을 보더니 아들의 서재로 들어가서는 비밀스럽게 감춰진 책장을 발견해 냈다. 그 서재의 구석구석을 잘 알고 있다고 생각했던 허관걸로서는 그런 비밀 공간이 의외가 아닐 수 없었다. 그의 놀라움은 결코 가벼운 것이 아니었으나 정작 경악스러운 사실은 그곳에서 발견된 책들이었다.

기연(奇緣) 총정리(總整理).
기연(奇緣)은 어디에?
기연(奇緣)에 관한 모든 길.
당신의 운명을 바꾸는 기연(奇緣) 안내서(案內書)―신판(新版).
기연시대(奇緣時代).
기연(奇緣), 그것은 멀리 있지 않습니다.

이 외에도 거의 스무 종이 넘는 책이 있었는데 나머지 것들도 모두 기연에 관한 서적이었다.

허관걸은 아들이 밤늦도록 책을 읽는 것을 대견스럽게 생각했었건만 학문에 힘쓴 것이 아니라 기연 서적을 통해 기연 얻을 궁리만 하고 있었다고 생각하니 억장이 무너져 내리는 것만 같았다.

어쨌든 이런 연유로 애송이는 책 속에서 만학서고라는 이름을 찾아내어 지금 서고 앞에 이르게 되었으니 허관걸은 그나마 조금 인정하는 마음을 먹게 된 셈이었다.

"들어갑시다."

허관걸은 부디 이곳에서 아들을 찾아낼 수 있는 단서를 발견하길 간절히 바라며 서고(書庫)의 문을 열고 들어섰다. 안에서 주인으로 보이는 오십대 초반의 남자가 활기 넘치는 어조로 두 사람을 맞았다.

"어서 오십시오. 무슨 책을 찾으시……?"

문득 반갑게 인사를 건네던 주인장의 눈이 허관걸의 손에 들린 '기연 총정리'에 닿았다.

"네, 두말하면 입만 아프지요. 기연이라……. 자, 이쪽으로 오십시오. 약 오백여 종의 기연 서적들이 일목요연하게 정리되어 있습니다. 자자, 어서요. 기연은 꿈이 아닙니다. 누구나 일생에 한 번은 도전해 봐야 하는 환상적인 길이죠. 젊어서 그런 모험을 하지 않는다면 언제 가능하겠습니까."

허관걸은 이 책 뒷면에 만학서고의 인장이 찍혀 있었기에 참고하기 위해 들고 온 것인데 주인장은 오해하여 기연 서적을 구입하려는 사람으로 판단한 것이었다.

"저, 그게 아니라……."

엄청 요란을 떠는 말에 허관걸 앞으로 심온이 성큼 나서며 방문의 목적을 말하려 하자 주인장이 얼른 검지를 세워 자신의 입술에 대며 '쉿' 하는 모양을 만들었다.

"하하, 무슨 문제라도 있습니까? 아직 마음을 정하지 못했다구요? 상관없습니다. 일단 설명만 들어보는 것도 나쁘지 않아요. 아아아, 그런 의미에서 제가 기연을 찬미한 노래를 들려 드리도록 하죠."

주인은 듣겠냐, 말겠냐 묻지도 않고 곧바로 흥겹게 어깨를 들썩거리면서 노래를 부르기 시작했다. 그야말로 안하무인의 지존을 가리는 대회가 열린다면 능히 최고의 자리를 차지할 법한 행동이었다.

백 년도 다 살지 못할 인생,
그저 바람처럼 이리저리 휘날리고 싶지 않다.
창공을 나는 독수리처럼 나는 영웅(英雄)이 되리라.
평범한 것은 곧 죽음을 의미하니,
모험을 해보겠노라고 소리친다.

혹여 죽음이 찾아와도 나는 후회하지 않으리.

심온과 허관걸은 가만히 선 채로 식은땀을 삐질거렸다. 마음 같아서는 양 귀를 틀어막고 싶었지만 도움을 받아야 하는 입장인지라 차마 그렇게 할 수 없는 것이 아쉬울 따름이었다.

주인장은 삼절까지 어깨를 들썩거리면서 흥겹게 노래를 부르다가 끝 마무리에서 거창하게 팔을 쭉 뻗어 두 사람을 가리키며 외쳤다.

"영웅의 자리는 바로 여러분의 것입니다! 어느 누구도 넘보지 말게 하십시오!"

"흠, 그러니까 저희들은……."

"아무 염려 마시라니까요. 장장 오백여 종이나 됩니다. 제가 제대로 골라줄 터이니 귀를 열고 설명만 잘 들으시면 됩니다."

"그것이 아니라……."

"자, 그동안 읽은 기연 서적의 종류를 말씀해 주십시오. 어떤 것들을 섭렵하셨는지 파악만 하면 곧바로 그 외의 것들 중 최상의 것들로 모시겠……."

그러나 주인장의 말은 더 이상 이어지지 못했다.

"아아아아아아!!"

심온이 느닷없이 고함을 지른 탓에 주인장은 화들짝 놀라며 두 걸음이나 물러섰고, 허관걸마저 깜짝 놀라서는 '뭐 이런 자식이 다 있어?'라는 표정이 되고 말았다.

해결사라면 해결사답게 진중한 눈빛이나 기세로 상대를 압도해야하건만 고함을 지르다니, 놀라운 와중에도 절로 한숨이 나왔다.

괴성으로 겨우 주인장의 이목을 붙든 심온은 조금은 멋쩍었는지 손을 입으로 가져가 헛기침을 한 후 입을 열었다.

"나도 말 좀 합시다. 흠흠, 우린 사람을 찾고 있소이다. 이곳에서 기연 서적을 본 후 기연을 얻겠노라고 집을 나선 후로 두 달이 되도록 연락이 없소. 자, 이 그림을 보시고 아는 대로 말씀해 주시오."

그 말에 이항의 얼굴은 급속히 냉각되어 서늘한 한기를 풀풀 풍겨내기 시작했다. 어느 집 개가 괴이하게도 인간의 말을 하느냐는 식으로 귀를 후벼 파면서 원래 앉아 있던 자리에 엉덩이를 앉혔다.

"뭐, 손님이 한둘이 아닌데 내 어찌 그들을 다 기억하겠소?"

주인장이 그림은 보는 둥 마는 둥 하자 심온이 허관걸을 향해 엄지와 검지를 둥그렇게 말고서 동전 모양을 만들었다.

허관걸은 뭔 소린가 싶어 눈을 깜박이다가 비로소 이해가 되었는지 품에서 은전을 꺼내 주인장에게 건넸다.

쨍그랑!

책상에 놓인 돈 소리는 주인장의 냉기를 온기로, 무관심을 열정으로 바꾸어놓기에 충분했다.

"뭐, 내가 기억력이 나쁜 편은 아니니 잘 한번 생각해 봅시다. 자, 어디 보자."

돈을 만지작거리면서 주인장은 눈에 힘을 주고 그림을 바라봤다.

"콧잔등에 점이 있고… 귓불이 조금 비슷한 것도 같은데 워낙 그런 사람이 많으니 원……."

거의 끝에 가서는 말을 흐리면서 심하게 돈을 만지작거렸다.

허관걸이 얼른 돈을 더 꺼냈다. 주인장의 안색은 얄밉게도 금세 환하게 밝아졌다.

"아, 생각났다, 생각났어! 하하하, 내 정신 좀 보게나. 그러고 보니 우리 집 단골 손님이었구먼."

그 말에 허관걸은 기쁘기도 하고 한편으로는 부끄럽기도 했다.

'융이가 이 서고에 단골이 되도록 나는 아무것도 모르고 있었으니 정녕 아비 된 자로서 부끄럽기 짝이 없구나.'

자세한 사정을 모르는 주인장은 신바람을 내며 말을 이었다.

"아, 이분은 좀 특별한 분이었지요. 많은 사람들이 기연 안내서를 한 권 정도 그냥 재미 삼아 찾는 반면 이 젊은이는 끊이지 않고 읽어나갑디다. 물론 그런 사람이 한 서너 명 되었는데 모두들 열성적이었다오."

"어떤 이야기를 나누었소?"

심온이 물었다.

"이 친구와는 몇 번인가 지형 지세에 대해 깊이있게 토론을 벌인 적이 있지요. 사실 기연은 지형과 밀접한 관계가 있지 않습니까."

심온과 허관걸이 궁금증을 눈으로 표시하자 주인은 대단한 것이라도 되는 양 떠벌리기 시작했다.

"기연을 품고 있는 지형은 절대적으로 세 가지 특징을 지니고 있지요. 첫째, 절벽 아래로 물이 흘러야 할 것, 둘째, 절벽 중간중간 넝쿨이나 나뭇가지들이 많아야 하며, 셋째로는 사람의 흔적이 느껴지지 않는 곳이어야 한다. 하하하, 이 중 가장 눈여겨봐야 할 점은 천혜의 절벽이라도 그 와중에 살아날 수 있는 안전 장치가 있느냐 하는 것이지요. 죽은 자는 기연을 얻을 수 없는 것이니까요. 하하하하!"

"혹시 대화 중에 특정 지역을 거론하진 않았소이까?"

심온의 질문에 옆에 있던 허관걸의 눈이 번뜩 뜨였다. 매우 중요한 질문이었다. 이 대답에 따라 아들을 찾느냐 못 찾느냐가 결정된다고 해도 과언이 아니었다.

"음, 우리는 가능성이 있는 곳으로 다섯 곳을 뽑았고, 내가 권한 곳은 대별산(大別山)의 열세 번째 봉우리인 소천봉(小天峰)이었지요."

허관걸은 아들이 대별산 소천봉으로 갔을 것이라는 말을 듣자 뛸듯이 기뻤다. 그러나 그것도 잠시, 기쁨을 제압한 한줄기 분노가 치솟아 벼락같이 주인장에게 달려들었다.

"네놈이 사람이냐? 어찌 사람의 탈을 쓰고 그곳에서 뛰어내리라고 부추길 수 있단 말이냐?"

그러자 주인장도 지지 않고 소리쳤다.

"이보오, 지금 농담하는 거요? 아니, 어떤 미친놈이 그곳에서 뛰어내릴 수 있겠소! 당신, 소천봉 정상에 가봤소? 거기서 아래를 한 번이라도 내려다본 사람이라면 간이 배 밖으로 나왔다고 해도 뛰어내릴 생각은 못 할 거요! 나도 자식이 있는 사람이오! 어서 이거 놓지 못하겠소!"

허관걸은 '자식이 있는 사람이오'라는 말에 맥이 풀리면서 움켜쥔 손을 풀었다. 정작 멱살을 잡고 주먹을 날려야 할 자는 주인이 아니라 아들 녀석이 아니겠는가.

더 이상 캐낼 것이 없게 된 까닭에 두 사람은 주인장의 투덜거리는 소리를 뒤로하고 서고를 나섰다.

"함께 가시겠습니까?"

심온이 물었다.

"말을 구하도록 합시다."

망설일 게 무엇이겠느냐는 허관걸의 대답이었다.

그때 심온이 고개를 끄덕이다 문득 뭔가 생각난 듯 입을 열었다.

"아, 여기서 잠깐만 기다려 주십시오. 한 가지 빠뜨린 게 있군요."

심온이 허관걸에게 양해를 구한 후 서고로 들어서자, 안에서 불쾌한 표정을 머금은 주인장이 입을 삐죽 내밀며 말했다.

"볼일이 남은 게요?"

"뭐, 간단한 일입니다."

심온은 서 있는 주인장에게 뚜벅뚜벅 걸어가서는 그대로 주먹을 복부에 꽂았다.

픽!

"욱!"

주인장은 그대로 무릎을 꿇고 충혈된 눈으로 심온을 노려봤다.

"이게 무슨 짓이냐?"

"아까는 의뢰인이 곁에 있어서 주먹을 맛보여 드리지 못했구려. 아, 그리고 허 공자를 찾고 나서 다시 들를까 하오. 또 다른 두 사람을 찾고 있는데, 왠지 그들도 주인장이 친절히 설명해 줄 수 있을 것 같아서 말이외다."

"어린 놈이 어디서 감히 행패냐!"

주인장은 배에 통증이 아직 가시지 않아 무릎을 굽힌 채 힘겹게 말했다.

"행패라기보단 협박이라 해야 옳을 거요."

심온은 책상에 놓인 은전 하나를 움켜쥐었다.

"잘 보시오."

순간 주인장의 얼굴에 두려움이 가득 떠올랐다. 그는 서고를 운영하며 여러 무림인들의 무용담에 관한 책을 읽었고, 무림인들의 협박 방법에 대해서도 익히 알고 있었다. 그중에는 저처럼 손가락의 힘만으로 은전의 문양을 지우거나 우그러뜨리는 이들이 있다고 했다. 그야말로 절정의 고수들만이 가능한 수법이었다.

'이런! 자, 잘못 건드렸구나.'

심온은 '훗' 하고 웃고는 살며시 은전을 손가락으로 문지르고는 주인장의 발 아래로 던졌다.

쨍그랑!

"그럼 다음에 또 봅시다."

심온이 나가고 난 후 주인장은 발 아래 떨어진 은전을 떨리는 손길로 주워 들었다.

'이것이 정녕 고수의 흔적이란 말인가?

그러나 이내 그의 낯빛은 붉게 물들었다.

"뭐, 뭐지?"

놀랍게도 은전은… 그냥 그대로였다. 어떤 흠집 하나 없이 깨끗함 그 자체였다.

'소, 속았다!

분노가 활화산처럼 타올랐다.

"이, 이씨! 야, 야, 새끼야! 너 거기 안 서! 야, 이 미친놈아!!"

대별산의 열세 번째 봉우리인 소천봉(小天峯)이 점점 가까워질수록 허관걸은 초조함에서 벗어났다. 그는 말을 타고 달려오는 내내 떠오르는 불안으로 얼마나 노심초사했는지 모른다.

만약 아들이 어리석은 생각을 실행에 옮겼다면…….

만약 절벽 아래를 바라볼 때 무지개라도 보았다면…….

만약 그 전날 용꿈이라도 꾸었다면…….

만약 거짓 점쟁이라도 만나 크게 될 것이라는 말을 들었다면…….

그러나 지금은 이 모든 걱정의 무게가 한결 마음이 가볍게 느껴졌다.

"이제 마음이 좀 놓이십니까?"

"역시 오길 잘했다는 생각입니다."

"걱정이란 너무 빠르고 신속해서 염려하지 않아도 될 부분까지 확대되기도 하죠. 하하, 저기도 보십시오."

심온이 손으로 팻말 하나를 가리켰다. 팻말은 이미 이곳에 이르기까지 열 개 정도 보아온 터였다.

절벽 추락, 사망 잦은 곳!
허황된 생각은 결국 허망함을 가져올 뿐입니다.
한 방의 기연보다는 꾸준한 노력이 성공의 열쇠입니다.

이렇듯 각종 팻말들에는 기연의 허황됨과 사망자 수, 가정으로 돌아갈 것을 권유하는 내용들이 적혀 있었다. 절벽 기연을 바라고 온 누구라도 계속 이어지는 팻말의 권유와 경고에 마음이 흔들리지 않을 수 없을 것이 분명했다.

어느덧 심온과 허관걸은 소천봉 정상에 올랐다.

산을 오르는 데만 신경 쓰느라 간과했던 절경(絕景)과 풍광(風光)이 순간 거대한 해일처럼 밀려들었다.

저만큼 시선이 닿은 곳 아래로 기암절벽이 웅장하게 펼쳐졌고, 구름바다가 유유히 협곡과 암벽 사이사이를 출렁였다.

대자연의 위용에 한순간 압도당한 두 사람은 다시 크게 숨을 내쉬는 것으로 현실 감각을 되찾았다.

"대단하긴 대단하군요."

심온은 무심결에 말을 뱉어내고는 아차 싶었다. 이제껏 팻말들로 인해 안정되었던 마음을 자극하게 된 것이란 생각 때문이었다. 염려스러운 마음에 얼른 허관걸의 표정을 살피니 역시 허관걸의 안색은 무겁게 가라앉아 있었다.

"후, 이곳에 서보니 과연 천하제일의 기연과 만날 수 있을 것만 같군요."

수습할 길이 없을까 빠르게 두리번거리던 심온이 뭔가를 발견하곤 웃음을 터뜨렸다.

"하하하, 저길 보십시오."

심온이 가리키는 쪽을 보던 허관걸의 근심 어린 얼굴이 순간적으로 미소로 바뀌었다.

"아니, 저건……. 하하하하!"

두 사람이 웃음을 터뜨린 건 바위에 새겨진 여섯 글자 때문이었다.

기연(奇緣) 절대(絕對) 전무(全無).

바위를 깎아내고 그 안에 검게 먹을 입혀놓았는데 오랜 세월이 지나고 비바람을 맞은 탓인지 검은 부분이 많이 떨어져 나간 상태였지만 그냥 지나치기 힘든 위치와 글자 크기 때문에 누구라도 보지 않고 지나칠 순 없을 것 같았다.

굳건한 의지로 뛰어내리려 마음먹은 자라도 한순간에 마음이 싸늘하게 식어질 만큼 무뚝뚝한 필체가 인상적이었다.

돌 비석으로 다시 안정을 찾은 두 사람은 주변을 살피기 시작했다.

투신 자살을 하는 사람들의 공통점은 '반드시'라고 할 수 있을 정도로 신발을 벗어놓고 몸을 던진다.

'죽으려고 하는 것이 아니야. 단지 기연을 얻기 위함일 뿐이라구'라고 부르짖는다 해도 목숨을 걸어야 한다는 것은 누구라도 느낄 터. 만약 뛰어내렸다면 작은 흔적이라도 남겨놓았을 가능성이 컸다.

꼼꼼히 반 시진(약 한 시간) 동안을 둘러보던 두 사람은 다행스럽게 아무것도 찾지 못했다.

"이제 어떻게 했으면 좋겠소?"

허관걸의 물음에 심온이 까마득한 절벽 아래를 보며 답했다.

"위에 없으니 아래를 살펴야겠죠?"

만일 소천봉에서 뛰어내린다면 닿게 될 지점에는 유유히 강물이 흐르고 있었다. 기연의 삼대 지형 조건 중 첫 번째에 해당하는 셈이었다.

'막막하군.'

강변에 이른 심온의 솔직한 소감이었다.

거대한 산악이 양어깨를 떡 벌리고는 고고히 내려다보고 있는 가운데 그 아래 강물은 세상의 모든 번민을 쓸어가듯 고요히 흘러갈 뿐이었다.

허관걸이 얼이 나간 듯 중얼거렸다.

"막막하구려."

흐르는 강물은 어떤 증거나 흔적도 보여줄 마음이 없는 것 같았다. 조용히, 하지만 꾸준히 흘러가며 설혹 흔적이 있었다 해도 오래전에 쓸어가 버렸음을 소리없이 보여줄 따름이었다.

심온과 허관걸은 그 막막함에 빠져 점차 숨이 멎어가는 사람들처럼 한동안 아무 말 없이 강물만을 바라보았다.

그 뒤 두 사람이 망상에서 벗어난 것은 나룻배 한 척이 강물을 따라 내려가는 것을 보고 나서였다.

나룻배의 진행은 자연과 혼연일체가 된 듯 유유자적하였기에 허관걸은 그저 눈만 두어 번 깜박일 따름이었지만 심온은 문득 눈빛을 빛내기 시작했다.

'그물이나 낚싯대가 없다. 그렇다고 사람을 태워 옮기거나 짐을 실어 나르기엔 배가 너무 작고.'

심온의 머리로 '만학서고', '기연 총정리', '소천봉', '기연 장소의 지형 지세', '추락', '절벽 아래의 나룻배' 등의 단어들이 마구 요동치기 시작했다.

그 요소들은 차츰 서로 부딪치고 위로 올라섰다가 내려서고, 다시 톱니처럼 맞물렸다가 다른 쪽으로 연결되면서 결국 한 가지 결론을 도출해 냈다.

'음, 그런 건가?'

심온은 깨달은 즉시 허관걸에게 말했다.

"나룻배의 도움을 받을 수 있을지도 모르겠군요. 대화는 제가 나눌 테니 지켜만 보십시오."

심온이 허관걸에게 나지막이 말하자 허관걸도 지푸라기라도 잡는 심정인지라 가만히 고개를 끄덕였다.

심온이 눈앞을 지나는 나룻배를 향해 목청을 높였다.

"어르신! 잠깐 여쭐 말씀이 있습니다!"

허관걸은 곁에서 심온이 외치는 것을 보고는 살짝 눈살을 찌푸렸다. 이곳에서는 사방의 공간이 탁 트여 있었기에 이런 식으로 고함을 지른다고 강물을 가로질러 소리를 전달할 수는 없을 것이라 생각했기 때문이다.

'어휴, 이 친구, 정말 한심하군.'

그러나 어찌 된 일인지 노인의 희미한 대답이 돌아왔다.

"왜 그랴?"

허관걸의 눈이 대번에 휘둥그레졌다.

'소리를 들었단 말인가? 들릴 리가 없는데?'

하지만 곧바로 허관걸은 속으로 탄성을 내질렀다.

'하아, 그렇군. 저 노인장이 범상치 않은 자인 게로구나.'

그는 강호상에 은거기인이 많다는 이야기를 떠올리곤 틀림없이 노인장도 그런 사람 중 하나일 것이라고 생각했다.

다시 심온이 고함치듯 째지는 소리로 외쳤다.

"보답으로 사례는 충분히 하겠습니다! 시간 낭비는 아닐 겁니다!"

강호의 속설 중엔 '뇌물(賂物)은 지름길의 약도(略圖)를 제공하고 사례금(謝禮金)은 친절(親切)을 보장한다'는 말이 있다. 이 노인도 돈은 좋아하는 모양이었다.

"어? 그라그라! 조금만 기다리게나!"

희미하게 들리긴 했지만 노인의 목소리에 꽃이 핀 것만은 확실하게 느낄 수 있었다.

나룻배가 십 장(약 30미터) 정도로 가까워졌을 무렵, 문득 심온이 허관걸의 허리를 감았다.

순간 허관걸은 흠칫 놀라고 말았다.

'뭐지? 이 애송이가 설마 십여 장의 거리를 건너뛰겠다는 건가? 그것도 나를 끼고서? 흠, 정녕 내가 사람을 제대로 보지 못한 것일까?'

아주 잠깐이지만 혹시 능력을 숨기고 있는 것은 아닌가라는 생각도 했으나 설마 이 정도의 무공을 가졌을 거라곤 짐작조차 하지 못한 허관걸이었다. 이 정도의 거리라면 뛴다기보단 난다고 표현해야 옳을 정도였다.

배는 그사이 조금 더 가까이 다가왔다.

그러나 어찌 된 일인지 심온이 진중한 표정을 유지한 채 꿈쩍도 하지 않자 허관걸은 고개를 갸웃하고는 의문스럽게 물었다.

"나는 준비되었소. 이제 배 위로 가야 하지 않소이까?"

"네?"

심온이 눈을 동그랗게 뜨고 되물었다.

"경공을 펼쳐 배로 날아가려고 내 허리를 감지 않았소?"

심온이 두 눈을 사정없이 깜박거리고는 답했다.

"하하, 무슨 말씀을. 다정하게 보이잖습니까?"

허관걸의 안색은 즉시 푸르뎅뎅하게 변했고, 그는 허리에 감긴 심온의 팔을 사정없이 뿌리쳤다.

'미친 새끼……. 어휴, 도대체 내가 무슨 생각을 한 거지?'

어느덧 배는 지척에 이르렀고, 노인장이 뱃머리에 선 채로 물었다.

"그래, 뭐가 궁금한 겐가?"

"참으로 훌륭한 일을 하고 계십니다. 대단하십니다."

심온이 뜬금없이 포권의 예를 취하며 하는 말이었다.

허관걸은 이 무슨 생뚱 맞은 소란가 하고 미친 닭 보듯 심온을 바라봤다. 그는 속으로 자신이 후흑문에 아들을 찾아달라고 의뢰한 건 아무래도 큰 실수를 범한 것이라고 생각했다.

그러나 이번에도 그의 예상은 빗나가고 말았다. 무슨 헛소리냐고 반문할 것이라 여겼던 노인장이 껄껄 웃음을 짓는 것이 아닌가.

"허허, 젊은 친구가 뭔가 아는군. 그래, 어디에서 나왔나?"

"저희는 관(官)에서 나온 사람입니다. 죄인을 쫓고 있지요."

"관(官)?"

노인의 얼굴은 '관(官)'이란 말에 찜찜한 기색이 떠올랐다.

"죄인을 쫓는 데 이 늙은이가 무슨 도움이 될 수 있을라고……."

"그 죄인은 현상금이 붙어 있습니다."

"오호? 현상금이라?"

"꽤 큰돈이죠. 저희가 입수한 정보에 의하면 그는 자신의 극한 상황을 기연을 통해 뒤바꾸어 놓으려고 한다는 것이었습니다. 그 장소가 바로 이곳입니다."

노인의 얼굴에 화색이 돌았다.

"그렇지. 요새 젊은 것들은 생명이 얼마나 고귀한 것인지 모른다니까. 내가 오죽 답답했으면 절벽 아래를 왕래하면서 목숨을 구할 생각을 했겠나?"

"그저 존경스럽습니다. 이 세상이 아직 존재하는 이유도 다 소리없이 의를 실천하시는 이르신 같은 분이 계시기 때문일 겁니다."

하지만 심온은 말과는 달리 노인의 본질을 꿰뚫어 보고 있었다.

'흥, 또 한 명의 기연 장사꾼이라 이거지?'

기연을 얻겠다고 절벽에서 뛰어내리는 철없는 젊은이들을 구하고는 보상금을 요구하는 한편, 충격을 받아 죽은 자들에게서는 그 품을 뒤져 패물이나 돈을 거둬들이는 것이 틀림없었다.

"허허허, 그렇게 보아주니 고맙군. 사람을 구한다는 것은 쉬운 일이 아니지."

이때쯤 되자 허관걸도 대충 상황을 파악했다. 그는 비로소 심온이 왜 관(官)이나 현상범을 운운했는지 이해할 수 있을 것 같았다.

'이거 완전히 신종 직업(新種職業)이군. 이 애송이 녀석, 그래도 눈치 하난 빠른걸.'

"혹시 요 근래 뛰어내린 자가 있는지요? 큰돈이 걸린 현상범과 대조해 보고 싶습니다만……."

심온은 큰돈이라는 말을 군이 강조했다.

"있었지. 범인의 나이가 어느 정도인가?"

"이십 세가 채 되지 않았습니다."

"그래, 어쩌면 한 달 전에 요절한 젊은이일지도 모르겠군. 음, 그러니까 그 녀석을 발견하게 된 날은 다른 날과는 달리 바람이 세찼다네. 지난밤의 꿈자리도 뒤숭숭했던지라 꼭 무슨 일이 일어날 것만 같았지."

허관걸의 심장이 쿵쾅거리며 정신없이 요동쳤다.

노인의 말이 이어졌다.

"늦은 오후였어. 흰 덩어리 하나가 절벽에서 떨어져 내리는 것이 아니겠나. 나는 최대한 빨리 배를 몰아가기 시작했지. 아무리 땅바닥이 아닌 강물에 떨어진다고 해도 워낙 높은 위치에서 추락하는 거라 그 충격이 살인적이거든. 한데 전혀 생각도 해본 적이 없는 일이 벌어지고 만 게야."

"뭡니까?"

심온과 허관걸이 입을 맞춘 듯 동시에 물었다.

"사실 나도 이 강물을 수없이 오갔지만 그런 암초가 있을 줄은 몰랐다네. 저기 저쪽이었지."

노인이 손으로 강의 한 지점을 가리켰다. 그러나 겉으로 보기에는 아무 특이점을 발견할 수가 없었다. 노인은 두 사람의 얼굴에 의문이 가득한 것을 보고 말을 이었다.

"직접 가서 보지 않고는 실감하기 힘들 거네. 저기 저 지점엔 어이 없게도 끝이 송곳처럼 뾰족한 암초가 수면 바로 밑에 자리하고 있었던 걸세. 쉽게 말하자면 고드름이 거꾸로 자라난 것처럼 말이네. 이해가 되나?"

허관걸의 얼굴이 하얗게 질려 버렸다. 노인의 설명이 워낙 사실적이라 어마어마한 속도로 추락하다 송곳 같은 암초에 머리부터 내다 꽂히는 상상을 하니 온몸으로 소름이 돋아났다.

"결과는 너무나 끔찍스러웠어. 여기서 추락한 녀석들의 별의별 모습을 다 봤지만 그런 참혹한 광경은 처음이었다니까. 그 뾰족한 곳에 머리 정수리부터 꽂혔으니 몸이 어떻게 됐겠나? 그대로 꼬챙이에 사방팔방 아주 갈기갈기 찢어져 버리고 만 게야. 어찌나 충격적이었던지 그걸 목격한 후 열흘가량은 식사를 제대로 할 수 없을 정도였단 말이네."

심온은 노인의 이야기가 끝나는 대로 품에서 허융의 얼굴이 그려진 그림을 꺼내려고 했으나 그냥 접어두기로 했다. 그런 상태였다면 필시 얼굴을 알아보지 못했을 것이고, 괜히 허융의 얼굴을 보여 허관걸에게 암초 추락의 장본인이 아들일 것이라는 암시를 줄 필요는 없었기 때문이다.

"혹시 시신에서 뭔가 수습한 것이라도 있으신지요?"

"수습? 농담 말게. 온몸이 떨리고 정신을 차리기도 힘든 판에 뭘 수습할 수 있었겠나?"

"그럼 요 두 달 사이 다른 추락자는 없었습니까?"

"음, 그렇다네. 어떨 땐 하루에 두세 명씩 떨어지기도 하고 또 어떨 땐 몇 달씩 조용하다니까. 특히 요즘처럼 날씨가 화창할 때에는 아주 특이한 성격이 아니고서는 뛰어내리는 사람은 없지. 아무리 위에서 바라볼 때 안개가 짙어 아래를 볼 수 없다고 해도 화창한 날씨엔 좀 어색하다고 생각하는 모양이야. 저길 좀 보게. 얼마나 화사한… 엇!"

"앗! 저, 저건?"

노인이 말을 하다 말고 탄성을 터뜨렸고, 노인의 말에 따라 절벽 쪽을 바라보고 있던 허관걸도 곧바로 탄성을 내질렀다.

거기엔 화창한 날씨엔 뛰어내리는 자가 없다는 노인의 말을 비웃기라도 하듯 기연을 노리는 것이 분명한 하얀 물체가 추락하고 있는 중이었다.

그러나 허관걸은 곧바로 더 큰 경악성을 내질러야만 했다. 추락자에 대한 놀람보다 더 놀라운 사실이 눈앞에 버젓이 펼쳐지고 있었기 때문이다.

분명 방금까지 옆에서 대화를 나누던 애송이가 믿을 수 없게도 허공을 가로질러 날아가고 있는 것이었다.

'뭐, 뭐지? 내가 지금 보고 있는 것이 정녕 현실이란 말인가?'

이 광경은 흔히 무림인들이 경공을 펼친다는 수준이 아니라 거의 날아간다고 해야 적당할 것 같았기에 이제껏 자신이 얼마나 큰 착각에 사로잡혀 있었는지 자신의 의식 전반이 지각 변동을 일으키는 순간이었다.

'그, 그럼 아까 고함을 치던 소리도 사실은……. 하아, 후흑문… 명불허전(名不虛傳)이로구나!'

"허어, 저 젊은이 혹시 샌[鳥]가?"

꼭 질문이라기보단 스스로 어이없어하는 마음을 달래기 위한 중얼거림이 노인의 입에서 흘러나왔다.

허관걸은 너무 놀라 노인이 뭐라고 하는지조차 듣지 못한 상태였다.

두 사람이 놀라 입을 쩍 벌리고 있을 때 심온은 첫 번째 도약의 정점(頂點)에서 강의 중간에 이르렀고, 거기서부터 다시 하강하여 강물에 발이 닿는 순간 극미한 물의 저항을 이용, 팅기듯 다시금 솟구쳐 올랐다.

후흑문에는 '되도록 무공을 드러내지 않는다'라는 규율이 있었지만 이 경우에는 한 생명이 사느냐 죽느냐가 걸린 문제였기에 심온으로선 어쩔 수 없었다.

후흑문의 규율은 달리 오불율(五不律:다섯 가지 하지 말아야 할 규율)이라고 불리는데 나열하자면 이러했다.

첫째, 강호를 제패하지 않는다.
둘째, 억만금의 의뢰라도 살인 청부는 받지 않는다.
셋째, 되도록 무공을 드러내지 않는다(단, 필요하면 가차없다).
넷째, 한 대 맞으면 다섯 대를 갚지 않으면 파문이다.
다섯째, 여자를 멀리하지 않는다(단, 추녀는 예외).

심온이 가공할 속도로 솟구쳐 추락하는 백색 인영에게 닿아갈 쯤에는 거의 수면에서 칠 장(약 20미터) 정도의 높이였다.

심온은 추락자의 허리를 독수리가 먹이를 채듯 낚아서는 쭉 뻗어가 암벽에 찰싹 달라붙었다.

'이런 썩을 놈을 봤나!'

황당하고 어이없어 심온은 속으로 욕을 퍼부었다. 기분 같아서는 확 패버리고 싶었다. 그러다 어떤 놈인가 보자 하고 얼굴을 확인한 순간 심온은 그만 뜨악해지고 말았다.

"뭐, 뭐야? 이 친구, 살아 있었군."

기가 막힐 일이었다. 추락자는 다름 아닌 허융이었던 것이다.

허융은 이미 추락하는 와중에 정신적 충격을 받은 탓인지 눈을 희멀 겋게 뜬 채 해롱거리고 있었다.

그 모습을 보고 있자니 심온은 다행이란 생각도 들었지만 더욱 화가 치밀어 올라 견딜 수 없이 되고 말았다.

'씨바, 정신 좀 차리게 해줘야겠군.'

욕이 저절로 튀어나왔다.

심온은 그대로 몸을 날려 강물을 발로 차내는 동시에 허융의 몸을 강물에 푹 담갔다가 빼내면서 다시 솟구치고 또 하강하여 물에 담갔다가 솟구치면서 강변 쪽으로 이동했다.

수상비(水上飛)를 통한 물 고문인 셈이었다.

차가운 강물 탓에 허융은 비명을 지르며 깨어나서는 자신의 몸이 솟 구쳤다가 다시 물속으로 푹 빠지고, 다시 위로 들렸다가 물에 담가지자 죽기를 각오하며 뛰어내렸던 것과는 달리 살려달라고 난리를 쳐댔다.

이윽고 심온이 지면에 이르러 허융을 내려놓자 그제야 허관걸이 자신의 아들임을 알아보고는 숨도 제대로 쉬지 못하고 기쁨의 눈물을 흘리며 아들을 부둥켜안았다.

그는 비록 심온이 자신의 아들을 물에 담그는 행위를 했지만 살려낸 은인이랄 수 있었기에 개의치 않고 아들과의 상봉에 어쩔 줄을 몰라

했다.

"이 녀석아, 어찌 그리 어리석은 게냐? 아비다, 아비야. 흑흑흑."

허용은 입으로 거푸 물을 뱉어내면서 겨우 아버지를 알아봤다.

"아, 아버지? 아버지가 어떻게?"

"이 녀석아, 널 찾으러 온 것 아니냐."

격정의 눈물을 흘리며 허관걸은 아들의 볼을 매만졌다.

사랑이란 이런 것인가? 진정 누구라도 곁에서 보고 있노라면 눈시울이 붉어지지 않을 수 없는 가슴 뭉클한 광경이었다.

그러나 그때 기가 막히게도 허용이 아버지 허관걸의 뒤통수를 갈겨 버렸다.

"아버지, 저 기연 못 얻은 건가요? 저를 구하시면 어떡해요? 왜 그러셨어요? 이러시면 곤란하죠! 왜요? 왜?"

뜨거운 재회의 기쁨과 감동에 젖어 있던 허관걸에겐 그야말로 찬물이 한 바가지 쏟아지는 말이 아닐 수 없었다. 그건 심온과 노인도 마찬가지여서 '황당'이라는 이름의 바다에 빠져 버린 것만 같았다.

기쁨과 감동이 썰물처럼 빠져나가고 그 빈자리로 울화와 분노가 밀려들었다.

"이런 망할 놈의 자식, 내가 널 잘못 가르쳐도 단단히 잘못 가르쳤구나! 그래, 그렇게 죽고 싶으면 이 아비가 죽여주마!"

허관걸은 다정한 아버지이길 포기하고 폭행을 일삼는 아버지로 변신했다. 맹렬한 주먹은 허용의 얼굴을 난타했고, 이어 일어나서 발로 짓밟으며 괴성을 질러댔다.

"차라리 죽어라, 이놈아! 죽어! 네놈이 나와 네 어미의 심장을 몇 번이나 찔렀는지 아느냐? 꼭 칼로 찔러야 죽이는 것인 줄 아느냔 말이다,

이 못된 놈의 자식아!"

심온은 그 광경을 말릴 생각도 없이 팔짱을 끼고 바라봤다.

본시 모든 부모가 자식을 잠깐이나마 잃은 후에 찾게 되면 뜨겁게 안는 동시에 왜 함부로 나다니느냐고 마구 때리는 것과 같은 이치였던 탓이다. 게다가 만약 허관걸이 때리지 않았다면 자신이 나서서 패버렸을지도 모르는 일이었다.

그러다 허관걸의 외침 사이로 안타깝게 중얼거리는 다른 목소리에 심온이 흘깃 노인을 바라보니 노인은 온갖 아쉬움이 서린 얼굴을 한 채 입을 놀리고 있었다.

"내 돈, 내 돈, 내 돈, 내 돈, 내 돈. 내 돈이 날아갔네!"

심온의 얼굴이 삽시간에 일그러졌다.

'아휴, 늙다리! 저거 확 패버릴까?

◆ 第三章 ◆ 초월적인 힘

Fantastic Oriental Heroes

후흑문주

심온

만학서고.

문을 열고 들어선 순간 심온의 눈빛이 예리하게 빛났다.

저만치 서고 주인이 앉아 있는 것이 보였다.

심온이 슬쩍 입꼬리를 올리며 중얼거렸다.

"후후, 오른쪽에 두 명, 왼쪽에 세 명, 천장에 한 명이라……. 이 정도로 나를 막을 수 있을 것으로 보았소?"

주인 이항이 놀란 얼굴이 되어 자리에서 벌떡 일어났다.

그의 표정은 곧바로 종이를 마구 구겨놓은 것처럼 되었고, 그런 이항을 향해 심온이 다시금 거만하게 뇌까렸다.

"피를 보고 싶진 않소이다."

"야아, 이 미친놈아!!"

이항은 심온을 향해 미친놈이라고 소리를 질렀지만 사실은 자신이 미쳐 버릴 것만 같았다.

지난번에는 은전을 우그러뜨리는 척 지랄을 하더니 오늘은 또 뜬금없이 매복이 있다고 염병을 하고 있는 것이다.

"머리가 어떻게 된 거 아니냐? 숨어 있긴 누가 숨어 있다고 지랄이야?"

이항은 지끈거리는 머리를 매만지면서 저놈이 필시 강호협사들의 이야기책을 많이 읽고는 현실과 환상을 혼동하는 얼빠진 놈이라고 규정지었다.

심온이 살짝 고개를 갸웃하고 답했다.

"뭐, 아니면 말고."

이항은 당장 울 것 같은 표정이 되어 털썩 의자에 주저앉았다.

"그래, 내가 졌다, 졌어. 이번엔 또 뭘 물어보려는 게냐?"

심온이 빙긋 웃으며 품에서 두 장의 그림을 꺼내 탁자 위에 펼쳐 놓았다.

각 그림 아래로 조성(曹星)과 화명운(華明雲)이라는 이름이 적혀 있었다.

"이 두 사람에겐 어느 곳을 추천하셨소이까?"

칠흑같이 어두운 밤, 골목 어귀에서 후흑문주 심온과 총관 오교가 은밀히 만났다.

심온이 문주의 신분으로 본산에 가지 않고 따로 오교를 부른 데는 순전히 면사녀 담유설 때문이었다.

첫 면담이 있던 날, 천장을 뚫고 탈출한 심온은 도대체 담유설을 어떻게 해야 좋을지 여러 가지로 고민을 했었다. 왜 그리 경솔하게 성급히 받아들이겠다고 말하였는지 후회가 막심했다.

그나마 마음을 가라앉히고 곰곰이 생각을 해보니 추악한 외모가 사실은 가짜일 수도 있겠다는 생각도 들었다. 그녀의 아버지가 역용의 귀재이니 마땅히 그녀 또한 역용에 능할 것이 틀림없는 것이다.

그러나 또 한편으로는 진짜 얼굴일 수도 있겠다는 생각을 떨치기도 힘들었다. 여자란 기본적으로 아름다워지길 갈망하고 또 아름답게 보이길 바란다.

그런 점에 비추어보자면 그녀가 평범한 외모나 아름다운 외모 대신 군이 추녀로 역용했다는 것은 이해하기 힘든 문제였다. 게다가 면사를 썼다는 것은 본래의 모습일 가능성을 더욱 짙게 하는 부분이었다.

"그녀는 어때?"

심온의 물음에 오교가 기다렸다는 듯이 답했다.

"여전히 이상합니다."

"이상해?"

"그게… 얼굴이 변했습니다."

"어떻게?"

"눈이 부실 정도로 아름답게 변했습니다."

"오, 그럼 사실은 아름다운 얼굴이었던 게로군!"

"그렇지 않습니다."

"뭐?"

"다음날은 또 추녀로 변했고, 그 다음날은 경국지색으로 변했답니다. 그렇게 매일 하루씩 추녀에서 미녀로, 미녀에서 추녀로 바뀌는 것이지 뭡니까."

"그건 또 뭐야? 무슨 저주라도 받은 건가?"

"저희도 그렇게 생각했죠. 그녀가 추녀의 얼굴일 때는 술을 가져오라고 소리를 지르고 폭언을 일삼았기에 어쩔 수 없이 이틀에 한 번씩은 추녀가 되어야 하는지도 모른다고 생각한 겁니다. 하지만 그게 아니었습니다. 그 뒤 보란 듯이 미녀의 얼굴로 사흘을 지내고, 얼마 전부터는 수수하고 차분한 외모가 되어 있었으니까요."

"제길, 알 수가 없군. 하지만 그녀가 아버지의 진전을 물려받은 것만은 틀림없군. 혹시 변왕님으로부터 소식은 없었나?"

"글쎄요, 아직까진……."

심온의 물음에 총관 오교가 애매하게 말꼬리를 흐렸다. 다른 사람이라면 몰라도 변왕이라면 다녀갔다고 해도 못 알아볼 게 뻔한 것이다.

그때였다. 문득 심온과 오교가 자리한 골목으로 한 사람이 들어섰다. 투박한 발걸음에 잿빛 의복, 평범한 용모로 어디서나 볼 수 있는 사십대 후반 정도 돼 보이는 사내였다.

그는 뚜벅거리며 두 사람을 막 지나치는가 싶더니 갑자기 걸음을 멈췄다. 심온과 오교는 낯선 사내가 지나가면 이야기를 계속 이어갈 생각으로 잠시 입을 닫고 있었는데 사내가 우뚝 걸음을 세우고는 당연하다는 듯 어깨를 들이밀고 곁에 서자 잠시 어안이 벙벙해지고 말았다.

'이건 또 뭐야?'

'뭐냐? 어서 갈 길이나 가라.'

심온과 오교는 혹시나 하는 마음에 방비는 하고 있었지만 상대방의 몸에서 무공을 익힌 흔적이나 살기, 또는 작은 살의도 포착되지 않은 고로 그저 뚱하니 바라볼 따름이었다.

그때 낯선 사내의 입이 열렸다.

"두 사람, 오랜만일세."

순간 심온과 오교의 몸이 무슨 귀신마냥 스르륵 뒤로 물러나 낯선 사내로부터 이 장여의 간격을 벌렸다. 그것은 거의 본능적인 움직임이 었다. 두 사람은 물러선 직후 서로를 마주 보다가 거의 동시에 입을 벌리고 탄성을 발했다.

"아, 변왕님!"

"불쑥 찾아와서 미안하네."

낯선 사내는 옅게 미소 지으면서 존재를 시인했다.

변왕(變王) 담천변!

강호는 기이한 능력을 지닌 일곱 사람을 칠대기왕(七大奇王)이라 칭했는데, 그중 담천변은 변왕이라는 별호처럼 변신(變身), 역용(易容)에 있어서 타의 추종을 불허하는 이였다.

강호에서 유전되고 있는 변왕에 대한 말은 크게 두 가지였다.

변왕의 진짜 얼굴을 본 사람은 아무도 없다.

변왕 스스로도 자신의 본래 얼굴이 어떤 것인지 모를 것이다.

그럼에도 불구하고 심온과 오교가 변왕이라고 짐작한 것은 변왕이 딸의 거취 문제로 한 번은 모습을 드러낼 것이라고 생각하고 있었기 때문이며, 너무도 태연히 바라본 사내가 전혀 낯선 사람이라는 점 때문이었다.

"섬뢰수(閃雷手) 자넨 어찌 된 게 더 젊어진 것 같군."

섬뢰수는 총관 오교의 별호였다. 그가 펼치는 섬뢰장법은 강호일절로 통하며 번개같이 빠르고 파괴적인 무공으로 이름 높아 강호에서는 그를 섬뢰수라 칭하게 된 것이었다.

오교가 어깨를 으쓱해 보이며 말했다.

"제가 날고 긴다 한들 변왕님에 비할 수 있겠습니까?"

그건 지금 변왕 담천변의 용모가 사십대 초반의 모습을 하고 있는 것을 빗대어 하는 말이었다.

"하하, 그렇게 되었나? 하하하하!"

담천변은 유쾌한 듯 웃음을 터뜨렸다.

그러나 그 광경을 지켜보던 심온과 오교는 울어야 할지 웃어야 할지 모를 표정이 되고 말았다.

황당하게도 웃는 와중에 담천변의 얼굴이 출렁이면서 계속 변하고 있었기 때문이다.

웃음이 그쳤을 때 담천변은 어느새 건장한 노인의 얼굴이 되어 있었다.

"따님 때문에 오셨습니까?"

심온이 물었다.

"뭐, 그렇지."

"선배님, 소원 하나 들어주는 셈 치고 말씀 좀 해주십시오. 따님의 얼굴이 정녕 어떻습니까?"

심온은 어떻게든 진실을 알고 싶었다. 심온에게 있어 여자는 어쨌든 간에 얼굴이 중요했다.

"글쎄, 하도 자주 바뀌니 나도 어떤 얼굴이 본 얼굴인지 이젠 기억이 안 나는군. 그러나 그게 뭐 대수겠나? 사람의 얼굴이야 사실 별거 아니지. 성격이 이랬다저랬다 하는 것보다야 차라리 얼굴이 자주 바뀌는 게 더 낫지 않겠나?"

"외람된 말씀입니다만 따님은 성격도 자주 바뀌는 것 같습니다만……."

"그럴 리가. 내 딸아이만큼 참한 여자가 어디에 있다고 그러나? 자네 너무 눈이 높은 거 아닌가? 하하하! 하하하하!"

담천변은 정녕 딸이 이 세상에서 가장 모범적인 숙녀라고 생각하는 듯 자랑스럽고 유쾌한 웃음을 터뜨렸다.

너무도 당연하다는 듯한 태도에 심온은 이를 악물고 바라볼 수밖에 없었다.

군이 원망할 사람을 찾아야 한다면 지금은 이 세상 사람이 아닌 사부를 원망할 수밖에 없는 노릇이었다.

정작 변왕에게 딸을 후흑문으로 들어오게 하라고 바람을 넣은 작자가 바로 사부였기 때문이다.

"뭐, 심심친 않을 걸세. 내가 온 건 좋은 인재를 보내준 것에 대해 혹시나 자네들이 축하나 감사의 말을 하고 싶어할지도 몰라서였어. 역시 오길 잘했다는 생각이 드는군. 그럼 난 이만 감세."

담천변은 손을 들어 살짝 흔들고는 어두운 골목길로 걸어갔다. 역용의 눈부신 빠름만큼이나 퇴각 또한 빨랐다.

"선배님, 아무 때나 또 들러주십시오. 언제나 환영입니다!"

심온이 급히 인사를 건넸고,

"밤길 조심하십시오."

총관 오교도 인사말 같지 않은 인사말을 전했다.

담천변이 문득 걸음을 멈추고는 몸을 돌려 씨익 웃었다. 그는 어느새 노인의 모습 대신 삼십대 중반의 모습이 되어 있었다.

"딸아이는 이미 구성의 경지에 이르렀으니 적절히 잘 활용해 보길 바라네. 그리고 오교 자네는 낮길도 조심해야 할 거야."

그 말과 함께 담천변의 모습이 어둠 속으로 사라지자 심온과 오교는 한동안 멍하니 빈 공간을 바라보다가 동시에 입을 쩝쩝거렸다.

이렇게 변왕이 직접 나서서 못을 박듯 말하고 가니 담유설을 받아들이는 건 기정사실이 되어버린 셈인 것이다.

심온은 턱을 어루만지며 한동안 심각한 표정을 짓더니 뭔가 결정한 듯 입을 열었다.

"일단 강력한 수면 약을 사용해서 담 낭자의 진짜 얼굴을 확인해 봐."

"네? 그래도 그건… 좀……."

"잘 들어. 이건 매우 중요한 일이야. 총관이 생각할 때 변왕의 나이가 얼마 정도일 것 같아? 적어도 일흔 살은 넘지 않았겠냐구. 그러면 그 딸의 나이는 어떻겠어? 만약 삼십대 후반이나 마흔 살일 수도 있는 거잖아. 그렇다고 한다면 이건 낭패지. 안 그래? 우리 문파의 규율을 잊은 거야?"

"헉! 정말 그러네요."

오교도 그것까진 생각지 못했다는 듯 갑자기 얼굴이 심각해졌다.

"어이쿠, 머리야! 어쨌든 그 일은 총관이 알아서 하고 나도 이만 가 봐야겠어."

"흑묘(黑猫) 먹이 주는 것 잊지 마십시오."

흑묘란, 일개 짐승에 불과한 것처럼 보이나 실은 영물에 가까워 후흑문에서는 조직의 일원으로 관리되고 있는 검은 고양이였다. 흑묘는 제 이름이 거론되는 것을 들었는지 위쪽에서 야옹 하는 울음소리를 냈다.

"그건 걱정 말고 얼굴이나 확실히 밝혀내."

"최선을 다하겠습니다, 후흑!"

"그래, 후흑! 가자, 흑묘!"

심온의 신형이 어둠 속으로 사라지자, 흑묘 또한 어둠 속에서 그 뒤를 좇았다.

*   *   *

평운산(平雲山) 선인봉(仙人峰)에 이른 조성의 아버지, 어머니는 자식 걱정으로 온통 얼굴이 상해 있었다. 그동안 밥이 넘어갔겠으며 잠이 왔을 리 만무했다.

아들이 남긴 한 장의 서신에는 짧게 '영웅이 되어 돌아오겠습니다'라는 글귀가 적혀 있었다.

사랑하는 자녀가 벼락에 맞을 확률만큼이나 희박한 가능성에 목숨을 걸고 영웅이 되려는 것을 기뻐할 부모가 세상 어디에 있겠는가!

부모는 그저 건강하고 바르게 자라주는 것으로, 평범하지만 화목한 가정을 이루어주는 것만으로도 더할 나위 없이 기뻐한다는 사실을 철없는 자식들은 알지 못하는 것이다.

"너무 염려 마십시오. 두 분의 염원이 간절하므로 하늘이 아드님을 보호하고 있을 겁니다."

심온은 속으로는 막막하기 이를 데 없었지만 애써 희망을 불어넣어주었다.

"꼭 좀 찾아주시구려, 꼭 좀."

조성의 어머니는 오는 동안 그렇게 눈물을 쏟더니 다시금 굵은 눈물을 흘렸다.

"울지 마오. 벌써부터 약한 마음을 먹으면 어쩌지는 게요."

남편의 위로에 부인은 남편의 가슴에 얼굴을 묻었다.

"흐흑… 흐흑… 흑흑……."

심온은 사람들이 슬픔에 젖어 울 때면 흐흑, 흐흑 하는 것이 꼭 후흑(厚黑)이라고 하는 것 같아서 그때마다 자신이 꼭 나서야 할 것만 같은 기분이 들곤 했는데, 지금도 그러했다.

"자, 그럼 한번 찾아보겠습니다."

심온은 손 위에 앉은 흑묘의 머리를 쓰다듬고는 조성이 입던 옷을 코에 들이댔다. 고양이의 후각 능력이 비록 개와 비교할 바는 아니겠으나 고양이 또한 매우 발달하였기에 흔적이 남았다면 반드시 찾아낼 것이다. 게다가 흑묘는 어디서나 볼 수 있는 그런 고양이가 아니었다.

"자, 가라, 흑묘!"

야옹~

흑묘가 대답을 하는 듯 한차례 울더니 절벽 아래로 거침없이 뛰어내렸다.

"앗, 고양아!"

"보통 고양이가 아닙니다. 안심하십시오."

부인이 깜짝 놀라 달려들려 하자 심온이 손으로 가로막으며 부드럽게 말했다. 부인의 얼굴엔 반신반의하는 표정이 떠올랐다.

"지금은 그저 느긋하게 기다리시면 됩니다."

그렇게 초조하게 기다리던 일행 앞에 흑묘가 다시 모습을 드러낸 건 약 일 식경(30분)이 지난 뒤였다. 흑묘의 입에는 천 조각과 넝쿨이 물려 있었다.

흑묘는 앞발로 천 조각과 심온이 냄새를 맡게 했던 의복을 차례로 짚었고, 이어 넝쿨을 마구 흩트렸다.

심온은 대번에 뜻을 간파하고는 들뜬 목소리로 말했다.

"찾은 것 같습니다. 아마 절벽에서 뛰어내리다 바람에 휩쓸려 넝쿨에 걸려 묶인 듯합니다."

찾았다는 말은 부부 내외의 마음에 기쁨을 안겨주었지만 그것이 도에 지나쳐 부인은 순간적으로 광적인 발작을 일으키고 말았다.

"어, 어디요? 내가 찾겠어요! 내 아들아, 내 아들아! 이 어미가 간다!"

사랑하는 사람이 물에 빠져 허우적거리는 것을 보면 헤엄칠 줄 모르면서도 앞뒤 가리지 않고 물속으로 뛰어들다 둘 다 목숨을 잃는 경우가 발생하곤 하는데, 지금 부인의 행동이 딱 그 상황이었다.

"부인, 이러면 안 되오!"

그나마 차분함을 어느 정도 유지하고 있던 남편이 뒤에서 부인의 어깨를 붙들었다.

하지만 부인은 무슨 힘이 어디서 솟아났는지 남편의 손을 뿌리치고는 무작정 절벽 아래로 달려갔다.

"안 됩니다! 물러서십시오!"

심온은 급히 절벽 끝 자락에서 부인의 앞을 가로막고는 양어깨를 견고히 붙들었다.

"어서 비키시오! 난 내 아들을 보러 가야겠소!"

"그건 제가 할 일입니다. 잠시만 기다려 주시면 제가 방법… 허걱!"

심온은 더 이상 말을 잇지 못했다. 심온의 발은 이미 허공에 뜬 상태였고, 밑으로는 까마득한 낭떠러지가 펼쳐져 있었다.

도무지 이해하기 힘든 어머니라는 존재의 초인적인 힘에 의해 심온이 뿌리쳐져서 그만 절벽 아래로 내던져져 버린 것이다.

순간 아주 찰나였지만 추락하기 직전 황당함에 젖은 심온의 눈과 아직 상황 파악을 못한 부인의 눈이 마주쳤다.

그리고,

"으아아악!!"

심온이 비명과 함께 추락하자 부인은 그제야 정신을 차렸다.

"안 돼요. 어, 어떡하지? 내가… 내가… 이 일을 어째……."

속절없이 추락하던 심온은 허공에서 몸의 균형을 잡고는 암벽 쪽을 향해 격공섭물(隔空攝物)을 펼쳐 암벽을 끌어당겼다. 당연히 거대한 암벽이 심온의 손으로 끌려올 리는 만무했기에 심온의 몸이 쭉 암벽 쪽으로 끌려갔다.

암벽은 단단하고 경사는 거의 살인적이라 붙들 만한 것이 없었지만 심온의 오른쪽 다섯 손가락은 무슨 두부에라도 틀어박히듯 암벽을 뚫어버렸다. 심온은 절벽 중간 정도에 한 팔로 대롱거린 채로 이 현실이 믿어지지 않아 허허거렸다.

'이건 도대체 뭐지? 아니, 어떻게, 도대체 어떻게 내가 밀려날 수 있었던 거지?'

그 누구라도 이런 식으로 간단히 자신을 떠밀어 버릴 순 없는 일이었다. 더욱이 조성의 어머니는 무공(武功)의 무(武) 자도 모르는 보통의 어머니일 뿐이다. 무공을 감추고 있다가 한순간 힘을 썼다는 건 하나마나 한 소리였다. 만일 이렇게 밀어낼 정도의 무공이라면 굳이 의뢰를 하고 자시고 할 것 없이 자기 힘으로 아들을 찾아 나설 만한 수준인 것이다.

그런데?

'허허, 그런데 내가 밀려났다 이거지. 이게 바로 어머니란 존재의 힘일까?'

이 순간 심온은 익히 알고 있는 세상에 존재하는 힘 외에 도저히 이론적으로는 설명하기 힘든 그 무언가가 있을지도 모른다고 생각했다.

열다섯 살이 되던 해 심온은 '어머니의 눈물'을 마신 적이 있었다. 당시 받은 감동의 무게는 태산과 같아서 잊을 수 없는 것이었는데 오늘 이처럼 신비스럽기까지 한 체험을 하고 나니 그때의 감동이 다시금 온몸으로 퍼져 갔다.

그는 어쩌면 어머니의 자녀를 향한 사랑의 힘은 대자연의 심오한 힘마저 초월하는 것인지도 모른다는 생각이 들었다.

잠시 대롱거린 채로 상념에 잠겨 있던 심온이 정신을 차린 건 위쪽에서 흐느끼는 소리가 들려온 뒤였다.

"내가 죽였어. 내가 죽인 거야. 흐흑흑."

"그건 실수였을 뿐이니 진정하시오."

'아이쿠야!'

심온은 혹시나 죄책감 때문에 몸이라도 던질까 덜컥 겁이 났다.

"저 살아 있습니다! 나뭇가지에 걸려서 살아났으니 울음을 그치십시오!"

"네? 정말입니까? 어디 다친 곳은 없습니까?"

"다행이군요. 다행이에요. 천지신명이시여, 감사하나이다. 감사하나이다."

두 내외의 음성에는 사형수가 사면을 받은 듯 안도와 기쁨이 서려 있었다.

"네, 천지신명께서 도우셨나 봅니다."

"다친 곳이 없으시다면 제 아들을 구해올 수 있겠습니까?"

"네, 제가 암벽 등반 경험이 많으니 잠시만 기다리십시오!"

심온은 후흑문의 특별한 규율상 무공 실력을 들먹이지 않고 답했다. 사실 이처럼 어이없이 절벽으로 떨어지지 않았다면 지금쯤 밧줄을 붙들고 힘겹게 내려가는 시늉을 하고 있을 심온이었다.

심온은 안력을 돋우어 넝쿨이 많은 곳을 찾았다.

약 삼십여 장 너머에 넝쿨이 무성하게 자라난 곳이 보였다. 워낙 무성한 탓에 사람이 걸려 있는지는 확인할 수 없었지만 거기 외에 다른 곳은 듬성듬성 넝쿨이 있을 뿐이라 가장 가능성이 높은 곳이라 할 수 있었다.

'가볼까.'

심온은 절벽에 박힌 손가락을 쑥 빼내고는 거미인간마냥 깎아지른 암벽을 빠르게 이동해 어느새 무성한 넝쿨 쪽에 이르렀다.

"윽!"

넝쿨에 거의 다다랐을 때 심온은 한순간 밀려오는 가공할 악취의 공격을 받고 한 손으로 코를 움켜쥐었다. 이제껏 단 한 번도 맡아본 적이 없는 악취로 그야말로 똥 냄새와 오줌 냄새, 그리고 뭐가 어떤 식으로 썩었는지 정신을 차리기 힘들 정도였다.

무성한 넝쿨 탓에 조성을 발견하진 못했지만 그가 이곳에 있는 것만은 확실했다.

"씨바, 온몸이 썩어가는 것 같네."

후흑문은 본시 얼굴이 두껍고 마음이 검다면 이루지 못할 것이 없다는 신념 아래 개파되었지만 그렇다고 코의 감각까지 둔감한 것은 아니었다.

심온은 호흡을 중단하고 수북이 자란 넝쿨을 젖혀보고선 곧바로 허탈해지고 말았다.

"허허, 미치겠네."

안쪽으로 비쩍 마른, 조성일 것이 틀림없는 괴인이 넝쿨에 친친 감긴 채로 묶여 있었는데 몰골이 엉망진창이었다.

가랑이 아래쪽으로는 뭘 먹고 싸댔는지 똥이 천지였고, 누런 오줌태가 바위에 엉겨 있었다. 이건 정말이지, 개방에서 최고로 추접한 놈이라 해도 결코 따를 수 없을 만큼의 추접스러움의 극치였다.

"에이, 추접스런 새끼!"

심온은 오만상을 찡그리고 바짝 다가가 생사를 확인했다.

"어라?"

설마 하고 맥을 짚어본 것이었는데 의외로 맥박이 정상적으로 뛰고 있었다. 몰골로 봐서는 최소한 한 달 반 이상은 이 상태로 꼼짝 못했을 것이 분명한데도 여태 살아 있는 것은 물론이고 꽤 건강한 상태를 유지하고 있었다.

"뭐야, 이거? 고래 힘줄이라도 씹어 먹은 거야?"

문득 의아해하던 심온이 조성의 입 주위에 널린 잎사귀들을 보곤 다시금 허허거렸다.

"산삼이네. 나 참내, 끝내 이렇게 매달리고서 기연을 얻긴 얻었군. 아주 신났겠구먼, 신났겠어."

산삼 잎은 의외로 많았다. 재수 좋게 넝쿨에 걸려 살아나더니 또 재수가 더해져 마침 넝쿨에 묶인 곳에 산삼이 모여 있었던 것이다.

아마도 수분은 비가 올 때나 아침 이슬이 넝쿨에 맺히면 그것으로 보충했으리라. 하지만 산삼을 복용했다 하더라도 이제껏 버티는 데 다 소진하고 말았을 것이니 기연은 이미 소멸된 것이나 다름없었다.

"조 형! 정신 차리시오, 조 형!"

심온이 조성의 뺨을 살짝살짝 갈기자 조성이 희미하게 눈을 떴다.

하지만 그것은 그저 '나, 살아 있소'라는 뜻에 불과해 그는 곧바로 다시 눈을 감고 축 처지고 말았다.

"어쨌든 살아 있으니 다행이오."

심온은 곁에 있던 넝쿨을 뜯어내 조성을 등에 묶고는 사사삭거리며 절벽 위로 나아갔다.

거의 정상에 가까웠을 무렵에서야 심온은 억지로 낑낑거리는 소리를 내며 힘겹게 올라서는 척했다. 어느새 이마엔 구슬땀이 연신 흘러내렸고, 옷은 땀에 젖어 강물에라도 들어갔다가 나온 사람 같았다.

"끙끙, 끄으으응~"

심온이 조성을 등에 업고 나타나자 두 내외는 잠시 아들을 못 알아보다가 이윽고 아들임을 깨닫고는 하염없이 눈물을 쏟아냈다.

"이 녀석아, 흐흑흑, 이게 어찌 된 일이냐?"

"선생, 사, 살아 있는 거지요? 흐흑, 그렇지요?"

"진정 하늘의 도우심으로 아드님은 무사합니다."

심온이 조성을 내려놓으며 하는 말에 아버지, 어머니는 악취에 찌들고 마른 장작이나 다를 것 없는 아들을 끌어안고 볼을 비벼댔다.

"이놈아, 이 못난 놈아! 흐흑흑."

"흐흑, 내 새끼야! 그동안 얼마나 고생이 많았느냐?"

절벽 위에는 어느덧 조성의 몸에서 풍기는 악취로 오염이 짙어지고 있었지만 그러나 그것을 덮고도 남을 정도의 따스함이 아버지, 어머니로부터 나와 주변을 감싸 안았다.

심온은 그런 광경을 물끄러미 바라보고는 혼자 속으로 중얼거렸다.

'부모에게 자녀란 이만큼 소중한 존재다. 하아, 그나저나 도대체 아까 그 힘은 어떻게 표출될 수 있었을까?'

◆第四章◆ 기연 후유증

Fantastic Oriental Heroes

후흑문주

심온

"그 아이는 어릴 때 이미 총명이 지나칠 정도였고 용모
가 빼어나 주위로부터 부러움을 한 몸에 받았다오. 마을의 뭇 여인들은 아들
녀석이 지나갈라 치면 가던 길을 멈추고 눈을 떼지 못했을 지경이었소. 그러
나 그 녀석은 학업에 정진할 뿐 여자에 관해선 돌을 보듯 할 뿐이었다오. 하
아, 그런데 남몰래 기연을 꿈꿔왔을 줄은 내 짐작도 못했소이다. 흐흑, 못된
녀석, 지금쯤 무슨 고생을 하고 있을는지……."

홀로 융중산(隆中山)의 간강봉(姦强峰)을 오르던 심온은 화명운의 아
버지 화소묵이 아들에 관해 말하며 끝내 눈물을 보이던 모습을 떠올렸
다.

그는 건강이 좋지 못한 상태임에도 불구하고 굳이 함께하겠노라고
하여 융중산까지 따라왔는데 오십 보를 걸으면 일 다경(약 15분)을 쉬

어야 할 정도로 지쳐 심온은 객방에서 머물 것을 겨우겨우 설득하고는 신형을 날려 정상을 향해 달려가고 있는 중이었다.

'노인장, 염려 마시구려. 내 꼭 찾아내고 말겠소. 그리고 그 못된 놈을 아주 시원하게 패버릴 테니 염려는 붙들어놔요.'

심온은 속으로 중얼거린 후 부지런히 몸을 날려 어느덧 간강봉의 정상을 눈앞에 두게 되었다.

"컥! 저건 또 뭐야?"

심온의 얼굴이 삽시간에 일그러졌다.

절벽 끝 자락에 한 사람이 위태롭게 서 있는 것이었다. 그야말로 한 뼘만 내디뎌도 곧바로 천 길 낭떠러지로 추락하고 말 지경이었기에 심온은 신형을 극한으로 끌어올리며 내달렸다.

"이봐! 뛰어내리면 안 돼!"

그러나 사내는 심온의 외침을 뛰어내리라는 출발 신호로 들었는지 그대로 몸을 던졌다.

슈아악~

심온이 바람을 뒤로하고 공간을 열어젖히며 빛살같이 나아가 손을 쭉 뻗었다.

뿌드득!

"으아악!!"

절체절명의 순간 심온의 손이 사내의 머리카락을 움켜쥐자 머리가 잡힌 사내가 고통에 찬 비명을 내질렀다. 와락 움켜쥔 머리카락의 절반가량이 뛰어내리는 기세에 의해 상당 부분 뽑혀지면서 사내에게 말로 형용키 어려운 고통을 안겨주었고, 천 길 낭떠러지에 대롱대롱 매달린 상태에서 머리카락만으로 버티는 있는지라 잘하면 머리 뚜껑이 확

벗겨져 버릴 판국이었다.

심온은 유능한 낚시꾼이 물고기를 잡아채듯 손목을 위로 꺾으며 사내의 몸을 끌어 올렸다.

사내를 내려놓은 심온의 손아귀에는 머리털이 한 움큼 쥐어져 있었다.

혹시나 화명운일지도 모른다고 생각했지만 사내의 나이는 거의 사십이 가까운 중년인이었다.

"아니, 이 양반이 죽을려고 환장을 했나? 나이도 먹을 만큼 먹었구먼 무슨 놈의 기연을 얻겠다고 이 난리를 치는 거요?"

심온이 위아래로 훑어보며 하는 말에 사내가 지지 않고 눈을 부라렸다.

"왜 괜한 일에 끼어드는 거냐? 그리고 또 기연은 또 뭐냐? 난 그냥 더 이상 살고 싶지 않을 뿐이니 네가 상관할 바가 아니다!"

순간 심온은 화가 치밀어 견딜 수가 없었다. 이미 허융과 조성을 구하는 과정 속에서 생명을 경홀히 여기는 걸 겪은 터라 더욱 참을 수 없는 지경에 이르렀다.

심온의 눈이 불꽃처럼 타올랐다.

"네 이놈! 내 말을 똑바로 들어라! 사람의 생명은 자신이 원해서 난 것이 아니니 또한 자신 스스로 버릴 수 없는 것이다! 사는 날 동안 최선을 다한다면 이루지 못할 일이 없을 터인데, 어찌 노력도 하지 않고 포기하려 하느냐?"

가히 천상에서 내려온 장군의 호령 같은 기세가 심온에게서 풍겨 나오자 사내는 압도당하여 주눅 든 표정으로 입술을 깨물며 울상을 지었다.

"나, 나는 살 가치가 없는 사람이기 때문이다."

"네놈은 누굴 죽이기라도 한 거냐?"

"그게 아니라……"

사내는 차마 말을 잇지 못하고 길게 한숨을 내쉬었다.

심온은 다그치지 않고 그의 말이 이어지길 기다렸다.

몇 번인가 입을 벌렸다 닫으며 말을 하려다 말기를 거듭하던 사내가 힘겹게 입을 열었다.

"나, 나를 좋아하는 여자가 아무도 없어. 나도 남들처럼 여자와 손도 잡고 싶고, 밥도 함께 먹고, 반찬도 떠먹여 주고 싶고, 결혼도 하여 함께 잠자리에 들고 싶은데 모든 여자들이 나를 싫어하니 내가 살아서 뭐 하겠냐? 아무도 내 고통을 몰라! 나는 아직도 숫총각이란 말이다!"

숫총각이란 말을 할 때는 거의 절규에 가까웠다.

심온은 너무 의외적인 말이었기에 순간적으로 웃어야 할지 울어야 할지 모르는 표정이 되고 말았다. 그제야 사내의 얼굴을 자세히 들여다보니 확실히 호감이 가는 얼굴과는 거리가 멀어도 한참 멀었다.

송충이 두 마리를 올려놓은 것 같은 눈썹에 곰보 자국이 양볼에 넓고 선명히 지리했고, 턱은 사각으로 각이 져 있어 강인해 보이긴 해도 전체적으로는 무뚝뚝해 보이고 어떤 쪽에선 무섭게 보일 정도였다.

"흠흠, 짚신도 다 짝이 있다고 했으니 분명히 운명의 여자가 나타날 것이니 너무……."

"꽥! 짚신 이야긴 집어치워! 그런 말은 천 번도 넘게 들었으니까! 제발 남의 일에 신경 쓰지 말고 가던 길이나 가라! 내가 하고 싶은 대로 하게 놔두란 말이다!"

"저, 그냥 궁금해서 묻는 건데 혹시 남자 구실은?"

"남자 구실? 아침마다 내 그곳은 삼층 석탑처럼 솟구친다! 정력으로 보자면 어느 누구에게도 뒤지지 않아! 제발 그냥 꺼져 주라! 제발 좀 사라져 줘!"

"내가 가고 나면 또 뛰어내리려고?"

"그거야 네놈이 상관할 바가 아니잖아? 난 정말 죽고 싶어! 죽고 싶다구!"

"정말? 그래, 알았어."

잠시 후,

"으아아아악!! 비약구 살려!!"

방금 전까지만 해도 죽는 것이 소원이라던 비약구(費約究)는 이젠 살려달라고 아우성을 쳤다.

현재 비약구의 몸은 절벽 아래로 맹렬히 추락하다가 한순간 몸이 출렁하며 멈추고는 끌어 올려졌다가 다시 떨어지기를 반복하는 상태였다.

심온이 '그래, 알았어'라고 말하고는 칡뿌리를 이중으로 기다랗게 꼬아서는 비약구의 오른쪽 발목에 묶고는 절벽 아래로 던져 버렸던 것이다.

그 때문에 비약구는 하염없이 바람을 가르고 추락하다가는 끌어 올려지고, 또 추락하는 사태에 직면해 이젠 제발 살려달라고 아우성을 치고 있었다.

비약구의 두려움은 말로 할 수 없을 지경이었다. 머리를 아래로 둔 채 가공할 속도로 떨어지는 건 한 번이라면 눈 딱 감고 실천할 수도 있는 것이었지만 현재 오십여 번에 이르게 반복하다 보니 지옥의 고문이 따로 없었다. 그를 더욱 두려움으로 몰고 간 것은 무엇보다 다리를 묶고 있는 칡뿌리였는데, 그야말로 언제 끊어질지 모르는 일이었기 때문이다.

자살자들의 심리는 자살에 실패했을 경우 도리어 죽음에 대한 극도의 두려움을 갖게 되는데, 비약구는 수십 번에 걸쳐 극한의 공포를 맛보다 보니 이젠 죽는 것이 얼마나 두려운지를 절실히 깨닫게 되어 오로지 살고 싶은 마음뿐이었다.

"으아아아악! 이제 그만!! 제발 살려줘! 으가가가! 안 죽을게! 안 죽는다구! 여자고 뭣이고 다 필요없어! 그냥 평생토록 혼자 살아도 좋아! 으아아아악!!"

그 후로도 대략 열 번 정도를 느긋하게 반복하고서야 심온이 끌어 올려주자 비약구의 얼굴은 하얗게 질려 신랑을 맞는 새색시가 분을 바른 듯 변해 버리고 말았고, 어느새 바짓가랑이는 축축하게 젖어 있는 상태가 되었다.

"흐흐흑, 앞으로 열심히 살 거야. 여자는 깨끗이 잊고 다른 취미라도 갖고 열심히 살아볼 테야. 흐흐흑……"

"흥, 듣던 중 반가운 소리군. 보이히니 평소 겁이 좀 많을 것 같은데 어디서 뛰어내리겠다는 용기가 났을까?"

심온이 팔짱을 낀 채로 이기죽거렸다.

비약구가 몇 번 울먹이곤 소매로 눈물을 훔치며 답했다.

"석 달 전이었나? 내가 나무를 하다가 바람이나 쐴까 해서 봉우리로 올라오는데 한 청년이 절벽 끝에 서 있는 것이 아니겠어? 아까 나처럼 말이야. 나는 깜짝 놀라 소리쳤지, 그러면 안 된다고. 뛰어내리면 죽는다고 말이야. 그때 내 말을 들었는지 그 청년이 내 쪽을 돌아보더니 씨익 웃는 거야. 그러더니 훌쩍 몸을 날리더라구. 그 이후로 계속 그날의 광경과 그 청년의 미소가 머리에서 떠나지 않지 뭐겠어. 그 미소는 무엇이었을까? 정말 행복해 보였거든. 그래서 나도 마음이 마침 힘들었던 터라 그 사람처럼 떨어져 죽고 싶더라구."

"얼굴을 봤어? 이 그림 좀 한 번 봐봐."

혹시나 하는 마음에 심온이 품에서 화명운의 그림을 꺼내 보였다.

비약구의 눈이 휘둥그레졌다.

"어라? 맞아. 이 사람이었어. 그때 날 보고 웃던 인상이 너무 뚜렷해서 내가 잊어먹지도 않았다니까."

"이런, 젠장!"

심온은 즉시 강줄기를 따라가면서 그 부근에 사는 사람들과 낚시를 하는 사람들에게 사람의 시체나 부상자가 떠내려온 적이 있는가를 묻고 다녔다. 그러나 기이하게도 모두들 고개를 저으며 본 적이 없다는 말뿐이었다.

이해할 수 없는 일이었다. 비약구의 눈빛은 거짓을 말하는 것이 아니었기에 분명히 뛰어내렸다면 어떤 흔적이라도 남아야 정상인데 아무도 본 사람이 없다니 말이다.

심온은 그날 온종일 탐문하다 결국 허탕 치고 화소묵이 묵고 있는 객방으로 돌아갈 수밖에 없었다. 화소묵에게는 밝은 표정을 지어 보이며 이미 찾은 것이나 다름없노라며 안심시키는 말을 했지만 속으로는 여간 난처한 것이 아니었다.

다음날 아침 일찍 심온은 다시금 강가를 면밀히 수색하는 한편 혹시 조성의 경우처럼 절벽의 넝쿨에라도 매달려 있지 않나 싶어 암벽을 타고 두 번이나 왔다 갔다 하며 샅샅이 뒤졌지만 역시 아무 성과도 얻지 못했다.

맥이 빠진 심온은 신시 초(申時初:오후 3시경) 정도가 되어 강가에 멍하니 앉아 막대기로 땅을 그적거렸다. 뒤져 볼 만한 곳이 남아 있지도 않은 터라 막막하여 기운이 하나도 없었다.

땅강아지 한 마리가 열심히 땅을 파고 기어들어 가는 모습을 지켜보던 심온이 땅강아지에게 말을 걸었다.

"넌 왜 맨날 땅만 파고 있냐? 물에도 한 번씩 들어가고 그러지. 흐흐흐."

땅강아지는 잠시 멈칫하는가 싶더니 '미친 새끼'라고 말하는 듯 더욱 거칠게 땅을 파고들어 가버렸다.

그러나 그렇게 땅강아지에게 말을 하고 난 후 심온은 문득 한 가지 떠오르는 것이 있어 강 쪽을 바라보았다.

"설마……."

심온이 생각한 건 혹시 물속 어딘가에서 진짜 기연을 만난 것은 아닐까 하는 것이었다. 이 지역에서 뒤져 보지 않은 곳은 물속뿐이었다.

'말도 안 되는 일이야.'

속으로 고개를 절레절레 흔든 것과는 달리 심온은 자리에서 일어나 간강봉에서 뛰어내릴 시 닿을 만한 추락 지점을 가늠해 보았다. 심온은 실낱같은 희망이라도 무시하게 되면 나중에 후회하게 된다는 것을 직접 경험하였던 터라 시도는 해보자고 결론을 내린 것이었다.

곧바로 심온은 신형을 솟구쳐 염두해 두었던 지점으로 머리부터 파고들었다.

풍덩!

물에 진입하는 순간 호흡을 멈추고 거침없이 내리 꽂히는 기세를 타고 깊이 나아가려니 중간 지점부터 부력의 저항이 만만찮게 찾아왔다.

그러나 필시 절벽에서 떨어져 내렸다면 그 가공할 속력으로 인해 부력을 충분히 밀어젖히고 밑바닥까지 이르렀을 것이기에 심온은 내력을 운용해 계속해서 아래쪽으로 내려갔다.

얼마쯤 내려갔을까. 이젠 거의 밑바닥에 닿겠다 싶을 때 홀연히 변화가 찾아왔다. 물의 흐름이 거칠어지는가 싶더니 한순간 회오리바람이 이는 것처럼 요동치기 시작했다.

'음, 어쩌면 이것이 열쇠일지도.'

보통 사람이라면 몸을 가누기도 힘들 정도의 물살이었지만 심온에겐 그다지 곤란을 겪게 할 만한 것은 못 되었다. 하지만 만약 화 공자가 이 물살을 만났다면 빠져나오지 못하고 휩쓸렸을 것이라 생각하고는 자신도 물의 소용돌이에 몸을 맡겼다.

그러자 물살은 심온의 몸을 마구 헝클어놓으면서 어디론가 급속히 이끌어가기 시작했다.

슈욱, 슈루룩.

급격한 와류(渦流:소용돌이치는 물결)는 한순간 펑 하는 느낌과 함께 잔잔하고 고요한 물속의 공간으로 심온을 내던졌다.

심온은 여기서부터 중요하다고 생각하고는 물이 요동치지 않도록 아주 서서히 위쪽으로 이동해 갔다.

아니나 다를까. 거의 수면에 가까워지자 불빛이 일렁이는 것이 보였다. 누군가가 머물고 있는 증거이며, 화 공자 또한 이곳에 있을 가능성이 농후했다.

심온은 아주 슬그머니 떠올라 수면 위로 눈만을 빼꼼히 내밀었다.

화명운은 언젠가부터 영웅의 꿈을 꾸기 시작했다.

뛰어난 두뇌와 송옥(松玉)과 반악(潘岳)이 울고 갈 정도의 빼어난 용모를 지닌 탓에 사람들은 언제나 그를 특별한 시선으로 바라보았다.

그런 주위의 반응은 화명운을 최면에 빠지도록 만들었다.

나는 아주 특별한 사람이다.

나는 이미 예정된 자다.

나는 세상을 구할 영웅으로 태어난 것이리라.

그는 자신이 영웅으로 예정되었기에 마땅히 자신을 위한 어떤 특별한 기연의 안배가 있을 것이라고 생각했다. 시도만 한다면 최고의 영약은 물론이고 최강의 사부를 만나고, 최고의 미녀들을 처와 첩으로 맞을 수 있다고 굳게 믿었다.

그런 까닭에 구대문파는 하찮은 존재에 불과했고, 좋다고 달려드는 뭇 처자들은 그저 치마를 두른 사람 그 이상도 이하도 아니었다.

결국 그는 기연 서적을 구입하여 연구에 연구를 거듭하고는 최적의 장소와 시간, 그리고 혹시나 실패했을 때의 안정 장치 등을 고려해 융중산 간강봉을 영웅으로의 출발점으로 정했다.

절벽 위에 섰을 때 한줄기 바람이 영웅 탄생을 환영하듯 머릿결을 스치고 지나갔다.

'이제 나의 시대가 올 것이다. 강호여, 기다려라.'

그가 막 절벽 아래로 뛰어내리려 할 때 한 사내가 놀라 외치는 소리를 들었지만 그는 그저 환한 미소를 보여주고는 훌쩍 몸을 날렸다.

슈아악!

공간을 열어젖히며 떨어져 내리면서도 두려운 마음은 어디에도 없었다. 그저 어서 빨리 억겁의 인연으로 맺어진 최강의 사부를 만난다는 기쁨만이 가득할 뿐이었다.

첨벙!

그의 몸이 물을 뚫고 깊이 들어갔다. 갑작스레 물로 파고든 까닭에 잠시 정신이 아득했지만 이내 정신을 수습했다.

꽤 깊은 곳까지 내려간 그의 몸은 어느 순간 와류(渦流)에 휘말려 어디론가 빨려 들어갔다. 숨이 막혀오고 수압으로 인해 고통이 찾아왔지만 강물 깊은 곳의 와류가 자신을 기연으로 이끌어간다는 기쁨이 고통을 감내할 수 있는 힘이 되어주었다.

그러다 한순간 소용돌이가 사라지고 평온한 물결을 만나 수면 위로 오르며 그는 떨리는 가슴을 주체할 수가 없었다.

'드디어 오고야 말았구나! 나의 꿈이 이루어지는구나.'

수면 위로 머리를 내민 그의 시선에 물속의 비밀스런 장소, 결코 높은 절벽에서의 추락이 없이는 들어올 수 없는, 꿈속에서 상상했던 바로 그런 광경이 펼쳐졌다.

적당한 간격으로 놓인 횃불은 사람이 머물고 있다는 것을 의미했다. 해골만 남은 사부가 비급으로 전해주는 무공이 아닌 살아 있는 극강의 고수를 모시고 직접 무공을 전수받게 된다는 것에 가슴이 두근거렸다.

'나의 사부님! 나의 사부님이 계시는 곳이다.'

화명운은 물에서 나와 얼굴과 몸 매무시를 단정히 했다.

'사부님은 저 동혈에 머물고 계시겠지?'

기다리는 동안 화명운은 사부님은 어떤 모습일까를 상상했다.

고전적인 모습일까? 기다란 수염에 흰 눈썹을 달고 여유로운 웃음을 짓는 분이실까? 아니면 소탈한 모습일까? 초라한 행색으로 거지 같은 차림새지만 막강한 고수이며 뛰어난 재주를 지닌 분이실까? 그것도 아니면 엄청난 괴짜실까?

이런 생각들을 할 수 있다는 것 자체가 화명운으로서는 기쁘고 설레었다. 혹시 이것이 꿈이 아닐까 얼른 허벅지를 꼬집어보았다. 얼마나 세게 꼬집었는지 허벅지가 떨어져 나갈 만큼 아팠다. 분명 꿈은 아니다.

한편 이런 생각도 들었다.

'아니, 어쩌면 사부는 이미 떠나고 없을지도 모른다. 그저 뼈마디만 앙상한 해골로 남아 나를 기다리시는 건 아닐까? 비록 육신은 낡아 곧 허물어질 듯해도 그 영혼만은 내 곁에 남아 만족스러운 미소로 고개를 끄덕이실 것이다.'

문득 부모님이 떠올랐다.

'아버지, 어머니, 아들을 보십시오. 제가 이렇게 여기까지 왔습니다. 험준한 태산을 오르고 두려움을 극복하고 세상을 떨쳐 울릴 강호고수가 되기 위해 이 자리에 섰습니다. 자랑스럽지 않으십니까? 아버지, 저를 보면서 염려하셨죠? 여난(女難)에 말려 평생 고생할 것이라고 말이죠. 저는 주위의 여자들의 시선을 모두 뿌리치고 그들에게서 벗어나지 않았습니까? 저를 보십시오. 저는 이렇게 당당히 서 있지 않습니까?

화명운은 스스로 생각해도 자신이 자랑스러웠다. 그의 꿈을 알고 있는 몇 안 되는 절친한 친구들은 이런 말을 했었다.

"너 정도의 미남자면 평생 여자가 먹여 살리고 너는 그저 웃음만 지어도 편하게 여생을 보낼 수 있을 텐데 뭘 그리 어렵게 살아가려고 하는 거냐?"

그때마다 화명운은 고개를 저었었다. 그건 참다운 인생이랄 수 없었다. 여자의 치마폭에서 여자를 만족시키며 산다는 것은 남자의 삶이 아니며 진정한 인생이랄 수 없었다. 그는 자신의 선택이 얼마나 옳은 것인지 지금 이 순간 뿌듯함에 겨워 숨을 몰아쉬었다.

잠시 후 동혈 안쪽에서 인기척이 났다. 바짝 긴장된 순간이었다.

"누군게요?"

조금은 투박스런 음성이었다.

'소탈한 성격을 지니신 분인 게로구나.'

"화명운이라고 합니다. 이 제자, 오랜 기다림 끝에 사부님을 찾아왔습니다!"

어둠 속을 향해 그가 정중하면서도 충분히 알아들을 만한 크기로 외쳤다. 자신이 음성을 냈으면서도 화명운은 스스로도 만족했다. 굵거나 가늘지 않고 적당한 높이의 음색. 멋진 남자의 음성이었다.

그때였다. 그의 말이 끝나기가 무섭게 동혈에서 한 사람이 벼락같이 튀어나왔다. 순간 화명운은 숨이 멎는 것만 같았다.

눈동자 가득 들어온 이, 앞으로 모시게 될 사부는 약 사십대 후반이나 오십대 초반 정도 되어 보이는 준 할머니급(級)의 아줌마였다. 통통하다 못해 뚱뚱하다고 해야 좋을 몸매였으며 삼중 턱이 인상적이었다.

"커억!"

화명운은 그 자리에서 굳어버렸다.

그사이 여인은 다다닥 다가오더니 화명운을 이리저리 뜯어보며 군침을 삼켰다. 그녀의 눈이 번들거렸다.

"나에게, 나에게 이런 행운이 찾아올 줄이야! 정말 잘 왔구나. 정말 잘 왔어."

굵고 거친 음성. 아무리 정을 붙이려 해도 정이 가지 않는 음성이었다.

'도망쳐야 한다!'

지금 화명운의 뇌리에 떠오른 건 오직 도망뿐이었다. 만약에 붙들린다면, 만약에 이곳에서 둘만이 영원히 머무르게 된다면……. 크아악! 그건 있을 수 없는 일이었다.

화명운은 다급히 물로 뛰어들었다. 하지만 그것은 그저 소망으로 그쳤다. 몸을 돌리려는 순간 이미 온몸이 뻣뻣이 굳어져 오며 한 걸음도 뗄 수가 없었다. 이미 여인이 화명운의 마혈(痲穴)을 제압해 버린 것이다.

"흐흐, 어딜 가려구? 그나저나 미남 총각, 이 아줌마가 귀여워해 줄게."

"할머니, 저는 돌아가야 합니다."

"할머니라니? 이 썩을 놈아! 내가 어딜 봐서 할머니란 말이냐? 앞으론 누님이라고 불러라!"

"저는 무공을 배우기 위해 기인을 찾으러 온 것일 뿐입니다."

애절한 눈빛으로 말하는 화명운에게 여인이 음식을 눈앞에 둔 사람처럼 웃었다.

"흐흐, 무공? 그런 것 어디다 쓰려구? 그깟 것 다 필요없어. 무공은 무슨 무공이야. 그런 건 있으나마나 한 것이란다. 나같이 고강한 무공을 가지고 있어도 햇빛을 보면 목숨이 위험한 사람은 평생을 이렇게 이곳에서 살아야 하는 것이란다. 그런데 하늘이 나를 도우셨구나. 하늘이 이 외롭게 지낸 나를 위해 아름다운 청년을 보내주신 게야. 호호하하하! 호호하하하!"

그녀는 그 자리에서 하늘을 향해 절을 올렸다. 천장이라야 돌로 가려져 있어 하늘이 보이지 않았지만 그런 것은 중요치 않은 모양이었다. 절벽에서 뛰어내리면서도 전혀 두려움을 몰랐던 화명운은 비로소 공포에 젖어들었다.

'내, 내가 도대체 무슨 짓을 한 거지? 나, 난 어쩌면 좋냐구!'

화명운은 하늘이 무너져 내리는 것 같은 상태가 되고 말았지만 그가 무공이 강한 자를 찾아온 것만은 확실했다.

그녀는 염탐미(苒耽美)였다. 별호는 적염선자(賊炎仙子)라 불렸는데, 이미 삼십 세에 그 무공이 천하를 떨쳐 울렸으나 그만 희귀병이 발병하여 그녀는 어쩔 수 없이 강호를 은퇴하고 이곳에 기거하기 시작한 것이다.

그것은 바로 햇빛을 보면 피부가 타 들어가는 괴이한 병이었다.

그녀는 이곳으로 들어올 때 처녀의 몸을 간직한 상태였고, 이십여 년이 지난 지금까지 어떤 남자도 경험한 적이 없었기에 그야말로 순백의 정결함을 유지하고 있었다.

그런 그녀가 이제 말년에 이르러 남자를, 그것도 미남자를 보게 된 것이니 어찌 감격스럽지 않겠는가.

"하늘이시여, 감사하나이다, 감사하나이다."

그녀는 눈물을 줄줄 흘리며 연신 절을 올렸다.

"하늘이시여, 이것은 하늘이 정해주신 천생연분(天生緣分)으로 저에게 남편을 내려주신 것이니 평생을 함께 살도록 하겠습니다."

이미 그녀는 화명운의 의사도 묻지 않고 남편으로 선언해 버렸다.

화명운은 아무 정신이 없었다.

"그래, 이제 우리는 이곳에서 백년가약(百年佳約)을 맺고 평생 행복하게 살아가는 거야. 아이, 행복해라."

적염선자는 도저히 깜찍할 수 없는 얼굴을 깜찍하게 한 후에 옷을 후닥닥 벗고는 괴성을 지르며 화명운에게 달려들어 옷을 찢어발겼다.

"크아악! 하루에 다섯 번씩이야. 알겠지?"

'다, 다섯 번?'

마혈이 찍혀 꼼짝 못하고 누운 화명운의 옷을 손으로 찢고 입으로 뜯어낸 적염선자가 거침없이 올라탔다.

"가자!!"

그렇게 십구 년간 곱게 간직해 온 화명운의 순결한 육체는 삽시간에 유린되었다.

*   *   *

'커걱!'

심온은 눈앞에 펼쳐진 광경에 하마터면 '푸핫' 하고 입을 벌릴 뻔했다.

화명운이 들어왔을 것이 거의 확실한 이 비밀 기지 같은 곳에서 심온은 뜻밖의 광경을 접하고 만 것이다.

동혈 앞쪽의 공간에 비쩍 마른 사내와 그 사내를 올라타고 있는 뚱뚱한 할머니라고 해야 할지 아줌마라고 해야 할지 모를 여인이 벌거벗은 채로 방사(房事)에 열중하고 있는 것을 보았기 때문이다.

오십대 후반의 여인은 햇볕을 통 받지 못했는지 새하얀 피부에 통통하다 못해 뚱뚱한 몸이었고, 그에 대조적으로 사내는 이쑤시개를 눕혀 놓은 것 같은 말라깽이여서 극심한 부조화를 이루고 있었다.

그러나 더 더욱 심온을 충격에 빠뜨린 건 피골이 상접하고 눈빛이 흐릿한 사내가 틀림없이 화 공자라는 점이었다.

"화 가가, 왜 요즘엔 힘을 못 쓰는 거야? 사랑이 식은 거야? 응?"

'화 가가?'

심온의 의문이 곧바로 해소됐다. 화명운이 아니고 누구겠는가.

"사랑합니다. 하지만 매일 다섯 번은 너무 힘듭니다."

화명운은 처음 이곳에 발을 디딘 순간부터 석 달이라는 기간 동안 하루도 빠짐없이 매일 다섯 번씩 적염선자와 뜨겁게 몸을 불태웠다. 정력이 그리 강하지 않은 그였기에 하루 한 번도 벅찰 판에 아침부터 밤까지 다섯 번을 채운다는 것은 그야말로 지옥의 고통이 따로 없었다.

오늘만 해도 벌써 힘겹게 두 번 일을 치렀고, 지금이 세 번째인데 먹은 거라곤 물고기를 구워 먹는 것이 전부인 그로선 기력이 탈진하여 숨을 쉬는 것조차 힘든 상황이었다.

"홍! 사랑한다면 하루 다섯 번이야. 그 이하는 사랑이라 할 수 없어."

한참 위에서 몸을 굴리던 적염선자는 벌떡 몸을 일으키고는 동혈 안으로 들어갔는데 다시 나오는 그녀의 손엔 채찍이 들려 있었다.

"좀 맞아야겠어. 그대가 내 마음을 몰라줄 때마다 내 가슴이 얼마나 찢어지는 줄 알아?"

그러더니 그녀는 채찍을 휘두르기 시작했다.

찰싹찰싹!

"으윽, 으으윽! 노력해 보겠습니다. 다시 시도해 보겠습니다. 으으윽!"

채찍이 지나간 자리가 선명히 붉게 부어올랐고, 화명운은 고통에 지렁이처럼 꿈틀거렸다.

둘 다 벌거벗은 채로 한 사람은 채찍을 휘두르고 또 한 사람은 채찍에 맞아 뒹구는 광경을 지켜보는 심온으로서는 이 황당한 현실 앞에 도무지 어떻게 해야 좋을지 정신을 차릴 수가 없었다.

찰싹찰싹!

"내가 누구지?"

"세상에서 가장 아름다운, 으으윽, 나의 여인입니다."

찰싹찰싹!

"나를 보면 어떤 생각이 나지?"

"매일매일 볼 때마다, 으으윽, 첫사랑의 설렘이 마음을 파고듭니다."

찰싹찰싹!

"나를 어떻게 사랑해 줄 거지?"

"제가 가진 힘을 다해 당신을, 으아악, 기쁘게 해주겠습니다. 으으윽! 뼈가 부서지고 살이 녹아내릴 때까지 사랑하겠습니다."

"오늘 몇 번 했지?"

"이제… 으윽, 겨우 두 번밖에 하지 않았습니다. 세 번이 남아 있어, 으으윽, 저는 행복합니다."

두 사람은 각기 때리고 맞으면서 사랑(?)의 밀어를 속삭였다. 그러나 바라보는 심온으로서는 머리가 어떻게 돼버릴 것만 같아서 더 이상 들고 있을 수가 없었다.

심온은 가만히 물속으로 가라앉아 수중에서 눈을 뜬 채로 마음을 진정시켰다.

'정신 차려라, 심온. 그동안 숱하게 희한한 일들을 경험하지 않았더냐. 이번 일도 그중 하나일 뿐이다. 정신을 차려야 해, 정신을.'

당장 눈앞으로 두 사람의 엽기적인 광경이 보이지 않고, 또한 애써 마음을 진정시킨 탓에 심온은 간신히 현실을 냉정히 볼 수 있게 되었다.

'음, 화 공자가 쇠사슬에 묶여 있는 것도 아닌데 그동안 탈출하지 못한 것은 그녀가 무공이 강하기 때문일 것이다. 묶어놓지 않은 것은 어떤 상황에서도 충분히 탈출을 막을 수 있다는 자신감의 표현인 셈이겠지. 어쩌면 화 공자도 몇 번인가 탈출을 하려고 시도는 했을 것이다. 하지만 그때마다 붙들렸을 거야. 그리곤 그 벌로 그날은 하루 다섯 번이 아니라 열 번을 해야만 했을 것이다. 하루에 열 번의 고통이라면 아주 작살이 났겠구먼.'

심온은 황당함에 감염된 듯 황당한 생각을 한 후 여인의 무공 수준이 어느 정도인지 가늠할 수 없었기에 일단은 무작정 뛰어오르기보다는 화명운이 혼자 있을 때를 노려 구출해야겠다고 생각했다.

은밀히 떠올라 상황을 지켜보고 가라앉았다가 또 살피고 가라앉기를 반복하는 사이에 어느새 채찍질은 멈추고 말라깽이의 처절한 몸부림과 뚱땡이의 뜨거운 몸부림이 일 다경 정도 이어졌다.

그리고 다시 심온이 세 번째 떠올랐을 때 드디어 기회가 찾아왔다.

화명운은 평지에 드러누운 채 가쁜 숨을 몰아쉬며 눈물을 흘리고 있었고, 회포를 마음껏 푼 여인은 보이지 않았다. 아마도 동혈 안으로 들어간 모양이었다.

'신속함이 생명이다.'

마음으로 다짐한 심온이 한순간 몸을 솟구쳐 화명운에게 날아갔다.

츄아악!

물보라가 일면서 눈 깜짝할 사이에 화명운을 낚아챈 심온이 몸을 틀어 물속으로 들어가려 할 때였다.

"웬 놈이냐?"

심온은 음산한 장력이 어느새 등판이 시릴 정도로 다가오는 것을 느끼고는 뒤도 돌아보지 않고 장력을 발출했다.

펑!

두 기운이 충돌하면서 적염선자의 몸이 휘청 세 걸음 물러났고, 심온은 적염선자가 뻗은 장력을 역으로 이용해 그대로 물속으로 뛰어들었다.

"안 돼!! 이 죽일 놈아! 가가를 데려가면 안 돼!!"

적염선자는 아직 옷도 걸치지 않은 상태 그대로 심온을 따라 물속으로 뛰어들었다.

심온은 있는 힘을 다해 물속의 통로를 찾아 막 진입하려다 뭔가 심상치 않은 기분이 들어 뒤를 돌아보고는 기겁을 하고 말았다. 원래 출신이 물귀신이 아니었나 싶을 정도로 적염선자가 등 뒤로 바싹 다가서고 있었기 때문이다.

심온은 오른손을 뒤로 뻗어 동그랗게 원을 그리고는 이어 중심부를 향해 검지를 내밀어 점을 찍었다. 그러자 부드러운 물은 한순간 강한 방패처럼 딱딱해지면서 막 다가서려던 적염선자의 몸을 가로막았다. 기의 벽이 펼쳐진 것이다.

적염선자가 기막으로 형성된 물 방패를 뚫으려 시도하다가 안 되겠다 싶었는지 옆으로 돌아 쫓을 무렵 심온은 어느새 급격한 와류를 역으로 뚫어 나갔다. 비록 속도가 더디긴 했지만 어차피 적염선자 또한 더딜 것이었기에 빠져나갈 시간은 충분했다.

어느덧 와류를 벗어나자 그 이후에는 거칠 것이 없었다. 심온으로서는 화명운의 몸 상태가 좋지 않아 벌써 물을 마셔도 많이 마셨을 것이기에 더욱 몸놀림을 신속히 하여 수면 위로 솟아올랐다.

촤아악!

심온이 솟구치는 기세 그대로 수면을 뚫고 허공을 날아올라서는 하강하는 중에 두 번 정도 물을 박차고는 강가로 내려앉았다.

우선 급한 것은 화명운의 응급조치였다.

가슴을 두 손으로 압박하여 물을 토하도록 유도하면서 혹시나 뚱땡이가 솟아오를지도 모르기에 강가를 한 번씩 주시했다.

심온이 강가에서 더 벗어나지 않은 건 화명운에게 응급 처치를 하려는 것도 있었지만 제아무리 낯이 두꺼워도 벌거벗은 상태로 물을 뚫고 나오진 못하리라 생각했기 때문이다.

그러나 예상은 여지없이 박살났다.

촤악!

물보라가 솟구치면서 적염선자의 희디흰 뚱뚱한 몸이 허공으로 솟아올랐다.

"가가를 내놓아라, 이놈!"

그녀가 심온이 했던 방식과 똑같이 수상비를 운용하여 물을 박차고 거침없이 다가오는 광경은 아주 우스꽝스럽고 황당함 자체였지만 심온은 뜨악하지 않을 수 없었다. 예상을 뛰어넘는 고수였던 것이다.

그러나 거기엔 적염선자 염탐미의 아픔이 도사리고 있었다.

다른 이들은 무공을 익힘이 강해지기 위해서라거나 복수를 하기 위해서라지만 그녀가 무공을 익힌 건 순전히 외로움을 극복하기 위해서였다. 아무것도 할 것이 없고, 아무도 만날 수 없는 삼십여 년의 극한의 고독을 그녀는 오로지 무공을 익히는 것으로 애써 이겨내려 했던 것이다.

적염선자 염탐미의 몸이 다시 하강하며 물을 튕겨내려 할 때였다. 심온은 급히 화명운을 옆구리에 끼고 도망갈 태세를 취하려는데 문득 한줄기 비명이 울려 퍼졌다.

"으아아악!"

염탐미의 신형이 어지러워지면서 그대로 물속으로 처박힌 가운데 터져 나온 비명이었다.

심온은 그녀가 햇빛이 노출되면 죽음에 이르는 병에 걸린 것을 알지 못한 까닭에 '저건 또 뭔 지랄이냐?' 는 식으로 엉거주춤 바라보았는데 한참을 기다려도 더 이상 그녀의 몸은 떠오르지 않았다.

심온은 마저 응급 처치를 하려고 눈치를 보면서 슬그머니 화명운을 내려놓았다.

그때 물속으로부터 괴이한 음성이 터져 나왔다.

"제발 나의 가가를 돌려다오. 제발……."

수막을 뚫고 나오는 음성은 괴이하기 그지없었지만 심온은 그것이 뚱땡이의 음성임을 알 수 있었다. 어쩐지 서글픔이 진하게 묻어나는 음성이었다.

"내가 너에게 해코지한 것이 무엇이냐? 내가 바라는 건 아무것도 없다. 그저 가가만 곁에 있으면 족할 뿐이다."

심온은 뭉툭하게 들려오는 소리에 잠시 물가를 바라보다가 또 화명운을 바라봤다. 그저 홀딱 벗고 있는 것이 창피해서 물 밖으로 나오지 않는 것은 아닌 것 같은데 왜 저렇게 이야기할 수밖에 없는지 도대체 알 수가 없었다.

"제발 부탁이다. 이대로 가지 말아다오."

어쩐지 마음이 뭉클해졌다.

"갈 테다!"

하지만 심온은 화명운이 쿨럭거리며 물을 토해내는 것을 확인한 후 그대로 튀어버렸다.

화명운을 빼앗긴 적염선자는 그날 하루 온종일 눈물과 괴성으로 발버둥 쳤다. 여기서 떼굴떼굴, 저기서 떼굴떼굴거리다가 땅을 치고 통곡하기도 하고 온갖 욕이란 욕은 다 하다 결국 지쳐 잠들었다.

그 다음날도, 또 그 다음날도 다를 건 없었다.

삼십 년의 고독을 마감했는가 싶었는데 이제 다시 또 얼마나 오랜 시간 외로움에 허덕여야 할지 막막하기만 했다.

하도 욕을 퍼붓고 괴성을 질러댄 탓에 거의 목이 쉴 지경에 이르렀고, 이젠 흘러나올 눈물조차 없어 망연자실 주저앉은 채로 물가 쪽만 바라보았다.

'산다는 건 무엇인가? 난 이대로 계속 살아야 하는 걸까?'

그녀의 눈에서 말라 버린 줄 알았던 눈물 한 방울이 소리없이 흘러내렸다. 그러나 이내 그녀는 긴장된 표정으로 자리를 박차고 일어났다.

촤아악!

물보라가 일면서 두 사람이 그녀 앞에 모습을 드러낸 것이다.

적염선자는 단번에 불청객의 정체를 알아보았다.

'이 자식이!'

나타난 건 화명운을 빼앗아간 놈이었던 것이다.

그녀는 심온의 무공이 결코 자신의 아래가 아니란 점과 더 이상 목적이 없을 텐데도 나타난 것이 이상해서 곧바로 손을 쓰진 않았다.

한편 심온은 물살을 뚫고 나타나긴 했는데 여전히 적염선자가 아무 것도 걸치지 않은 채로 선 것을 보고는 잠시 시선을 어디에 두어야 할지 망설이다가 눈길을 약간 옆으로 하고는 포권을 취했다.

"강호말학 심온이 선배님께 인사 올립니다."

"내게서 또 무엇을 빼앗아가려고 온 것이냐?"

당장에라도 손을 쓸 것처럼 으르렁거렸지만 심온은 여전히 평온을 유지한 채 말을 받았다.

"오해 마십시오. 이번 방문은 선물을 드리기 위함입니다."

"선물?"

"그렇습니다."

심온이 다시 이곳을 찾게 된 것은 화명운을 구출하는 과정에서 그녀가 보인 처절함의 이유를 정신을 차린 화명운으로부터 들어 알게 되었기 때문이다.

화명운은 그의 부친과 심온에게 그동안 있었던 일과 적염선자에 대해 상세히 이야기했고, 그로 인해 심온은 그녀가 뜻하지 않은 기괴한 병으로 인해 얼마나 고통스러운 나날을 보냈는지, 그리고 사람을 얼마나 그리워하는지를 알게 되었기에 그녀의 마음을 위로해 주어야겠다고 생각한 것이다.

"헛소리를 지껄인다면 나의 목숨을 걸고 너를 죽이고 말겠다!"

"자, 받으십시오."

심온은 말과 함께 옆에 선 비약구의 등을 떠밀어 그녀에게로 가라는 시늉을 했다.

비약구가 쑥스러운 낯빛으로 슬금슬금 알몸 상태인 적염선자에게 다가가자 적염선자의 눈에 순간 의아함이 어렸다.

화명운과 얼굴을 논할 수 있는 입장은 아니었지만 척 보기에도 화명운과는 비교도 할 수 없이 실한 남자임을 간파한 것이다.

사실 화명운의 용모도 처음에만 대단했을 뿐 삼 개월이 지난 뒤로는 피골이 상접하여 몰골이 해골 같았기에 그 상태의 화명운과 비교하자면 오히려 비약구가 좀 더 낫다고 할 수 있을 정도였다.

"이름은 비약구인데, 다른 건 몰라도 마음이 순수하기 이를 데 없고, 또한 음… 그러니까 밤… 밤에 하는 일에는 그 누구와도 비교할 수 없을 만큼 대단한 남자입니다."

부연 설명이 더해지자 적염선자는 반신반의하던 마음을 접고 감동과 흥분의 도가니에 빠져들었다.

"그, 그러니까 나의 새 신랑이란 말이더냐?"

"그렇습니다. 이 친구에게 선배님에 대한 이야기를 했더니 당장에라도 만나고 싶다고 하여 이처럼 함께 오게 된 것입니다."

심온의 말은 사실이었다. 뭔가 적염선자를 위로할 길이 없을까를 생각하던 심온은 문득 여자와 손 한 번 잡아보지 못해 죽으려 했던 비약구를 떠올렸고, 화명운이 그의 아버지와 함께 떠나고 나자 비약구의 거처를 수소문하여 적염선자를 배필로 맞는 것이 어떻겠냐고 그의 의중을 물었던 것이다.

심온은 적염선자의 나이가 많고 뚱뚱한 것이 마음에 걸려 혹시 싫다고 하면 어쩌나 걱정했지만 그건 기우에 불과했다.

비약구는 눈물을 펑펑 쏟아내며 심온에게 엎드려 감사의 절을 올리기까지 했던 것이다. 평생을 살면서 어떤 여자와도 맺어지지 못할 줄 알았던 그였기에 적염선자와 같이 적극적인 여자가 기다린다 생각하니 가슴이 두방망이질 치며 미칠 것만 같이 되고 만 것이다.

"자, 그럼 간단히 혼례를 치르도록 하겠습니다."

말과 함께 심온이 품에서 붉은 초 두 개를 꺼내자 적염선자와 비약구의 눈은 순식간에 별빛이 찰랑이는 눈으로 변했다.

"저, 정말 혼례를 치러주겠다는 겁니까?"

비약구의 말이었고,

"이 은혜를 어찌 갚아야 할지……."

적염선자의 물기 어린 말이었다.

특히 적염선자의 감동은 더욱 정도가 심했는데, 어떻든 간에 그녀도 여자인지라 일평생을 살면서 혼례는 꿈에도 생각지 못했건만 이제 꿈이 현실로 이루어진다고 생각하자 설레는 마음을 어찌할 수가 없을 지경이었다.

"이 옷을 입으십시오."

심온이 물에 젖을까 봐 기름종이로 감싸서 가지고 온 옷을 건네자 그녀는 살며시 홍조를 띠고는 후닥닥 동혈 안으로 들어가 옷을 갈아입고 나왔다.

붉은 촛불이 밝혀지자 주변은 온통 붉은빛으로 출렁거렸다.

심온이 잔잔한 음성을 발했다.

"서로는 다른 개체로 만나게 되었으나 오늘 부부의 연을 맺게 됨으로 인해 이젠 하나가 됩니다. 자라온 환경이 다르고 배움이 다르며 생활 양식이 다를지라도 그 모든 것을 뛰어넘을 수 있습니다. 왜냐하면 두 사람에겐 사랑이 존재하기 때문입니다. 두 분 모두 오늘 이날의 설렘과 감동을 잊지 마시길 바랍니다. 갈등과 번민이 인다 해도 오늘 이날을 떠올린다면 번민은 더 이상 번민이 아니고 더욱 큰 결속으로 이어지는 다리가 되고 말 것입니다."

심온의 축사는 마치 오래전부터 준비한 것처럼 멋들어졌다.

사실 이 축사에도 사연은 있었다. 혼례식이라곤 구경조차 해보지 못한 심온이었기에 어떤 절차로 진행되고 어떤 말을 해주어야 하는지 전혀 알지 못했다. 그러던 차에 유생 하나가 길을 지나는 것을 붙들고는 축사를 읊어보라고 반 협박하여 얻어낸 것이었다.

축사가 이어지는 중에 두 사람의 눈에선 눈물이 하염없이 흘러내렸다.

"…자, 이제 끝으로 두 사람이 평생 동안 고락을 함께할 부부가 되었음을 엄숙히 선언합니다."

이윽고 심온이 혼인을 선언하자 두 사람은 서로를 껴안고 입을 맞추었다.

심온은 흐뭇한 표정으로 바라보다 입맞춤이 끝나면 인사라도 하고 돌아갈 양으로 기다렸다. 그러나 도통 두 사람의 입술과 입술은 떨어질 기미가 보이지 않았다.

'허허, 좀 기네.'

어느덧 두 사람의 입맞춤은 긴 정도를 넘어 거의 무아지경으로 몰입되어 갔다. 혀가 제멋대로 상대방의 입 안으로 들락거리고 입술을 깨무는가 하면 어찌나 격한지 가끔 이가 따닥 하고 부딪치는 소리가 장난이 아니었다. 완전히 서로의 입을 통째로 뜯어 먹겠다는 기세였다.

'허허, 거참, 그렇게 좋을까.'

그러나 그것이 전부가 아니었다. 급기야 두 사람은 심온은 아예 안중에도 없는 듯 서로의 옷을 찢듯 벗겨내고는 그대로 자빠져 한 덩어리가 되어버렸다.

그 와중에 심온은 엄청나게 철저히 소외되었다. 심온은 웃어야 할지 울어야 할지 모를 표정이 되어 입술을 깨물었다.

'아주 난리가 났네, 난리가 났어. 이봐, 나 아직 안 갔어!'

그런 심온이야 뭐라고 씨부리든 간에 두 사람은 오로지 하고자 하는 일을 할 뿐이었다.

◆第五章◆ 여자의 변신은 무죄

심온은 장원으로 돌아가기 전에 시장기가 돌아 객점에 들었다.

간단히 식사를 주문하고 이번 사건에 대해 생각했다.

의뢰가 들어온 것은 세 건에 불과했지만 그 외에도 얼마나 많은 사람이 지금 이 시간도 기연을 얻기 위해 무모한 도전을 하고 있을지 모르는 일이었다.

'그래, 뿌리를 잘라야 해. 기연 서적을 만들어 배포하는 놈들을 찾아야겠어.'

만약 그대로 둔다면 기연을 찾아 떠난 자식을 찾아달라는 의뢰가 끊이지 않을 터이고 어쩌면 일평생 그 일만 하게 될지도 모르는 일이었다.

'만사를 제쳐 놓고 그놈들을 찾아야겠다.'

그 와중에 점소이가 음식을 놓고 물러갔기에 심온은 식사를 하면서 그놈들을 잡게 되면 어떻게 해야 분이 풀릴지를 여러 각도로 연구했다.

손가락을 부러뜨릴 것인지, 아니면 어디에 감금시키는 것이 좋을지를 고민하고 있을 때 심온은 귓가를 간질이는 한 소리에 잠시 생각을 멈췄다.

"야, 저기 봐봐. 저 사람, 꽤 괜찮게 생겼다. 그치?"

"어디? 누구?"

"저기 깨작거리며 밥 먹고 있는 저 사내 말야."

심온은 처음엔 자신을 지칭하는 것인 줄 모르고 있다가 주변에 깨작거리는 사람이 없다는 것을 확인하고는 흘깃 소리가 난 곳을 바라봤다. 반대편 벽 모퉁이 자리에 빼어난 미모를 지닌 세 여인이 앉아 있었다.

"야, 여기 쳐다본다."

"우리 말을 들은 건 아니겠지?"

"그럴 리가. 저 치가 무슨 개야, 우리 소릴 들게?"

"하긴 곱상하니 서생 같은걸."

그녀들은 나름대로 최대한 소곤거리고 있었으므로 결코 심온이 들을 수 없다고 생각한 것이다.

심온은 비록 여인들의 말 중간에 '귀 밝은 개'라는 말이 조금 거슬리긴 했지만 전체적으로 볼 때 흠모가 담긴 내용이었기에 은근히 우쭐함에 젖어들었다.

'흐흐, 그래도 보는 눈들은 있어 가지구.'

세 여인의 심온 평가하기는 계속 이어졌다.

애인이 있을까, 무공은 전혀 못하는 것처럼 보인다, 그럼 내가 보호해 주면 되지, 눈이 초롱초롱한 것이 너무 귀엽다 등등 목소리를 조금만 더 키운다면 접시 서너 장은 가볍게 깨뜨릴 정도의 수다였다.

세상에 칭찬을 듣고 기분 나빠할 사람이 없었기에 심온은 기분이 좋아져 그녀들의 말을 반찬 삼아 맛있게 식사를 즐겼다.

"합석하자고 해볼까?"

"에이, 무슨."

"뭐, 어때서? 남녀가 서로 끌리는 건 본능적인 거야."

"지금은 때가 좋지 않아. 왕언니가 언제 올지 모르니까."

"흠, 그렇긴 그러네."

"앗, 호랑이다!"

문 쪽을 바라보는 위치에 있던 한 여인이 막 문을 열고 들어서는 여인을 보고는 도둑질하다가 들킨 사람처럼 눈을 동그랗게 뜨며 말했다. 호랑이라고 한 것은 '호랑이도 제 말 하면 온다' 라는 말을 대입해서 한 말이었다.

"이크!"

심온은 의자에 기대고 목을 푸는 것처럼 하고선 은근슬쩍 들어오는 왕언니라 불리는 여자를 살폈다.

'오!'

그녀의 미모는 세 명의 여인과는 비교할 수 없을 정도였다. 거의 달빛과 반딧불의 차이라 할 수 있을 정도였기에 상황만 허락되었다면 펄쩍 뛰어올라 '최고야!' 를 외쳤을지도 모를 일이었다.

조각 같은 얼굴에 군더더기없는 몸매, 거기에 등에 걸린 장검은 어쩐지 어울리지 않을 성싶은데도 묘한 대조를 이루며 그녀의 아름다움을 돋보이게 해주고 있었다.

왕언니는 세 여인들에게로 가 합석하며 냉랭한 어조로 입을 열었다.

"웅크리고 무슨 작당을 하고 있었던 게냐?"

"우리는 그냥 이 집 음식 맛이 좋아서 어떻게 맛을 냈을까 하는 이야기를 하고 있었답니다."

맞은편에 앉은 여인이 어깨를 으쓱하며 답했다.

"흥, 그러셨어? 또 어떤 사내놈 이야기를 하고 있었던 건 아니고?"

그러자 세 여인이 일제히 배시시 웃음을 지었다.

"우리 왕언니는 보지 않고도 어찌 그리 잘 알까?"

"이 정도면 돗자리 깔아야 하지 않아요?"

"귀신이야, 귀신."

"너희들의 얼굴이 화색이 돌 때는 남자밖에 더 있겠냐?"

"에구, 그래도 저기 저 남자는 정말 잘생겼다구요."

"누구 말이냐?"

"저쪽 반대편 귀퉁이에 앉은 사람 말이에요."

그녀들의 목소리는 소곤거리는 것보단 더 커져 있었는데, 심온을 필시 무공을 전혀 모르는 사람이라고 생각한 까닭이었다.

"저기 기생오라비같이 생긴 녀석 말이냐?"

순간 심온은 막 국을 삼키려다 하마터면 분수처럼 뿜어낼 뻔했다.

"저런 건 수레로 가져다 줘도 처분하기 귀찮을 뿐이야. 너희들 수준이 고작 이 정도였단 말이냐?"

왕언니는 은근히 수준 운운하며 자존심을 자극하는 심리 전법을 구사했다.

아니나 다를까. 세 여인은 자신들의 수준이 떨어질 수는 없다는 듯 맞장구를 치기 시작했다.

"흠, 자세히 보니 사내 녀석이 박력이 없어 보이는군요."

"그러게. 저렇게 혼자 처량하게 밥을 먹고 있는 걸 보면 어딘가 부족한 게 분명해."

"아무렴. 저런 흐리멍덩한 책벌레는 우리 화화궁(花花宮)과 격이 맞질 않지."

한참 기분 좋게 식사하던 심온은 그만 체할 것 같은 기분 나쁜 거북함으로 엉망진창이 되고 말았다.

'화화궁이라 이거지? 이것들이 예쁘다 예쁘다 해줬더니 아주 갈 데까지 가는구나. 내 이대로 당하고 있을 순 없지!'

모욕을 당하고도 속으로 분을 삭이는 건 후흑문의 규율을 심각히 위반하는 행위였다.

—한 대 맞으면 다섯 대를 갚지 않으면 파문이다.

착실한 문주는 규율을 솔선수범해야 한다.

심온은 자리를 털고 일어나 계산을 마친 후 밖으로 나갔다. 그 와중에도 여인들의 재잘거림이 이어졌다.

"쟤, 나간다, 나가."

"설마 우리가 하는 말을 들은 건 아니겠지?"

"개같이 생기진 않았잖느냐!"

왕언니가 도장을 찍듯 확실히 안심시키자 세 여인들이 깔깔거렸다.

"호호호, 그러게요. 개처럼은 보이지 않네요."

"후후후."

"그래요, 견(犬) 서생은 아닐 거예요."

아무렇지도 않은 표정으로 객잔을 나선 심온은 벽을 따라 몇 발짝 걸어 그녀들의 시야에서 벗어나서는 살짝 휘파람을 불었다.

지붕 위에서 작고 검은 것이 심온의 품으로 뛰어들었다. 흑묘였다.

심온은 작지만 엄숙한 목소리로 흑묘에게 명했다.

"흑묘는 문주의 명을 받들어라."

흑묘가 눈을 말똥말똥 뜨다가 귀찮다는 듯 앞발을 들어 이마를 비벼댔다.

"흠흠, 좋아. 자세 편하게 하고 들어라. 객잔 안에 들어가면 네 여자가 한 탁자에 앉아 있는 것이 보일 거야. 너는 가서 그냥 확 할퀴어주면 돼. 알겠냐?"

야옹~

흑묘는 뉘 집 강아지가 짖느냐는 듯 시선을 다른 곳에 두고 길게 하품을 늘어놓았다.

"아이씨, 이거 정말 영물 맞아? 확 이걸 그냥!"

심온은 안 되겠다 싶었는지 땅바닥에 객잔을, 그리고 사람 모양 네 개를 그리고 동그라미를 마구 치며 말했다.

"여기에 가서 막 휘저어버리란 말이다."

야옹~

흑묘가 비로소 이해했는지 부드럽게 소리를 내면서 날듯이 객잔 안으로 달려들어 갔다.

흑묘는 바닥을 사사삭 소리없이 접하며 나아가다 한순간 훌쩍 왕언니라 불린 여인의 머리 위에 내려앉았다. 흑묘는 워낙 가볍고 빨랐기에 왕언니는 '뭐지? 머리에 뭐가 묻었나?' 정도의 반응을 보였다. 도리어 격렬한 반응을 보인 것은 주변에 있는 세 여인이었다.

"고, 고양이다!"

"왕언니, 고양이야!"

"도대체 뭐야, 이건?"

그제야 상황을 파악한 왕언니가 비명을 내지르면서 흑묘를 쳐냈다. 하지만 그녀의 손이 움직였을 때 이미 흑묘는 맞은편에 앉은 여인의 머리로 뛰어오른 뒤였다.

흑묘는 뛰어오르면서 발톱으로 머리를 움켜쥔 채로 솟구치는 순간 힘을 풀었기 때문에 왕언니의 머리는 삽시간에 산발로 변해 버렸다. 연이어 잡으려고 손짓하던 여인들의 머리 위를 흑묘가 차례로 순례하자 여인들은 더 이상 참을 수 없게 되어 일제히 검을 뽑아 들었다.

산발이 된 네 여인의 검은 날카롭기 그지없었지만 흑묘는 그 특유의 유연함과 신속함으로 칼날을 빗겨내면서 지상으로 내려섰다가 다시 어깨를 딛고 머리를 넘어 뛰어내리고 그 옆 탁자 쪽으로 이동하곤 했다.

삽시간에 객잔 안은 난장판이 되고 말았다.

죽여 버린다고 고함을 치는 네 여인이 흑묘를 쫓아 날아다니며 검으로 마구 찌르고 베는 바람에 식사 중이거나 식사를 거의 끝낸 손님들 대부분이 음식 값도 지불하지 않고 와르르 빠져나갔다.

주인장과 점소이가 이게 무슨 일이냐고 지르는 고함에, 여인들의 함성, 그리고 흑묘가 가끔씩 날리는 야옹 소리가 범벅이 되어 객잔은 삽시간에 아수라장이 되고 말았다.

"커억! 언니, 저예요."

"네가 왜 거기 서 있는 거야?"

"야, 이년아, 날 찌를 뻔했잖아!"

"누가 거기 서 있으라고 했어?"

"고양이 너, 거기 서지 못해!!"

"까악! 내 머리카락!"

혼란에 빠진 여인들은 흑묘가 아슬아슬하게 피해내는 바람에 가끔씩 서로에게 검을 겨누는 경우가 생기며 옷을 베기도 했고, 신형이고 뭣이고 발휘할 상황이 아니라 탁자 위에 놓여 있던 음식물들이 옷에 튀기기도 하여 꼴이 말이 아니게 되고 말았다.

은밀한 시선으로 객잔 안의 혼란을 바라보던 심온은 흐뭇하기 그지 없었다. 좀 약한 것 같기도 했지만 여인들에게 있어 가장 곤란한 상황 이란 자신의 몸가짐이 흐트러진 것이었기에 이 정도면 적당한 보복이 라고 생각했다.

'아, 아름답다!'

흑묘도 이젠 충분히 저어버렸다고 생각했는지 몸을 빼내 객잔을 벗 어났다.

"게 서지 못해, 이 미친 고양이야!"

"가만두지 않겠다!"

"한 그릇도 안 되는 녀석, 넌 오늘이 제삿날이다!"

"가죽을 벗겨주마! 썅!"

그녀들은 거의 제정신이 아닌 상태였다. 자신들의 몰골이 얼마나 흉 측하게 변했는지 돌아볼 겨를도 없었다.

흑묘가 객잔을 빠져나와 '파팍' 하며 객잔의 지붕 위로 뛰어오를 무 렵, 여인들이 분노를 머금고 우르르 달려나오다 심온을 발견하고는 짐 짓 신형을 멈췄다.

방금 전까지 애송이네, 기생오라비네 떠들던 것이 생각나 아주 찰나 였지만 부끄러움이 밀려든 것이다.

심온은 안됐다는 표정을 지으며 슬그머니 고개를 가로저었다.

그러나 심온은 곧바로 자신에게 엄청난 재앙이 닥칠 것이란 것을 전 혀 짐작조차 못했다.

지붕 위에 있던 흑묘가 느닷없이 심온의 품으로 파고든 것이다.

야옹~

순간 네 여인의 시선이 심온에게 고정되었는데, 그 눈에서는 불길이 타오르고 있었다.

"너!"

네 여인은 거의 동시에 '너!'를 외쳤고, 심온은 얼떨결에 흑묘를 안아 들었다가 소스라치게 놀라 팽개치고는 변명했다.

"으게게게! 이 고양이가 미쳤나? 왜 내게 달라붙고 난리야!"

흑묘를 얼른 떨쳐 내고 애써 모르는 고양이란 듯 황당하다는 표정을 지을 때 다시금 흑묘가 훌쩍 뛰어올라 심온의 품 안에 안겼다. 이번에는 고향에라도 돌아온 듯 다정하게 얼굴을 심온의 가슴에 비벼댔다.

"너!"

산발이 된 네 여인이 눈이 도끼로 변했다.

"이야야야야!!"

"무슨 일이 있었습니까?"

총관 오교가 의아한 시선으로 물었다.

"아무것도 아니야."

그러나 말과는 달리 심온의 꼬락서니는 결코 아무것도 아닌 게 아니었다. 몸이 상한 건 아니었지만 옷이 무수한 칼날에 스친 듯 너덜거린 상태였기 때문이다.

"흐흐, 성질 사나운 여인네들을 만나신 게로군요. 물론 얼굴은 예뻤을 것이구요."

오교는 마치 곁에서 본 사람처럼 말했다. 오교가 알고 있는 문주는 여인이 아닌 그 누구라도 칼이 스치도록 내버려 둘 사람이 아니었다.

"다 그놈의 고양이 때문이야."

"흑묘가 어쨌는데요? 흠, 혹시 흑묘 밥은 잘 챙겨주셨나요?"

"쩝, 알아서 쥐나 잡아먹으라고 내버려 뒀지."

"아이고, 몇 번이나 말씀드려야 합니까요. 흑묘는 쥐 안 먹는다니까요."

"무슨 소리야? 고양이는 쥐를 먹어야 건강한 법이야. 그게 순리지."

"흑묘는 주로 양념 하지 않는 삶은 생선이나 육류를 주셔야 됩니다. 문주님께서 챙겨주질 않으니까 그 녀석이 삐친 것 아닙니까."

"그게 말이 되는 소리야? 문도가 감히 문주한테 삐치다니? 이건 명백히 하극상이야!"

심온이 목젖이 보일 정도로 흑묘를 성토하자 오교는 입을 쩝쩝 다시면서 이야기의 방향을 틀었다.

"다시 그런 일이 없도록 제가 주의를 주겠습니다. 그나저나 담 소저 말입니다."

"응, 그래. 어떻게 됐어?"

지금 두 사람은 후은장원에서 백여 장 떨어진 곳에 서 있었다. 심온이 장원에 들기 전에 담유설에 관해 묻고자 오교를 슬쩍 불러낸 것이다. 지난날 오교에게 그녀의 본모습을 알아내라고 한 것에 대한 결과를 듣기 위해서였다.

"그게 말입니다."

"뭐가 잘못됐어?"

"도통 약이 듣질 않아서……."

"으잉? 매사괴의(每事怪醫)가 출타 중이었나?"

매사 하는 짓이 괴이하기 짝이 없다 하여 매사괴의라는 별호를 지닌 조약(曹躍)은 후흑문 최고의 의원이자 강호에서도 그 명성이 자자한 이였다.

"그가 직접 나섰습죠. 그런데도 만약(萬藥)이 불통(不通)이었습니다."

"아니, 뭐 그런 인간이 다 있어?"

"그 때문에 매사괴의는 실의에 빠져 매일매일 술만 퍼마시고 있습죠."

"허허, 사람 하나 완전히 병신 만들어났구면."

심온으로선 변왕이 역용의 귀재인 것은 알았지만 설마 하니 매사괴의를 좌절하게 할 정도로 독이나 유사독(類似毒)에도 조예가 깊을 줄은 꿈에도 생각지 못했던 터였다.

"그런데 말입니다. 그녀가 조금 변했습니다."

"변해?"

거기서 더 변했다?

심온의 얼굴은 완전히 일그러졌다.

"하하하하, 이 얼마나 보기가 좋소이까?"

담유설을 바라보는 심온의 얼굴이 환한 복사꽃처럼 피어났다.

지금 맞은편에 앉은 담유설은 가히 경국지색의 미를 마음껏 뿜어낼 뿐 아니라 지적인 미소와 함께 약간의 수줍음을 머금고 있었기 때문이다.

"서로 간에 약간의 오해와 장난이 있었지만 이젠 다 털어내도록 합시다. 그렇게 할 수 있겠지요?"

이미 대화는 어느 정도 진행된 상태였다.

심온은 당시 담 소저가 변왕의 딸로서 온 것과 필시 보이는 것처럼 추녀가 아닐 것임을 짐작하고는 있었지만 변왕으로부터 성질이 가끔 사나워진다는 말을 듣고 어느 정도인지 파악하고자 과장된 말과 행동을 보였다고 순순히 고백했고, 담유설 또한 추한 모습을 보이고 난폭한 행동을 했을 때 후흑문에서 어떻게 나올지 궁금하여 그랬다고 말하며 다시는 그와 같은 일은 없을 것이라고 부드럽게 이야기했다.

서로 간에 각기 다른 의도가 충돌한 것이었을 뿐이고, 또한 이미 사부와 변왕 사이에 약조한 바가 있었기에 심온은 지난 일일랑 모두 잊고 새롭게 출발해 보자고 말한 것이었다.

"장주께서 너그럽게 보아주시니 어떤 말로 감사를 드려야 할지 모르겠습니다."

"감사가 웬 말이오. 사람의 마음엔 여러 가지 생각과 의식이 있기 마련인데 그저 예의범절만 내세우고 산다면 그보다 답답한 삶은 없을 게요. 더군다나 실수가 없는 사람이라면 어찌 마음 편히 다가갈 수 있겠소이까. 가끔 허술한 모습이 있어야 더욱 가까워지는 것이지요."

"옳으신 말씀입니다."

흉금을 털어놓고 서로를 이해하게 된 까닭에 두 사람이 대화를 나누는 내원 안은 정겹고 따스한 기운이 감돌았다.

각기 차를 한 모금씩 머금은 후 심온이 말했다.

"그래, 소저는 앞으로 어떤 일을 하고 싶소이까?"

"제가 어찌 스스로 일을 정할 수 있겠습니까."

"괜찮소. 뭐, 대충 변왕이신 아버님과 무슨 말이 오갔을 것 아니오. 변왕께서 따로 말을 주진 않으셨소이까?"

"그에 대해 언급하긴 하셨지만… 말씀드리지 않는 것이 좋겠습니다."

"아무 염려 말고 말해 보시오."

잠시 망설이던 담유설이 손을 살며시 입에 가져다 댄 후 말했다.

"아버지께서 말씀하시길 '네가 역용술을 전수하는 조건으로 후혹문에 들게 된 것이니 부문주나 장로의 지위까지는 아니더라도 당주의 자리 정도는 얻을 수 있을 것이다'라고 말씀을 하셨습니다. 물론 저는 그건 정도가 지나친 것이라고 말씀을 드렸지요."

심온은 변왕이 거의 안하무인격으로 부문주나 장로를 언급했다는 말에 잠깐 기분이 상했지만 눈이 부실 정도의 미모와 그에 곁들여 다소곳이 말하는 담유설의 얼굴을 보자니 상한 마음도 눈 녹듯 녹아 고개를 끄덕였다.

"당주라……. 뭐, 당을 하나 만드는 건 특별히 어려울 게 없소이다. 음, 내친김에 지금 이야기를 마무리 짓도록 합시다. 자, 보자. 어떤 성격의 당이 좋을까……."

턱을 어루만지며 심온이 골똘히 생각하고 있으려니 담유설이 미소를 머금고 말했다.

"저는 아직 나이도 어리고 강호의 경험도 일천하니 많은 경험을 쌓아보고 싶습니다."

"음, 생각해 둔 것이 있는 모양이구려. 좀 구체적으로 말해 보시오."

"그러니까 어떤 일에도 투입될 수 있는 당주가 되었으면 합니다."

"하하하, 미모와 달리 참 호기심이 많구려. 좋소이다. 어느 것에도 구속되지 않고 그때그때 상황에 맞게 활동하는 것이라면 자유당이라고 칭해야 하나? 아니지, 그건 너무 단순한 이름 같은데. 뭐, 다른 좋은 말이 있을 것 같은데……."

"그럼 방종당(放縱堂)이라 함은 어떨는지요?"

"방종당! 오, 썩 괜찮은 이름이오. 자유에 날개를 단 듯 시원스럽고 유쾌한 명칭이구려. 방종당주로 합시다."

"마음에 드신다니 다행입니다."

두 사람의 대화는 톱니바퀴처럼 딱딱 들어맞아 진행 속도가 거침이 없었다.

이쯤에서 심온은 가장 핵심적인 것, 즉 문주로서의 권리를 말해야 할 때가 되었다고 생각하고 입을 열었다.

"자, 이제부터 내가 하는 말을 새겨들으시오."

"귀를 씻고 경청하겠습니다."

"원래 후흑문의 문주는 문도들에게 공대를 하지 않소이다. 그건 이제껏 진행되어 온 전통이라오. 문주가 당주에게 존대를 한다는 것은 아무리 소저라고 해도 예외가 될 순 없소이다. 이제 담 소저는 당주라는 직책을 받고 후흑문의 확고한 일원이 되었으니 나는 앞으로 그대에게 공대를 하지 않을 터이니 그리 아시오."

"네, 방종당주 담유설, 문주님의 명을 받들겠습니다."

그녀가 충성스런 수하의 모습으로 답했다.

"그래, 좋소. 아니, 좋다. 앞으로 자랑스러운 후흑문의 당주가 되길 바란다. 자, 그럼 오늘을 축하하는 의미로 함께 술이나 하도록 하자."

그 말에 담유설의 얼굴에 망설임이 떠올랐다.

"외람된 말씀입니다만 이제 막 당주가 된 입장이니 술보다는 잠시 장원을 둘러보며 마음을 가다듬었으면 합니다."

"허허, 그래. 네 마음이 그렇다면 그렇게 하여라. 그만 나가보도록."

담유설이 공손히 머리를 조아리고 걸음을 옮겼다.

그렇게 그녀가 막 문을 열고 나서려 할 때였다.

순간 그녀가 멈춰 섰다.

"야, 문주!"

심온은 느닷없는 그녀의 말에 깜짝 놀라 그만 딸꾹질을 하고 말았다.

"흭!"

그녀의 말이 이어졌다.

"네가 본 게 진짜 내 얼굴이었다고 생각해? 바보 같은 녀석! 흐흐."

싸늘한 말과 함께 그녀가 돌아섰을 때, 그녀의 얼굴은 처음 심온이 그녀를 봤을 때의 추한 용모로 돌아가 있었다.

"히끅!"

"크크, 자식, 엄청 단순한 놈일세. 너, 아까 한 말 무르기 없기다? 알 겠지? 난 이제 방종당주야. 그러니까 내 멋대로 해도 되는 거다. 설마 방종이란 말을 모르는 건 아니겠지? 아, 그리고 너, 나한테 반말하지 마라, 내가 더 나이 많으니까. 알겠어? 아, 어디 가서 술이나 한잔해야 겠다."

"히끅! 히끅!"

그녀가 한쪽 입꼬리를 올리며 완전히 문을 나섰을 때 이미 심온은 얼굴이 하얗게 질리고 온몸을 부들부들 떨면서 딸꾹질을 멈추지 못했다.

"히끅! 히끅!"

기묘한 일이었다. 심온 정도의 성취라면 생리적 작용 정도는 충분히 조절할 수 있을 법도 하련만 딸꾹질은 새벽까지 멈추지 않다가 해가 솟아날 정도가 되어서야 그쳤다. 덕분에 심온은 밤을 꼬박 새다시피 하고서 늦은 아침이 되어서야 자리에서 일어났다.

"부르셨습니까?"

대충 식사를 하는 둥 마는 둥 하고 멍하니 의자에 앉아 있자니 들라 일러두었던 오교가 들어왔다.

"어서 와."

오교가 맞은편 자리에 앉자 심온이 힘없이 물었다.

"방종당주인지 방탕당주인지 하는 작자는 뭐 하고 있어?"

"뭐, 지금이야 퍼질러 자고 있겠죠. 어제 밤새도록 술을 마셔댔으니 까요."

"허허, 미치겠네. 그래, 혼자 마셨어?"

"아닙니다. 매사괴의와 함께 마셨더랬습니다."

"매사괴의? 이상하군. 괴의는 그녀에 대한 감정이 별로일 텐데?"

"그녀의 논리를 따르자면 뭐, 위로해 준다는 명목이었습죠. 그러나 결과는 매사괴의의 주화입마입니다. 그녀가 이번엔 노파의 모습으로 변해서는 말끝마다 자기도 당주니 말을 트고 지내자며, 그따위 의술 가지고 어디서 행세하겠느냐고 씨부렁거려서 매사괴의는 완전히 미쳐 가고 있습니다."

심온은 미쳐 가고 있다는 말에 크게 공감했다. 자신도 이미 경험한 터라 자존심이 강하고 제멋대로인 매사괴의가 받았을 마음의 상처가 피부로 느껴졌다.

"아이고, 골이야. 그녀는 그렇다 치고 일단 시급히 알아봐야 할 일이 있어."

"말씀하십시오."

"이번 일을 처리하면서 다짐한 건데 말이야. 기연에 관한 책을 만드는 놈들을 잡아야겠어. 만약 그놈들을 내버려 둔다면 우린 아마 계속 행불자를 찾느라 시간을 다 보내고 말 테니까. 동원할 수 있는 정보망을 최대한 끌어다 놈들의 근거지를 찾아내. 필요하다면 개방에 도움을 요청해도 좋아."

"음……."

오교는 즉시 대답하지 않고 뭔가 생각해 내려는 듯 눈을 감았다.

심온은 오교가 저런 상태일 땐 기억의 편란을 뒤적거리고 있고, 약간의 시간만 주어진다면 반드시 유익한 정보를 떠올린다는 것을 알고 있었기에 말없이 기다려 주었다.

감은 눈을 움찔거리던 오교가 한순간 눈을 떴다. 그의 눈에 언뜻 현기가 떠올랐다.

"아, 잘 잤다."

"확 이걸 그냥!"

심온이 벌떡 일어서서는 당장에라도 탁자를 엎어버릴 듯한 동작을 취하자 오교가 배시시 웃었다.

"농담 좀 한 것 가지고 왜 그러세요? 너무 예민해지신 것 아닙니까?"

듣고 보니 그런 것도 같았다. 도리어 재밌게 맞장구칠 수도 있었는데 말이다.

"그래, 꿈은 꾸고?"

"하하하하!"

오교가 크게 웃고는 말을 이었다.

"단서가 될 만한 것이 떠올랐습니다."

"좋았어."

"지금으로부터 약 일 년 반 정도 전입니다. 그때 의뢰 문건 중 특이한 것이 있었습죠. 글쟁이 한 명을 찾는다는 것이었는데 너무 사사로운 것이라 소각 대기실에 보관해 놓았었답니다."

소각 대기실이란 의뢰 들어온 것들 중 크게 중요치 않은 것들을 보관하는 장소였다. 그곳에 약 이 년간 보관해 놓은 후 기한이 차게 되면 소각실로 옮겨지는 것이었다.

"글쟁이 누구?"

"문주님께서도 아실 겁니다, 금헌영(金憲永)이라고. 만악문(萬惡門)의 후계자(後繼者)와 무한소소자(無限笑笑者)라는 글을 쓴 사람이죠."

심온의 얼굴에 화색이 돌았다.

"아, 만악문의 후계자! 그래, 나도 그거 봤지. 만 가지 악을 행하면 염라대왕이 될 수 있다고 해서 강호를 돌아다니면서 온갖 악행을 저지른 놈의 이야기였잖아. 그리고 무한소소자는 하루에 한 번 다른 사람을 웃게 하지 않으면 결코 생명을 이어갈 수 없는 놈의 이야기였지. 캬아~ 그것들 정말 재밌었는데."

"그런데 기이한 건 그 뒤 얼마 지나지 않아 또 다른 글쟁이를 찾는다는 의뢰가 들어왔지 뭡니까? 포로공주(捕虜公主)라는 글을 쓴 채후석(采厚石)이란 사람을 말이죠. 확인해 보니 금헌영을 찾는다고 했던 바로 그곳에서 또다시 보낸 것이었습니다."

심온의 머리로 불이 반짝 하고 들어왔다.

"음, 그러니까 그놈들이 글쟁이들을 잡아다 기연에 관한 내용을 쓰도록 한다?"

"가능성이 있습니다."

"좋았어! 그럼 먼저 그곳을 덮치도록 하지. 당장 형벌당주를 불러와."

"네."

◆第六章 ◆ 필사방(筆寫房)

"오늘은 새로운 기획안에 대해 논하도록 하겠다. 현재까지 우리 필사방의 기연 서적들은 많은 이들의 사랑을 받고 있다. 하지만 시대의 흐름이란 언제 어떻게 바뀔지 알 수 없는 일. 우리가 미래를 대비하지 않고 그저 기연 서적 하나에만 의지하고 있다가 혹여 기연의 허상이라도 퍼지는 날엔 곤란한 경우에 처하고 말 것이다."

이곳은 지금까지 천여 종이 넘는 기연 서적을 제작, 배포한 필사방의 회의실이다.

긴 탁자의 중앙 상석에 자리한 방주 노제강(櫓制强)이 그 양옆으로 질서 정연하게 앉은 지도부 인사들을 향해 엄숙한 낯빛으로 말했다.

노제강은 향년 육십이 세로 그의 얼굴엔 살아온 세월의 흔적이 짙은 주름으로 새겨져 있었다.

노인들의 주름엔 각자의 삶이 고스란히 담겨 있다고 할 수 있다. 인

자함과 덕망있는 삶에는 그러한 협곡과 흐름이 얼굴에 새겨지고, 오랫동안 근심 속에 살아온 이는 힘겨움이란 주름이 자리하게 된다.

반면 노제강의 얼굴엔 조금 특이하게 욕심이라는 주름이 새겨져 있었다. 그의 입이 꿈틀거릴 때마다 욕심의 주름은 접혔다 펴졌다 했는데, 그것은 머리털이라곤 한 가닥도 없는 그의 반짝이는 대머리와 심각한 대조를 이루어 보는 이로 하여금 절로 불쾌감을 느끼게 하기에 충분했다.

그의 말이 계속됐다.

"한 달 뒤 필사방은 십 주년을 맞이한다. 그동안 필사방이 승승장구할 수 있었던 원인이 무엇이더냐? 그건 오로지 지금의 위치에 자만하지 않고 계속 새로운 발상으로 나아갔기 때문이다. 고인 물은 언젠가 썩기 마련이라 우리는 늘 새로운 형태의 기연 서적을 만드는 데 최선을 다했다. 그러나 이젠 한 발짝 더 나아가 기연 서적을 능가하는 새로운 줄기를 찾아내야만 한다."

노제강의 시선이 섭외단주(涉外團主)에게로 향했다. 그의 눈길엔 은은한 노기가 서려 있었다.

"금율, 잡아오라는 글쟁이들은 어찌 되었느냐?"

섭외단주 금율(金律)이 하는 일은 명칭은 섭외(涉外)였지만 사실은 강제로 글쟁이들을 데려다 감금하고는 글을 쓰게 하는 일이었다. 영문을 모르고 잡혀온 작가들은 햇볕도 들지 않는 지하 석실에서 필사방주이 제시한 내용대로 책을 완성해야만 했는데 결과물이 신통치 않을 때는 갖은 고문을 당하기도 했다.

금율의 얼굴에 순간 난처함이 떠올랐다.

"속하, 입이 열 개라도 할 말이 없습니다. 만악문(萬惡門)의 후예(後

裔)를 쓴 금헌영(金獻永)과 포로공주(捕虜公主)의 초후석(超厚析)의 행방은 여전히 안개처럼 묘연하기만 합니다. 후흑문에 의뢰를 맡기기까지 했지만 어찌 된 일인지 그쪽에선 아무 연락도 없는 형편입니다. 하지만 속하, 포기하지 않고 전심 전력을 기울일 것을 약속드립니다."

마음이 담긴 속죄의 말에 방주 노제강의 얼굴이 조금 풀어졌다.

"네가 근저에 미뢰도(美雷刀)를 쓴 목정연(木正蓮)과 타락무림(墮落武林)의 호성화(昊星華)를 잡아온 것은 칭찬을 받아 마땅한 일이다. 하지만 그들이 보태졌다곤 해도 이번 새로운 기획들을 따라 책을 내기엔 턱없이 손이 모자란 형편이다. 금헌영과 초후석은 글쟁이라기보다는 폐인에 가깝지만 원체 희한한 놈들이니만큼 특별한 기획에 크게 보탬이 될 터이니 너는 좀 더 역량을 발휘하여 꼭 그놈들을 찾아오도록 하라."

"명심하겠습니다."

"자, 그럼 본론으로 들어가서 새로운 기획에 대해 논의토록 한다."

이미 한 달 전부터 차세대 기획안을 각자 생각하여 회의 때 의견을 내도록 방주의 지시가 있었던 터라 수뇌들은 한 사람씩 염두해 둔 것을 말하기 시작했다.

먼저 입을 연 것은 수호단주(守護團主) 장송수(張訟手)였다. 그는 감금된 글쟁이들을 감시하고, 간혹 게으름을 피우는 작가들이나 신통치 않은 글을 낸 자들을 고문하는 일을 맡고 있었다.

"제 소견엔 새로운 기획도 기획이지만 아직까지 우리는 기연에 대해 쓸 것이 많다라는 생각입니다. 지금껏 기연 서적의 방향은 무공 쪽에 비중을 두었으나 앞으로는 영약이나 영물 쪽으로 책을 내는 것이 어떨는지요?"

그 말이 끝나기가 무섭게 장내는 싸늘한 한기로 뒤덮였다.

그중 서늘함이 절정에 이른 건 방주 노제강의 얼굴이었다. 그의 얼굴은 너무도 차갑게 변해 도리어 옅게 미소를 띠고 있는 것처럼 보일 지경이었다.

장송수는 곧바로 방주가 저런 표정일 때는 대재앙이 임박한다는 것을 알고 있었기에 목을 움츠리며 슬그머니 의자에서 일어나 뒤쪽 공간에 자진하여 머리를 박았다.

"쯧쯧쯧, 저건 도대체 언제 사람이 되려나. 혹시 너, 글 읽을 줄 모르냐? 이 답답한 인간아, 이미 두 달 전에 '기연(奇緣)과 영약(靈藥)', '영물(靈物)의 서식처(棲息處)'가 나오지 않았느냔 말이다. 저러고도 단주라고. 아이고, 속 터져."

"죄, 죄송합니다."

"회의 끝날 때까지 계속 박고 있어!"

"제가 한 말씀 올리겠습니다."

수정단주(修正團主) 묵해영(墨海影)이 답답한 속을 풀어드리겠다는 듯 시원스럽게 입을 열었다. 그는 글쟁이들이 맹렬히 써놓은 책의 오타를 수정하는 일을 하는 이들의 수장이었다.

"말해 봐."

"세상엔 절대 불황을 타지 않는 것이 두 가지가 있다고 생각합니다. 첫째는 유아 관련 용품으로 그건 세상 모든 부모들이 자신은 비록 굶을지라도 자식에게는 좋은 것을 입히고 먹이려 하기 때문입니다. 둘째는 미용 용품인데 여인들은 용모를 꾸미는 데 결코 돈을 아끼지 않기 때문입니다."

"음, 그래, 옳은 말이야."

"기연 서적의 성공은 뭇 남성들의 영웅에 대한 꿈을 자극한 것이 주효하였던 바 이제는 여인들의 미(美)에 대한 욕구를 자극, 더 아름다워지고 늙지 않길 바라는 마음을 이용한다면 큰 성공을 거둘 수 있을 것이라 생각합니다."

"음, 기연에 이은 미녀연속기획(美女連續企劃)이라……. 그거 괜찮군. 좀 더 구체적으로 생각해 둔 건 있느냐?"

"그리 시간이 많지 않아 여러 가지를 구상하진 못했습니다만 한 가지 생각해 둔 것을 말씀드리자면 '미녀(美女)와 특산물(特産物)'이라는 주제로 책을 만드는 것입니다. 책의 내용은 각 여인들마다 자신이 원하는 얼굴의 특정 부위를 아름답게 만들려면 어느 지방의 어떤 특산물을 먹어야 한다는 것을 싣는 겁니다. 결과야 어떻든 특산물을 먹어서 몸에 해될 것은 없으니 나중에라도 크게 문제가 되진 않을 것이라 생각합니다."

"하하하, 아주 훌륭한 발상이다. 허황된 여인들의 심리를 자극하는 것이니만큼 결코 실패하지 않을 것 같구나. 게다가 거기에서 한걸음 더 나아가 특산물이 나는 지역을 책에 기록하면서 그 지역의 특산물 재배자들에게 책에 실어주는 조건으로 수수료를 챙긴다면 돈은 거저 굴러들어 오는 것이 아니겠느냐!"

방주 노제강의 말에 수뇌들은 일제히 감탄사를 발했다.

"탁월한 안목이십니다."

"방주님의 혜안에 감복할 따름입니다."

노제강은 흐뭇한 미소를 머금고 묵 단주에게 말했다.

"그럼 미녀연속기획은 묵 단주가 세밀히 연구하여 기획서를 제출하도록. 한 달의 시간을 주겠다."

"네. 속하, 최선을 다하겠습니다."

그 이후로도 여러 가지 의견들이 쏟아졌다. 하지만 번번이 방주 노제강은 마음에 들지 않는지 고개를 가로저을 뿐이었다. 그러던 중 노제강의 시선이 홍보단주(弘報團主) 정포(鄭布)에게로 향했다. 이제껏 어떤 건의도 없이 혼자서 뭔가를 꼼꼼히 생각하고 있는 모습에 혹시나 하는 기대가 실렸다.

"정포, 생각한 것이 있다면 어서 말해 보라."

정포가 송구스럽다는 표정과 함께 입을 열었다.

"아직 말씀드리기엔 확실히 정립되지 않은 부분이 있으나 현재까지의 제 생각이나마 말씀 올리겠습니다. 기연 서적의 성공에 대해서 방주님께선 고정관념을 벗어 던졌기에 가능했던 결과라고 말씀하셨습니다. 설마 기연서를 보고 찾아 나설 얼간이가 한 명이라도 있겠는가 하고 시도하지 않았다면 오늘날의 필사방은 존재하지 않았을 것입니다."

"그렇지."

"고정관념을 벗으면 거대한 시장이 보이고 황금의 밭이 보인다고 생각합니다. 우리는 기연 서적이 많은 남자들의 마음을 자극할 것이라고 예상치 못했으나 결과는 폭발적인 반응으로 나타났습니다. 그처럼 지금 제가 말씀드리고자 하는 것은 새로운 구매자들로 '악인'들을 맞아들이자는 것입니다. 악인들을 위한 책, 악인들의 마음을 위로해 주는 책, 악인들에게 살아남을 수 있는 용기를 불어넣어 주는 책을 만들자는 것입니다."

장포의 열정적인 의견 제시가 끝났을 때 좌중은 무거운 정적에 휩싸였다. 그러나 아예 아무것도 움직이지 않은 건 아니었다. 수뇌들의 눈동자는 그 어느 때보다 빠르게 번득거리며 방주 노제강의 다음 반응을 살피느라 분주했다.

노제강이 의자를 뒤로 밀치고 서서히 자리에서 일어났다. 이를 악물었는지 그의 양볼은 굳은 선이 내비쳤다.

이윽고 노제강이 양손을 앞으로 내밀고는 천천히 박수를 치기 시작했다.

짝… 짝… 짝… 짝… 짝짝짝짝!

띄엄띄엄 치던 박수가 점점 빨라지면서 노제강이 힘차게 고개를 끄덕거리자, 그제야 눈치를 살피던 수뇌들도 일제히 자리에서 일어나 박수갈채를 보냈다.

"훌륭한 생각이다. 바로 그거다! 발상의 전환은 곧 황금 마차와 같은 것이다. 정포 너에겐 조만간 큰 상을 내리도록 하겠다."

곧이어 회의실의 분위기는 뜨겁게 달아올랐다.

방주 노제강이 열을 올리며 독려한 까닭에 단주들은 속속 기발한 생각들을 토해내기 시작했다.

수정단주 묵해영은 제목을 '악인 지침서'로 하자고 했고, 이어 포장단주 감원은 누군가를 추격할 때는 절대로 절벽 쪽으로 몰아가서는 안 된다고 말했다. 홍보단주 정포는 거기에 덧붙여 만일 어쩔 수 없이 절벽 아래로 뛰어내렸다면 한 달이든 두 달이든 좋으니 무조건 찾아내야 하고 그래도 찾지 못했다면 아예 진천뢰 등의 폭약을 대거 사용하여 아예 산을 통째로 날려 버려야 한다고 말했다.

그 외의 내용으로는 강호에 새롭게 떠오르는 청년 고수가 있다면 일단은 포섭하되 포섭이 실패했을 경우 앞뒤 가리지 않고 죽여야 한다는 것과 죽일 때는 어줍잖게 부하들을 보낼 것이 아니라 최고위층의 우두머리가 직접 나서서 숨통을 끊어놓아야 뒤탈이 없게 될 것이라는 내용도 나왔다.

특히 방주 노제강의 칭찬을 받은 내용으로는 평상시 은거고수들의 행적을 은밀히 살피고 있다가 그들이 새롭게 제자를 거두진 않았는지, 어느 날 갑자기 내공을 상실하진 않았는지를 파악하여 만일 내공을 건네주었다면 초기에 놈을 죽여야 한다는 것이었다.

이후로도 각종 재기발랄한 착상들은 여기저기서 우후죽순 솟아났다.

필사방주 노제강은 연신 '그렇지', '아주 좋아', '바로 그거야'를 연발하며 독려했고, 단주들은 도저히 평범한 인간으로는 생각해 낼 수 없는 기발함으로 악인들이 뭇 영웅들을 물리치고 승리하는 비법을 쏟아냈다.

그들의 대화가 한없이 이어지며 악인 지침서 다섯 권 분량을 채울 만큼 진행되었을 때 문득 한줄기 변화가 찾아들었다.

쿵!

회의실 입구 양쪽 문이 거칠게 열리는 소리와 함께 한 사람이 모습을 드러낸 것이다.

모두의 시선이 한꺼번에 집중되었고, 좌중은 곧바로 그가 호위를 맡고 있는 강표절(姜剽竊)임을 알아보았다.

"무슨 일이냐?"

방주 노제강은 호통을 치며 물었지만 거의 동시에 대답이 불필요하다는 것도 느끼고 있었다. 강표절의 동공이 맥없이 풀려 있고, 얼굴은 분을 바른 듯 새하얀 것이 필시 중상을 입은 것이 확실해 보였기 때문이다.

"어서 피하……."

강표절은 말을 다 맺지 못하고 비틀하더니 그대로 바닥으로 허물어졌다. 아니, 분명히 허물어지는 것처럼 보였다. 그러나 강표절은 간신히 몸의 균형을 잡고 버텨냈다. 바라보는 모두의 얼굴에 안타까움이 떠올랐다.

문이 열리고 지금 막 강표절이 쓰러지려 한 데까지는 찰나적인 시간에 불과했다. 그런 까닭에 좌중은 중상을 당한 강표절이 비틀거리자 당연히 쓰러질 것이라 생각했고, 그 후에 신형을 날려 강표절의 몸을 살피고 바깥의 동태를 살피려 했다.

그러나 순간 강표절이 쓰러지려 하다가 힘겹게나마 몸의 균형을 잡자 잠시 좌중은 그 광경을 긴장된 표정으로 바라보았다. 어쩐지 아직 움직여서는 안 될 것 같은 묘한 분위기가 내전을 휘감고 있었다.

"으윽……."

강표절은 다시금 비틀거리며 옆으로 네 걸음을 출렁이다가 갑자기 허리를 활처럼 뒤로 꺾었다가 숙이면서 그대로 무릎을 꿇었다. 모두는 이제 곧 강표절이 무릎 꿇은 자세 그대로 얼굴을 쿵 하고 바닥에 찧을 것이라고 생각했다. 그러나 예상과는 달리 강표절은 무릎을 후들거리면서 힘겹게 몸을 일으켜서는 '으윽!', '커억!', '허억!' 등의 각종 신음성을 질러대면서 곧 쓰러질 듯 쓰러질 듯하면서 계속 꿈틀거렸다.

처음에는 안쓰러운 표정으로 지켜보던 방주와 단주들의 안색은 차츰 떨떠름하니 변하고 말았다. 분명히 저건 중상에 시달리는 것이 아닌 그저 지랄을 하고 있는 것뿐이라고 생각한 것이다.

"저, 저 새끼, 왜 저러냐? 야, 너, 지금 뭐 하자는 거냐?"

방주 노제강의 호통에 한참 비틀거리며 온갖 신음을 내지르던 강표절이 허리를 옆으로 꺾다가 그대로 동작을 멈추고는 고개를 갸웃했다.

"왜요?"

철면피도 이 정도면 십이성에 달한 것일 터였다. 지금껏 온갖 지랄은 혼자 다 해놓고서 '왜요?'라고 천연덕스럽게 말하고 있는 것이다.

그러거나 말거나 강표절은 언제 중상을 당했었냐는 듯 정자세로 서서는 포권의 예를 취했다.

"많이 놀라셨습니까? 혹시 지루한 시간을 보내고 계시는 건 아닐까 해서 결례를 무릅쓰고 연극을 해 보였습니다. 용서하십시오."

방주 노제강은 웃어야 할지 울어야 할지 모를 표정이 되어 그저 작은 소리로 허허거렸고, 단주들의 얼굴은 푸르락누르락해져서는 요절을 낼 기세였다. 그러나 벼락은 곧바로 그들 모두의 뒤통수를 강타했다.

"…라고 말할 줄 알았다면 그건 너희들의 오산이다. 하하하하하!"

강표절이 한껏 비웃음을 담고 하는 말에 급기야 방주와 단주들의 분노가 폭주하고 말았다.

"아니, 저 새끼가 보자 보자 하니까……!"

"이 자식, 오늘 널 지옥 불구덩이로 보내주마!"

"사지를 찢어 죽여도 시원찮을 놈 같으니!"

"미쳐도 제대로 미쳐야 할 것이 아니냐!"

"모두 달려들어 짓이겨 놓아라!"

그때 강표절이 한 손을 쭉 뻗으며 말했다.

"잠깐!"

방금 전까지와는 판이하게 다른 음성이었다. 마치 어떤 명령이라도 내리려는 듯 명쾌하고 뚜렷한 것이었기에 신형을 날리려던 이들이 잠시 멈칫했다.

"애써 발악할 필요 없다. 이미 바깥은 우리 애들이 접수한 지 오래다. 그러니 네놈들도 순순히 투항하는 것이 좋을 것이다. 흐흐흐, 볼테냐? 자, 애들아, 모두 나와라!"

필사방 무리의 얼굴이 긴장으로 물들었다. 강표절은 분명 강표절이 아닌 것이 분명했다. 그렇다면 강표절로 역용한 적이 이처럼 천연덕스럽게 말할 수 있는 건 녀석의 말처럼 바깥 상황이 이미 적의 수중에 넘어갔음을 의미하는 것이었다. 적은 결코 가볍게 여길 수준이 아닌 것이 분명했다.

무거운 침묵은 내부를 가득 메우고 시간의 흐름마저 멈추게 하는 것 같았다. 눈 한 번 깜박이지 않고 들이닥칠 무리를 기다리는 시간은 찰나에 불과했지만 필사방의 수뇌들에겐 억겁처럼 길게 느껴졌다.

쿵쾅! 쿵쾅! 쿵쾅! 쿵쾅!

심장이 피를 뿜어내는 소리가 들리는 것만 같은 긴장 속에서 도대체 얼마나 시간이 흘렀는지 모르지만 '애들'이 나타나야 할 시간은 충분히 넘어선 것 같은데 어찌 된 일인지 '애들'은 보이지 않았다.

강표절도 그걸 느꼈는지 당당하던 표정 대신 흘깃거리며 뒤쪽을 연신 바라보며 크게 소리쳤다.

"얘들아, 어서 나오래두! 얘들아!!"

그래도 애들은 어디에 숨어버렸는지 꿈쩍도 하지 않았다.

강표절의 귀밑가로 땀 한 방울이 슬그머니 흘러내렸다.

"허허, 얘들아!!"

애들이 나타나지 않고 혼자 지랄하는 모습을 보자 노제강과 단주들은 모든 것이 허풍이라고 판단하고는 신형을 날렸다.

바로 그 순간이었다.

슈욱~

공기를 가르는 한줄기 소리가 나는가 싶더니 제일 가까이에서 신형을 날려 막 강표절을 덮치려던 홍보단주 정포의 몸이 뒤로 밀려나면서 그대로 거꾸러졌다.

그리고 그와 함께 흑의에 복면을 두른 십삼 인이 모습을 드러냈다.

'애들'이 나오고 만 것이다.

복면을 뒤집어쓴 '애들'의 위용은 놀라움을 주기에 충분할 정도여서 나름대로는 한가락 한다고 자부하던 필사방의 수뇌들은 거의 개처럼 두들겨 맞고 한쪽 구석에 찌그러졌다.

노제강을 비롯한 단주들이 도대체 이 작자들이 어디에서 온 누구인지, 또 무엇 때문에 온 것인지 알 수 없어 입술을 깨물며 바라볼 때 십삼 인의 복면인 중 이마 부분에 하얀 별 문양을 한 복면인이 씩씩대면서 강표절에게 삿대질을 해댔다.

"소저, 이거 해도 해도 너무하는 거 아니오? 그렇게 말을 했건만 왜 자꾸 수하 부리듯 반말을 찍찍거리는 거요? 그리고 애들이라니? 애가 여기 어디 있다는 거요? 내가 애면 니는 대체 뭐요?"

울분을 토해낸 이는 후흑문의 형벌당주 좌염(座捻)이었고, 강표절로 역용한 사람은 담유설이었다.

사실 처음 두 사람의 관계는 상당히 우호적이었다.

"아니, 노인장이 형벌당주?"

담유설이 좌염을 보고 놀라 내뱉은 말이었고,

"소저, 이번에 함께 가는 거요?"

형벌당주 좌염의 반가운 물음이었다.

담유설이 놀란 건 그녀가 처음 심온을 만나기 위해 화월루로 가는 길에 아들 집을 찾아간다면서 길을 묻던 노인이었기 때문이다. 그녀가 여태 기억하고 있는 것은 노인이 흰 눈썹을 길게 늘어뜨린 것이 매우 인상적이었기 때문이다.

이로 미루어 그녀는 면담이 있기 전 후흑문에서 모종의 접촉을 통해 자신의 심성을 시험해 보았다는 것을 깨달았다. 당시 길을 물었던 일 외에 뚜렷히 다른 일은 생각나지 않았지만 어쩌면 한두 번 다른 방법으로의 시험이 있지 않았을까 싶은 생각을 한 그녀였다.

한편 좌염의 반문 속엔 이번 여정이 꽤 재밌겠다는 생각이 담겨 있었다. 좌염은 그녀에 대해 들리는 이야기들이 '완전 꼴통'이란 말들뿐이었지만 뭐, 그 정도야 자신은 충분히 극복해 낼 수 있다고 자부했다. 다들 여자를 다룰 줄 몰라서 그러는 것이라 생각한 것이다.

그러나 그의 자부심은 이틀째가 되면서 완벽히 붕괴되고 말았다.

아리따운 여인은 온데간데없고, 대신 쭈글쭈글한 할망구가 연신 고개를 힘겹게 저어대면서 담유설의 빈자리를 채웠기 때문이다.

형벌당에 속한 십이령(十二靈) 중 하나가 뜬금없이 웬 노파가 무리 중에 섞여 있는 것을 보고는 대체 누구냐고, 왜 여기 있느냐고 물었다가 신임 당주도 제대로 못 알아본다고 욕을 바가지로 얻어먹은 것이 그 시작이었다.

노파로 변한 담유설은 이 모습이 자신의 본래 용모와 나이라면서 형벌당주 좌염과 십이령에게 반말을 찍찍 해대고 가끔 욕설에 손찌검까지 하기에 이르렀다.

십이령들도 각기 한 성질 하는지라 몇 대씩 얻어맞자 이런 경우는 살다 살다 처음이라며 몰래 죽여 버리자는 의견을 낼 정도로 분개했지만 문주의 당부, 그래도 정상인 너희들이 참아야 한다는 말을 기억하며 애써 마음을 다스렸다.

그렇게 모진 시간을 보낸 후 필사방에 이른 일행은 예상했던 대로 이곳이 기연 서적을 만드는 곳임을 알아채고 소리없이 제압해 가기 시작했다.

그런 후에 담유설이 갑작스럽게 목에 핏대를 세우면서 자신이 들어가서 수뇌들에게 호통 쳐야 한다고 우겨 경비 무사로 역용을 하고 안으로 들어가게 된 것이었다.

원래 담유설이 안쪽에서 보낼 신호는 '이제들 나오시게' 였다. 그 약속은 몇 번이고 좌염이 확인하였고, 담유설도 한입으로 두말하지 않는다고 말했으나 정작 때가 되자 담유설은 '얘들아, 나와라' 라고 부르니 좌염을 비롯한 십이령은 울화가 치밀어서 나가지 않고 있다가 적이 움직이는 것을 보고서야 혹시 다칠지도 모른다는 생각에 급히 몸을 날린 것이었다.

이런 상황에서 결국 좌염이 울화를 터뜨리자 잘한 것 하나도 없는 담유설이 꽥 하고 소리쳤다.

"이 늙은 뼈다귀가 어디다 대고 소리치고 지랄이야!"

"뭐? 늙은 뼈다귀? 너, 말 다했냐? 이게 아주 예쁘다 예쁘다 하니까 아주 못 오르는 나무가 없네?"

"그럼 싱싱한 뼈다귀라고 해주랴? 그리고 내가 어딜 올랐다구 그래? 니가 무슨 나무냐? 너 설마 고목나무였던 거야?"

"어휴, 미치겠네! 내 이걸 그냥 확!"

좌염은 물론이고 뒤쪽에 선 십이령까지 살기등등하게 쏘아보자 담유설이 다리를 폴짝거리면서 외쳤다.

"오냐! 다 덤벼라, 자식들아! 다 덤벼!"

"으아악! 도저히 못 참아!"

좌염은 벼락같이 소리를 지르고는 담유설 쪽이 아닌 필사방주와 단주들을 향해 달려들었다.

파파팍! 팍팍! 파파파팍!

한쪽 구석에서 두 사람이 티격태격하는 걸 안절부절못하고 지켜보던 필사방주와 단주들은 느닷없이 불똥이 자신들에게 튀며 주먹과 발이 날아들자 끙끙거리며 혼신의 힘을 다해 맞았다.

잠시 후, 뜰 가운데로 필사방 무리들과 지하 석실에서 구출된 글쟁이들이 좌우로 자리를 잡고 섰다.

거의 백여 명에 이르는 필사방인들의 얼굴은 거의 죽을상이었고, 오십여 명의 글쟁이의 얼굴엔 감사와 기쁨이 일렁였다. 개중엔 너무 감격한 나머지 하염없이 눈물을 흘리는 이도 있었다.

필사방주와 단주들을 패버린 것으로 어느 정도 마음을 다스린 형벌당주 좌염이 중앙 앞쪽에 서더니 품에서 두루마리 하나를 꺼내 들었다.

차르륵 소리와 함께 두루마리를 펼친 그가 엄숙한 어조로 그 속에 적힌 내용을 읽어 나가기 시작했다. 이 두루마리의 내용은 문주 심온이 직접 작성한 것이었다.

"네 이놈들! 이 천하의 버르장머리없는 악당들아! 귀를 씻고 들어라! 흠흠!"

좌염은 형벌당주로서 이런 글귀를 읊는 것이 한두 번이 아니었지만 언제나 읽을 때면 난감함을 금치 못했다. 그 이유는 글귀에 '흠흠'이라는 단어까지 적혀 있었기 때문이다.

그가 약간 상기된 낯빛으로 계속 읽어갔다.

"…네놈들은 크게 두 가지 죄를 지었다. 첫째는 살인이요, 둘째는 죄도 없는 이들을 감금하고 노동을 착취한 것이다. 기연 서적의 허황된 말만을 믿고 분별력없는 이들은 절벽 아래로 거침없이 떨어져 목숨을 잃었고, 그들의 소중한 목숨의 대가로 너희는 호위호식하였으니 어찌 너희들의 죄를 적다 할 수 있겠느냐! 너희를 벌함에 있어 나는 하늘의 법도(法道)와 이치(理致)인 심은 대로 거둔다라는 뜻을 적용하겠노라 약속하는 바이다!"

거기까지 읽은 좌염이 이번에는 글쟁이들 쪽을 바라보며 글을 읽어나가기 시작했다.

"아무 까닭 없이 잡혀와 고생한 글쟁이들에겐 심심한 위로의 말을 전하는 바이다. 어차피 그대들의 삶 자체가 폐인의 길이라 평상시대로 있으나 이렇게 잡혀서 강세로 글을 쓰나 크게 다를 것도 없겠지만 고생한 것만은 사실일 터, 애썼다."

구출받은 것에 감동해 있던 글쟁이들의 눈이 순간 퀭하니 변했다.

냉정히 따지자면 틀린 말은 아니었지만 그렇다고 기분이 좋을 리 만무했다. 좌염의 낭독이 계속 이어졌다.

"그대들은 무엇보다 가족이 보고 싶을 것이다. 하지만 가족들과의 상봉의 기쁨도 잠시, 가족들은 그대들의 끊임없는 뻗댐과 뒹굴거리기에 지쳐 차라리 예전처럼 눈에 보이지 않았으면 좋겠다고 생각할지도 모른다."

거기까지 들으면서 글쟁이들은 완전 의기소침해져서는 입을 쩝쩝거리기도 하고 눈을 감고 크게 한숨을 내쉬기도 하고, 또 어떤 이는 연신 침을 뱉어내기도 했다.

"…그리하여 본인은 글쟁이들을 환대하는 이를 소개할까 한다. 그대들은 가족들과 기쁨의 상봉을 한 후엔 너무 오래 머물지 말고 청어장주(靑於莊主) 서공석 대인을 찾도록 하라. 그는 글쟁이들을 소중히 여기는 자이니 그 가운데서 마음껏 원하는 글을 쓴다면 남은 인생을 행복하게 보낼 수 있을 것이다. 이상, 복면인들의 두목으로서 안녕을 고한다."

필사방인들과 글쟁이들은 '안녕'이라는 인사를 받고 멍해지고 말았다. 나타난 복면인들은 괴상하기 그지없었지만 이들의 두목이라는 자는 그저 괴상하다고만 표현하기엔 감당하기 벅찬 기괴함을 내뿜었기 때문이다.

"소리가 작다!"

"종과득과(種瓜得瓜:오이를 심으면 오이가 나고), 종두득두(種豆得豆:콩을 심으면 콩이 난다)!"

"더 크게!"

"종과득과, 종두득두!"

"거머리가 목구멍에 붙은 거냐? 더 크게!"

"종과득과, 종두득두!!"

이곳 대별산 소천봉 정상에서 담유설은 군기반장이 되어 필사방의 무리들을 혹독하게 몰아갔다. 이들이 당할 형벌은 뿌린 대로 거두는 이치에 따라 '기연 서적에 나온 대로 실천하기'였기에 종과득과, 종두득두를 외치라고 다그치는 중이었다.

"이것 봐라, 이것 봐! 빠져가지고 자식들! 어? 지금 반항하는 거냐?"

담유설은 도열해 있는 무리 사이로 어슬렁거리다가 필사방주 노제강을 보고는 싸대기를 날렸다.

쫘악!

"아까부터 지켜봤는데 아주 형편없어! 계속 똑바로 안 할 거야?"

곧장 뺨이 뻘겋게 부어오른 노제강은 머리털을 다 뽑아서 씹어 먹고 싶을 정도로 울화와 서글픔이 밀려들었지만 개겨봐야 몇 대 더 맞는 것뿐임을 오는 길에 누차 경험했기에 눈물을 머금고 대답했다.

"똑바로 하겠습니다!"

우렁찬 음성이었지만 그 속엔 미약하나마 작은 떨림이 담겨 있었다.

그렇기도 한 것이, 현재 담유설은 처음 필사방의 회의실에 나타났을 때와 다름없이 경비 무사인 강표절의 모습을 하고 있었기에 방주 노제강으로서는 더욱 비참한 기분이었던 것이다.

"잘한다고 말은 잘하지. 똑바로 해라!"

담유설은 노제강의 머리를 툭툭 아주 기분 나쁘게 후리고는 모두에게 말했다.

"자, 이제 대충 준비가 된 것 같구나. 앞으로 너희가 어떻게 해야 하는지 노인장이 자세히 설명해 줄 것이다."

복면을 벗은 지 오래인 형벌당주 좌염은 이젠 희망을 완진히 접었는지 이맛살을 찡그리거나 화내는 기색도 없이 필사방의 무리를 향해 입을 열었다.

"너희들이 왜 이곳에 서 있는지 모두들 잘 알 것이라 믿는다."

필사방인들은 이미 종두득두를 외치면서 자신들이 절벽에서 뛰어내려야 할 운명이라는 것을 짐작하고 있었지만 이제 확정적으로 선포되자 얼굴이 거의 백지장처럼 새하얗게 질려 버리고 말았다.

"…사실 너희에게 절벽에서 뛰어내리라 하는 것은 순전히 너희들에게 복수할 기회를 주기 위함이란 것을 알아주기 바란다. 너희는 백이면 백 이곳에서 뛰어내리는 날엔 기연을 얻어 천하무적의 무공을 얻는다 했으니 필시 복수에 성공하리라 믿는다. 그러나 개중에는 재수가 없는 놈도 있을 것이다. 저 밑 흐르는 강에는 송곳처럼 뾰족이 뻗어난 암초가 있는데, 아마도 죽어야 할 놈이라면 이번 고공 낙하로 저승 사자와 기쁨의 상봉을 누릴 수 있을 것이다."

거기까지 좌염의 말이 이르게 되었을 때였다.

느닷없이 한 그림자가 도열한 무리 속에서 빠져나와 탈출을 기도했다.

"난 못해! 난 이대로 죽을 수 없어! 안 돼!"

그는 거의 실성한 듯 외치면서 신형을 날렸지만 어느새 그 앞을 가로막은 십이령 중 하나인 섬천(蟾泉)의 주먹에 복부를 얻어맞고 그대로 허물어졌다.

그제야 필사방 무리들이 누군가 하고 살피니 그는 다름 아닌 필사방주 노제강이었다.

"안 돼요! 이렇게 죽을 순 없어요! 제발 살려주세요!"

섬천의 바짓가랑이를 붙들고 그가 발악하듯 통사정할 때, 불쑥 노제강의 위로 그림자 하나가 덮치는가 싶더니 그대로 밟아대기 시작했다.

"이 자식아, 어디서 도망치려고 들어? 니가 아주 죽으려고 작정을 한 게로구나!"

담유설이었다. 그녀는 고기를 다지듯 아주 자근자근 밟아버렸고, 그 광경을 보는 필사방인들은 도망치려 했던 마음을 차분을 떨쳐 내고 절벽에서 뛰어내리는 데 최선을 다해야겠다고 굳게 다짐했다.

노제강이 이마가 찢어지고 코피가 줄줄거리고, 절룩거리면서 본래 자신의 자리로 돌아와 처연히 위치를 잡고 서자 좌염의 말이 계속 이어졌다.

"음, 내가 어디까지 이야기했더라? 아이씨, 이런 제기랄."

다음 대목이 생각이 나지 않아 울화가 치민 좌염이 노제강의 앞으로 확 다가가서는 뺨을 시원하게 올려붙였다.

쫘악!

"또 헛짓하면 아주 죽인다!"

"저… 송곳 같은 암초까지 말씀하셨습니다."

그 바로 곁에 있던 수호단주 장송수가 하는 말에 좌염의 얼굴은 완전히 일그러져 버렸다.

"이런, 막 생각해 냈는데 네가 말하면 어떡하냐, 이 자식아! 꼭 네가 가르쳐 준 것 같잖아!"

쫘악!

장송수도 뺨을 시원하게 얻어맞고는 침통한 안색으로 고개를 숙였다.

"아, 그래. 좋아. 암초, 꼬치구이까지 했지? 그러나 너무 걱정하지는 말아라. 솔직히 너희가 기연을 만나지 못하고 또 암초에 꽂혀 죽지도 않는다면 그건 더욱 불행한 일이 될 테니까 말이다. 나중에는 차라리 왜 그때 죽지 못했을까 후회할지도 모르거든. 음, 그리고 혹시 몰래 도망칠 생각일랑 하지 않는 게 좋을 거다. 곳곳에서 지켜보다 도망가려는 몸짓이 보이면 패버린 후에 밤새 뛰어내리게 할 테니까 말이다. 자, 그럼 긴말 집어치우고 실행에 옮기도록 하겠다. 시간이 많지 않으니 빨리빨리 움직여야 할 게야. 열흘 동안 한 사람당 오백 회 추락을 채우려면 하루 오십 번을 채워야 하니 게으름 피우지 않아야 할 것이다."

설명이 끝나자 담유설은 필사방 무리들을 노제강부터 시작해서 쭉 일렬로 줄을 서게 했다.

"야, 거기 똑바로 서! 야, 넌 뭐야? 거기 줄 삐뚤어졌잖아! 뒈질래?"

험악하게 열을 맞춰놓은 담유설이 제일 앞에 선 노제강에게 물었다.

"자, 뛰어내리기 전에 각자 좋아하는 것을 외치도록 한다. 그것은 너희를 두려움에서 잠시 벗어나게 해줄 것이다. 자, 가라!"

노제강이 잠시 망설이며 입을 옴지락거리자 담유설이 실실 비웃음을 지었다.

"하긴 네가 좋아하는 건 돈밖에 없을 텐데 돈을 외치자니 쪽 팔려서 아무 말도 못하고 있는 거지?"

노제강의 안색이 순간 싸늘해지는가 싶더니 담유설을 향해 크게 외쳤다.

"야, 이 개 같은 놈아!"

그러고는 곧바로 절벽 아래로 몸을 날려 버렸다.

"헉!"

담유설은 순간 온몸에서 침착이 소멸되는 것을 느끼며 눈에 불을 켜고 땅바닥을 뒤지다 짱돌을 잡아 들고는 한참 추락 중인 노제강을 향해 내던졌다.

노제강은 절벽 아래로 뛰어내리면 살지 죽을지 모르는지라 욕이나 하고 죽자는 심정으로 쏘아준 것이었다. 그는 추락의 끔찍함 속에서 작게나마 만족을 느끼며 고개를 돌려 욕을 처먹고 담유설이 어떤 표정을 짓고 있을지 살짝 위를 올려다봤다.

바로 그 순간이었다. 담유설이 내던진 짱돌이 정확히 그의 이마에 명중했고, 즉시 노제강은 정신을 잃고 하늘거리면서 추락했다.

끝없이 곤두박질치던 노제강이 정신을 차린 건 어마어마한 속도와 충격으로 물속에 빠져든 때였다.

푸앙!

꼬르륵꼬르륵.

적어도 보통 사람이 삼 일 정도 먹을 정도의 물을 한꺼번에 마셔대고서야 노제강은 수면 위로 오르려 힘겹게 두 발을 열심히 차냈다.

숨이 턱까지 막히며 호흡을 참기 힘든 지경이었지만 다행히 수면이 지척에 이르고 있었기에 희망을 붙들고 연신 발을 움직였다.

'조금만 더, 조금만······.'

그러나 바로 그 순간, 노제강은 물속에 있어도 벼락을 맞을 수 있다는 사실을 체험했다. 큰 덩어리가 엄청난 속도로 물을 뚫고 그를 덮쳐버린 것이다. 덩어리의 정체는 바로 다음 차례로 뛰어내린 홍보단주 정포였다. 기껏 온 힘을 다해 올라왔던 노제강은 그대로 눌려 다시 깊이 가라앉고 말았다.

꽈르륵, 꼬륵, 꼬륵, 꼬······.

결국 극한까지 호흡을 참아내던 노제강은 더 버티지 못하고 완전히 의식을 잃고 말았다.

"쿠에엑! 컥컥!"

물을 거칠게 토해내면서 방주 노제강은 정신을 차렸다.

뭔가 입술이 끈적거리는 느낌에 누운 채로 주변을 두리번거리니 머리맡에 다소곳이 앉은 홍보단주 정포의 모습이 보였다. 정포는 손가락으로 입술을 쓰다듬으면서 어쩐지 수줍어하는 기색을 보이고 있었다.

'서, 설마······?'

노제강은 자신이 물을 너무 많이 마시는 바람에 숨이 멎었다는 것과 방금 전 물을 토해냈다는 것, 그리고 끈적거리는 입술 등을 통해 명확히 사태를 파악했다.

그는 고개를 반대쪽으로 떨군 채 한없이 눈물을 쏟았다.

'정녕 입술을 빼앗겨 버린 건가? 아, 살아보겠다고 비굴하게 뛰어내린 것도 모자라 저 수염이 꺼칠한 놈이 입술을 대고 숨을 불어넣었단 말인가? 진정 이렇게 사느니 죽는 것이 낫다!'

그때 싸늘한 음성이 두 사람의 고막에 파고들었다.

"그렇게 여유 부릴 시간이 없을 텐데? 잠잘 시간을 확보하려면 좀 더 빨리 움직이는 게 좋지 않을까?"

십이령 중 번통(蕃通)의 말에 정포가 그제야 정신이 번쩍 든 듯 벌떡 일어나 산 위쪽을 향해 맹렬히 달려갔다.

그 모습을 보는 노제강의 얼굴에 씁쓸함이 어렸다.

그리고 다음 순간 노제강은 파다닥 소리가 날 정도로 일어나서는 정포가 그랬던 것처럼 미친놈마냥 산 위를 향해 치달렸다.

필사방 무리의 '절벽 생(生)으로 뛰어내리기'는 약 스무 번 정도가 지나자 거의 기진맥진한 상태에 이르렀다. 처음에는 뛰어내리는 것 자체가 공포였으나 점점 갈수록 물속에서 나와 다시 산 정상까지 달려오는 것이 더 고통스러웠다. 급기야 서른 번을 넘어서면서부터는 뛰어내리는 시간이야말로 가장 행복한 시간이 되었다. 그때만큼은 아무 고통도 없이 허공에 몸을 맡기면 되었기 때문이다.

해시(亥時:밤 10시경)가 되어 결국 대부분의 필사방인은 오십 번을 채우고 그토록 그리던 취침 시간을 맞이했다. 하지만 그중 일부, 즉 중간에 고통을 벗어나고자 탈출을 기도하다 걸린 이들은 스무 번의 추가 추락을 명받았다.

그들의 면면은 방주 노제강과 수호단주 장송수, 수정단주 묵해영, 섭외단주 금율이었는데, 이들은 탈출 과정에서 잡혔을 때 이미 분근착골수(分筋錯骨手)를 당하여 뼈마디가 완전 분해되었다가 조립되는 고통을 겪은 뒤였기에 다시 스무 번의 추락을 시행하게 되자 거의 미치고 환장할 지경에 이르고 말았다. 그러나 어떤 반항이나 탈출 기도는 다시금 뼈 분리 작업으로 이어진다는 것을 알았기에 그들은 밤새 흐느적거리며 끝없이 추락해 갔다.

"으아아아악!!"

풍덩!

'절벽 생(生)으로 뛰어내리기'에 대한 소식은 가까운 마을에 알려지면서 가진 건 시간밖에 없는 노인네들이 강 건너에서 이른 아침부터 구경을 나왔다.

처음 그들의 대화는 상당히 조심스러웠다.

"강호인들이겠지?"

"대단하군. 저런 수련을 거쳐야만 되다니 말일세."

"저건 담력 훈련일까, 아니면 자맥질 훈련일까?"

"둘 다겠지."

"여보게, 대체 무슨 훈련을 하는 겐가?"

노인장 중 하나가 용기를 내어 십이령 중 번통에게 묻자 번통이 대수롭지 않다는 듯 답했다.

"흑막(黑膜)을 더욱 두텁게 하는 일이지요."

노인장들은 그 말뜻이 무엇인지 알아들을 수 없었지만 알아들은 척 모두 고개를 끄덕거렸다.

　그렇게 하루하루가 지나면서 노인장들은 구경하는 것 자체가 크게 문제되지 않는다는 것을 깨닫고는 엿새째가 지나면서부터는 응원까지 하는 지경에 이르렀다.

　"뭐야, 좀 더 멋지게 뛰어내릴 순 없는 거야? 양팔과 양다리를 활짝 벌리고 뛰어내리는 건 진부하다니까."

　"다음번엔 허공에서 세 바퀴를 돌아보라구. 그래야 수련생 중에서 좋은 점수를 따지."

　"그렇게 힘이 없어서 험한 강호에서 살아남겠어?"

　"자, 여기 물 좀 마시고 하게나."

　"여기 떡도 있어."

　필사방인들은 노인네들의 열렬한 호응에 그저 가슴이 무너져 내릴 뿐이었다.

◈第七章◈ 마교(魔敎) 지하 뇌옥의 비밀

후흑문주
심온
Fantastic Oriental Heroes

필사방 무리들이 절벽에서 부지런히 뛰어내리고 있는 무렵, 그때까지 별다른 일 없이 한가한 날들을 보내던 심온에게 총관 오교가 얼굴 가득 의아함을 띠고 다가왔다.

"뭐야? 왜 그래?"

심온이 의자에 등을 한껏 기대고 두 발은 탁자 위에 올려놓은 채 까딱거리면서 물었다.

"최근에 온 의뢰인데 이런 경우는 처음이라서 말입니다."

쩌억.

"자, 먹어."

심온이 손에 쥐고 있던 사과를 두 쪽으로 갈라서 절반을 오교에게 던졌다. 오교는 가볍게 받고는 맞은편에 있는 의자를 심온 옆으로 끌어다 놓고 앉았다.

"직접 보시죠."

사각~

심온이 사과를 한입 가득 베어 물고 서신을 받아 들고 읽어 나갔다. 비뚤거리는 서체가 꼭 지렁이가 춤을 추는 것 같았다.

나는 약 사십여 년 전, 후혹문에 나의 고민을 해결해 줄 것을 의뢰했다. 그러나 후혹문은 그 의뢰를 해결하지 못했다. 이제 나는 그대들에게 보상을 요구하는 바이다. 나를 만나려거든 개봉의 환원객잔으로…(후략)……

―강두(姜逗).

서신의 뒷 내용은 언제쯤 오라는 말과 그냥 무시하지 말 것을 당부하는 내용으로 채워져 있었다.

"정말 희한하네. 사십 년 전이라……. 음, 후혹사적(厚黑事跡)에는 어떻게 기록되어 있지?"

후혹사적이란 의뢰의 내용과 결과를 빠짐없이 기록해 놓은 후혹문의 공적서(功績書)였다. 얼마 전 심온이 기연 행불자들을 찾은 내용 또한 고스란히 기록되어진 터였다.

"그게 말입니다, 조금 문제가 있습니다."

"왜?"

"기록 내용이 너무 간단했습니다."

"혹시 사부님이 직접 기록하신 거야?"

"그렇습니다. 그러니까… 내용이 이렇습니다."

0월 0시에 강두를 만났다.

기분이 나빴다.
그래서 소원을 들어줬다.
강두가 기뻐했다.
나도 기뻤다.

오교가 감정을 배제하고 적힌 내용을 읊자 심온의 표정이 퀭해지고 말았다. 마치 어린아이가 부모의 강요를 못 이겨 억지로 일기를 쓴 것 같은 내용과 다를 바 없었다. 거기에 날씨 맑음이라는 말만 있다면 금상첨화일 것이다.

"그, 그게 다야?"

"떠나신 어른에 대해선 장주님께서 더 잘 아시잖습니까?"

"음냐."

심온은 사부가 저런 식으로 따로 기록해 놓은 것들은 뭔가 해괴한 일이 벌어졌음을 의미한다는 걸 잘 알고 있었다.

이 년 전에도 이와 유사한 일이 있었다. 소림의 공명 대사가 은밀히 후흑문주를 찾는다는 정보가 입수되어 도대체 무슨 일인가 궁금하여 후흑사적을 살펴본 결과 공명과 관련된 내용을 찾을 수 있었다.

땡추는 공명이라고 했다.
개고기를 먹고 있었다.
다리 한 짝 달라고 했더니 슬며시 등을 돌렸다.
화가 났다.
패버렸다.
고기는 내 차지가 되었다.

고기는 꿀맛, 아니, 고기 맛이었다.

후흑사적 한쪽 귀퉁이에 아주 조그마한 글씨로 낙서하듯 적혀 있는 내용이었다.

현 소림 방장의 사형인 공명 대사가 어떻게 당시 자기를 팬 자가 후흑문주일 것이라 생각하게 된 것인지는 정확히 알 수 없었다. 어쨌든 그 일로 후흑문은 공명을 모른 척 씹을 것인지, 아니면 어떤 보상을 할 것인지를 고민하게 되었다. 결론은 정면 승부로 마감하자였기에 은밀히 재화당을 파견해 잘 익은 열 개의 개 다리를 선물하는 것으로 깔끔하게 마무리 지었다. 공명으로서도 사실상 얻어맞은 것이 소문 나는 것도 바라지 않았고, 뭔가 후흑문을 상대로 복수를 하기보단 단지 사과를 받으면 족하다고 여겼던 터라 기쁜 마음으로 개 다리를 받고 끝냈다.

그런데 이제 강두라는 노인네가 사십여 년의 세월이 지난 지금 보상을 요구하는 데는 그만한 이유가 있을 것이라 생각했다.

"만나봐야겠군."

"그러시는 게 좋겠습니다. 보상 문제가 구체적으로 나올 수도 있으니 함께 가시죠."

"재화당주하고?"

"네."

"음, 괜찮을까?"

"돈 냄새에 관해선 재화당주를 따를 자가 없잖습니까. 만약 허튼수작을 부려 돈을 빼내려 한다면 재화당주가 기민하게 포착해 낼 것입니다."

"음, 좋아. 그렇게 하지."

재화당주(財貨堂主) 엄장(儼壯)은 후흑문의 모든 돈의 출납을 담당하는 이였다. 그는 빠른 계산 능력을 지녔고, 일 처리는 빈틈이 없었으며 동전 한 닢조차도 금덩어리 대하듯 할 정도로 절약 정신이 투철했다.

또한 사람이 재물에 따라 마음이 요동하는 것을 잘 아는 터라 사람의 심리를 꿰뚫어 보는 능력 또한 탁월했다.

그는 후흑문 내에서도 가히 막강한 실력자였다. 그는 비록 서열상으로는 열네 번째였으나 모든 지출이 그에게서 이루어지는만큼 그의 존재감은 서열 그 이상이었기에 후흑문 사람들은 어떻게든 엄장에게 잘 보이려고 애쓰는 편이었다.

물론 제멋대로인 문주 심온과 총관 오교, 그리고 그보다 높은 서열에 선 이들은 엄장으로서도 어찌해 볼 수 없는 인간들이었지만 그 외의 인간들에겐 철저히 주판알을 튕기며 지출 내역을 따지고 들었다.

그의 인상은 흔히 계산에 능하고 꼼꼼한 성격의 소유자들이 공통적으로 지닌 외형적인 특징들, 즉 왜소한 체구에 날카롭고 길게 찢어진 눈, 코 옆의 작은 점, 약간 굽은 어깨와 왼손엔 주판을 들고는 사방을 예리하게 살피는 모양새들과는 아무런 상관이 없는, 그야말로 뜬금없는 외모를 지녔다.

정녕 그를 외모만으로 따진다면 돈의 개념이 아주 희박할 것 같은 인간형이랄 수 있었는데, 가장 눈에 띄는 건 무엇보다 보통 사람 두 배 정도는 족히 될 법한 건장한 체구였다.

거기에 더해 송충이 세 마리를 포개놓은 듯한 눈썹에 부리부리한 눈, 사십구 세라고는 믿기 힘든 탱탱한 구릿빛 피부, 황소라도 때려잡을 만큼 큼지막한 주먹은 그저 보는 것만으로도 상대를 압도하고도 남음이 있었다.

심온이 총관 오교와의 대화 중에 엄장과 함께 가기를 잠시 망설였던 것 또한 엄장의 그런 지나칠 정도의 장대함 때문으로 사람들이 흘깃거릴 것이 귀찮게 느껴졌기 때문이다.

후은장원을 나서 개봉으로 향한 지 사흘째가 되는 날 점심 무렵, 엄장과 함께 나란히 말을 몰아가던 심온이 배를 두드리며 말했다.

"아, 벌써 또 배고파지네. 개방 방주가 내 뱃속에 들어왔나, 왜 이렇게 허기가 빨리 지는 거야?"

엄장이 슬쩍 심온을 째려봤다.

"소면(素麵:양념을 하지 않은 국수)으로 하시죠."

"싫어. 난 오리탕 먹을 거야. 엄장 너, 또 소면 먹을 생각이냐? 너 벌써 사흘째 소면만 먹는데, 그러다 영양실조 걸린다? 암마, 게다가 변비까지 올 수 있어."

심온이 거의 혀를 차듯 이같이 말한 건 엄장이 돈을 아긴답시고 여기까지 오는 내내 가장 싼 소면만 시켜 먹었기 때문이다. 오랜만의 외출이니 좀 푸짐하게 먹으라고 해도 엄장은 요지부동이었다.

"전 소면 먹겠습니다."

굳건히 하는 말에 심온이 눈썹을 갈매기로 만들면서는 말을 곁에 바싹 붙이고 손바닥으로 엄장의 머리를 연달아 째려 갈겼다.

타타타타타!

"제발 좀 말 좀 들어라. 그렇게 아깝냐? 내가 사줄게. 엉? 내가 사준다니까!"

엄장은 목을 잔뜩 움츠리고는 덩치에 안 맞게 기어들어 가는 소리로 중얼거렸다.

"전 소면이 좋다니까요."

"에구, 황소고집을 누가 꺾겠냐. 그래, 니 잘났다."

심온은 잘났다라고 말하는 순간 엄장의 머리를 한 대 강하게 후려갈기고는 '이랴' 하는 소리와 함께 앞으로 내달렸다.

엄장은 저만치 달려가는 심온을 보며 입 모양만으로 '이런 씨발'을 외치고는 골목 어귀에 불량스러운 자세로 침을 틱틱 뱉어내고 있는 청년에게로 말을 몰아 그 앞에 우뚝 멈춰 섰다.

"너!"

순간 삐딱한 자세와 함께 '이건 또 뭐야?' 라는 시선으로 올려다보던 불량배의 몸이 곧은 막대기처럼 뻣뻣해졌다.

말에 앉은 엄장의 거대한 체구가 햇빛의 역광을 받아 더욱 거대하게 보이는 까닭에 유비의 아우 관우가 현신한 것만 같은 위압감을 느꼈기 때문이다. 청년은 곧바로 덜덜 떨기 시작했다.

"자, 잘못했습니다요. 전 그, 그저 도끼파의 행동대장일 뿐인걸요. 차, 착하게 살게요."

그러면서 청년은 눈물을 뚝뚝 흘렸다.

"보자마자 울면 어쩌잔 말이냐. 괜히 미안해지잖아. 그래도 어른이 지금 기분이 안 좋으니까 몇 대만 맞아라. 알겠지?"

그로부터 닷새 후 신시(申時:오후 네 시경), 심온과 엄장은 개봉에 도착했다. 약속 장소인 환원객잔 앞에 이르러 두 사람은 밖에서 안내하던 점원에게 말고삐를 건넸다. 점원은 고삐를 받아 쥐면서 약간 염려스런 표정으로 엄장을 바라봤다.

"혹시 어디 불편하신 데라도……."

"용무가……."

"아, 네. 저쪽입니다."

점원이 손으로 한곳을 가리키자 엄장이 심온에게 공손히, 하지만 힘겹게 말했다.

"저, 잠시만 실례하겠습니다."

심온이 혀를 끌끌 찼다.

"쯔쯧, 그렇게 기름기있는 음식을 먹으라니까. 이번엔 꼭 해결하고 와! 또 계속 담아가지고 오면 확 그땐 진짜 결단날 줄 알아라!'

엄장은 심온이 예언(?)했던 대로 변비에 걸려 전혀 배설다운 배설을 하지 못하고 있는 판국이었다. 고수라면 능히 생리적 작용에 대한 조절이 가능한 법이었지만, 그럼에도 해결하지 못했다는 건 그야말로 극강의 변비 중세임을 뜻하는 것이었다.

엄장이 후닥닥 뛰어가자 심온은 땅에 침을 퉤악 하고 뱉으며 객잔으로 들어가 자리를 잡고 앉았다.

"뭘 드시겠습니까?"

"주문은 좀 있다 하기로 하고, 음, 이곳에서 만나기로 한 노인장이 있는데 찾아줄 수 있겠나?"

"물론입니다. 그분의 이름이 어찌 되시는지요?"

"강 노인. 이름은 두."

"아, 강 노인 말씀이시군요? 요 며칠 객잔에 묵고 계십니다. 그렇잖아도 찾는 사람이 있을 거라고 하셨답니다. 음, 그런데 아까 나가셨답니다. 찾으러 다니시다 또 길이 어긋날지도 모르니 이곳에서 기다리도록 하시죠."

"그렇게 하지. 그럼 간단히 두 사람이 마실 술과 안주를 부탁하네."

점소이가 물러나자 심온은 느긋하게 객잔을 둘러보았다. 아래층에 아홉, 이층에는 들려오는 소리로 보아 약 열 네댓 명 정도가 자리한 것 같았다.

한순간 청력을 끌어올려 뭇 사람들의 대화를 일제히 검색하던 심온의 귓가로 흥미로운 대화가 들리기 시작했다. 심온은 다른 소리는 차단하고 그 대화에 집중했다.

"자꾸 왜 그래요?"

"내가 뭘 어쨌다고?"

"날 하찮게 여기지 말아요."

"하찮게 여긴 적 없어. 중하게 여기니 안아보고 싶다는 거지."

"당신에겐 내 몸만 중요한가 보죠? 왜 그렇게 서두르죠?"

"나는 기다릴 만큼 기다렸어. 오늘은 결심하고 왔으니까 피할 생각 일랑 마."

"흥, 누구 맘대로."

두 남녀는 옆 탁자에 들리지 않을 만큼 목소리를 조절한 채 말을 나누었다. 사내의 목적은 여인과 동침하는 것이었으나 여인은 그리 호락호락 넘어갈 기세가 아니었다.

"내 부하 녀석들이 얼마나 비웃는 줄 알아?"

"왜 비웃죠? 그리고 당신은 왜 남의 시선을 의식하죠? 여자를 만나 얼마나 빨리 그 여자와 잠자리를 하느냐가 남자의 능력을 평가하는 건가 보죠? 흥, 당신은 진짜 남자다운 것이 무엇인지 전혀 모르는군요. 전 이만 일어나겠어요."

여인이 한 치의 머뭇거림도 없이 톡 쏘듯 말하고는 자리에서 일어서

자 사내는 잠시 놀란 채 입만 벌릴 뿐 이치에 합당한 여인의 말에 어떻게 대처해야 할지 몰라 여인이 일층으로 내려가는 계단을 따라 걷는 것을 보고만 있었다.

사실 이 사내는 양치파(佯痴派)의 부두목인 부양배였다. 그는 한 가지 목표를 정하면 물불을 가리지 않는 추진력과 함께 걸어오는 싸움은 마다하지 않은 투지로 서른아홉 살의 나이에 양치파의 부두목 자리에 오른 터였다.

개봉에는 총 다섯 개의 폭력 세력(暴力勢力)이 있는데, 그중 양치파는 두 번째로 큰 규모와 실력을 자랑했기에 부양배의 존재는 사실 개봉에서는 대단한 것이라 할 수 있었다.

그런 그가 이제 한 여자를 마음에 두게 되었는데 여자를 대하는 것은 조직 간의 거친 싸움보다 훨씬 어려워 도대체 어떻게 대처하는 것이 좋은 지 몰라 미칠 것만 같았다.

여인이 거침없이 계단을 중간 정도 내려올 때 부양배가 황급히 달려와 손을 붙들었다.

"잠깐 기다려! 이렇게 가면 어떡해?"

"더 이야기하고 싶지 않아요! 놔요!"

여인의 얼굴은 싸늘했고, 목소리는 크고 날카로웠다. 그 때문에 일층과 이층에 있던 사람들의 시선이 일제히 계단 중간의 두 사람에게 쏠아졌다. 손님 중에는 부양배의 얼굴을 아는 이가 드물어서 그저 남녀 간의 사랑 싸움이려니 생각했지만 객잔의 주인과 점소이들은 부양배의 지위와 성깔을 잘 알고 있었기에 은근히 마음을 졸이기 시작했다.

"너 정말 이러기야?"

부양배도 목소리가 커졌다.

"어서 이 손 놓지 못해요!"

"못 놔!"

"이 짐승, 오직 생각하는 건 그것뿐이지. 당장 이 손 놓지 못해!"

여인이 거칠게 손을 뿌리치고는 총총히 계단을 내려서자 부양배의 얼굴은 홍당무처럼 붉게 변했다. 그저 둘이 속삭이듯 '짐승', 혹은 '육체적 탐욕'에 대한 내용의 말이 오갔다면 그나마 이해해 줄 수 있으련만 사람들이 모두 듣겠끔 큰 소리를 지르자 부양배는 자신의 존재감이 붕괴되는 것을 느끼곤 우당탕 달려 내려가 그대로 손을 뻗어 여인의 머리카락을 잡아챘다.

"아야야! 이게 뭐야! 이거 놓지 못해!"

"이게 아주 예쁘다 예쁘다 하니까 못하는 말이 없네? 네 몸뚱이는 무슨 금덩이로 만들어졌냐? 네년은 좀 맞아야 정신을 차리겠구나!"

부양배가 말하는 사이 여인은 머리를 움켜쥔 손을 떼내려는 동시에 부양배를 마구 할퀴려 들었지만 그녀가 부양배의 힘을 감당하기엔 아무래도 무리였다.

부양배는 뒤 머리채를 잡아 빙글 돌리더니 그대로 손을 들어올려 뺨을 때릴 태세를 갖추었다. 딱딱하고 두툼한 손바닥이 정통으로 작렬한다면 여인의 조막만한 얼굴은 한순간 짓뭉개질 것이 분명했다.

그러나 부양배의 손은 여인의 얼굴과 만나지 못했다.

"풋!"

아주 작은 소리. 하지만 어쩐 일인지 귀에 쏙 파고드는 한줄기 비웃음이 부양배의 귀는 물론이고 객잔 안의 모든 사람의 귓구멍을 감아돈 때문이었다.

"어떤 새끼냐?"

부양배가 쌍심지를 켜고 객잔의 이 끝에서 저 끝까지 쭉 훑어갔다. 아래층 손님들은 모조리 그의 시선을 피해 고개를 숙였다. 부양배의 눈이 쓱 하고 심온을 지나쳤다가 다시 돌아왔다. 심온만이 한껏 등을 기대고 머리 뒤로 깍지를 낀 채 느긋이 부양배의 분노한 시선에 눈웃음을 짓고 있었던 것이다

부양배는 잠시 고개를 가우뚱하고는 쥐고 있던 여인의 머리채를 내려놓더니 성큼거리며 심온에게 다가갔다.

"그러니까 네가 일명 정의의 사도로구나. 이봐, 어린 친구. 책을 너무 많이 읽으셨나? 영웅 행세를 하려면 젖비린내라도 씻고 다녀야지, 젖내 풀풀 풍기면서 이러면 좀 곤란하지."

부양배는 심온의 이마를 검지로 툭툭 누르듯 치면서 공포 분위기를 조성했다.

"어린 놈아, 너는 오늘 몸으로 좀 배워야겠다. 함부로 어른들 일에 끼어들면 어떤 결과를 초래하는지 말로 해선 금세 잊어버리거든. 이런 것은 뼛속 깊이 아로새겨야 오래가지."

급기야 부양배는 앞에 놓인 탁자를 거추장스럽다는 듯 오른발을 들어 내리찍기로 두 동강 내고 이어 신산이 부숴 버렸다. 그건 마치 너도 조만간 탁자처럼 박살날 것이라고 말하는 것만 같았다.

심온의 몸이 곧바로 반응했다.

파르르르, 덜덜덜덜.

여유롭던 미소는 어디론가 도망가 버렸고, 그 대신 두려움이 가득 들어섰다. 심온이 학질에 걸린 사람마냥 바들거리자 구경하던 이들은 실망을 금치 못했다. 나서는 모양새가 꽤 자신만만하여 강호의 신진고수가 아닐까 했는데 순 겁쟁이였던 것이다.

덜덜덜덜.

"크크. 뭐야, 이 애송이! 이거 이러다 쉬라도 할 판인걸? 푸하하하!"

공포에 질려 떠는 모습에 부양배는 참을 수 없다는 듯 웃어 젖혔다. 그러다 문득 부양배가 심온을 보면서 눈을 깜박거렸다. 심온이 손을 입 언저리에 대고 귓속말로 슬쩍 들려줄 말이 있다는 시늉을 했기 때문이다.

눈동자에 거절하기 힘든 간절함이 묻어난 데다 이미 공포에 질린 터였기에 부양배는 불쌍히 여기는 마음으로 몸을 약간 숙여 귀를 내밀었다. 심온이 몸을 일으켜서는 양손으로 입을 가리고 부양배의 귀에 댔다.

"하아~ 하아~ 하아~"

심온은 말은 한마디도 없이 그저 귀에 뜨거운 바람을 세 번 불어넣고는 슬그머니 의자에 앉아 다시금 파르르 몸을 떨어댔다.

부양배의 몸은 석상처럼 굳어졌고, 그의 얼굴은 아주 짧은 시간이었지만 시간이 멈추고 그사이 뜨거운 여름 해변에서 얼굴을 검게 태우고 다시 돌아온 사람마냥 먹빛으로 변하고 말았다.

이 광경에 객잔 주인은 물론이고 모든 사람들은 도대체 젊은 청년이 무슨 말을 했기에 한순간에 부양배의 피부색이 변한 것인지 궁금해 미칠 지경이었다.

부양배는 더 이상 참을 수 없었다. 애송이가 설혹 정신적으로 심각한 문제를 안고 있는 환자라 해도 그냥 넘어갈 수는 없다고 생각했다.

이글거리는 눈길과 함께 그의 주먹이 뒤로 한껏 당겨졌다가 그대로 심온의 얼굴로 짓쳐들었다.

이 거침없는 동작에 모두는 애송이의 코뼈가 으스러지고 말 것이라고, 탁자처럼 작살이 나버릴 것이라고 생각했다. 비록 사람은 내일 일을 알 수 없고, 한 치 앞을 내다보지 못하는 것이 사람이라는 말도 있지만 지금 이 상황만큼은 변하지 않을 것이라고 단정했다.

그러나 누구도 예상치 못했던 변화가 홀연히 찾아왔다. 부앙배의 주먹이 거의 중간 정도를 지나칠 무렵이었다.

"야!"

쩌엉!

누가 소리를 지른 것인지는 알 수 없었다. 아니, 더 정확히는 누가 소리를 질렀는가에 대한 의문을 가질 수조차 없었다. 한줄기 외침은 객잔 안을 휘어 돌면서 파동을 일으켰고, 모든 사람과 사물 사이의 공간을 물컹거리게 만들었다.

탁자 위에 얌전히 놓인 술잔의 술이 음파에 놀라 소리없이 떠오르며 허공에 방울을 수놓았고, 사람들의 피부가 바깥으로 밀리며 출렁거렸으며, 이명(耳鳴) 현상으로 인해 귀는 하염없이 위잉 하는 울림에 시달렸다.

머어어엉~

그러다 한순간 모든 것이 잠에서 깨어나듯 정상으로 돌아왔다.

떠오른 술이 고스란히 술잔으로 돌아가고, 밀렸던 피부와 옷자락이 다시 원상 복귀되었으며, 귀의 울림은 서서히 잦아들었다. 아무것도 달라진 것은 없다고 느끼는 순간 모두는 너무나 많은 것이 달라져 버렸다는 것을 깨닫고 경악했다.

서 있던 자나 앉아 있던 자나 각기 원래 있던 위치에서 많게는 석 자(약 1미터)에서 작게는 한 자(30센티)가량 이동해 있는 것을 알아차렸기 때문이다. 그 누구도 움직인 느낌을 받지 못했는데 말이다.

그리고 무엇보다 확연히 눈에 띄는 변화는 도대체 언제, 어떻게 나타난 것인지 모를 거구의 사내가 부양배 앞에 떡하니 버티고 서 있다는 점이었다. 두 체구의 차이가 어찌나 극심한지 아까까지만 해도 공포의 화신인 양 군림하던 부양배는 한순간에 큰 나무에 매달린 매미마냥 초라해져 버리고 말았다. 부양배에게 그다지 좋은 감정이 없는 이들조차도 안쓰럽다는 생각이 저절로 드는 광경이었다.

부양배와 마주 선 건 엄장이었다. 그가 팔짱을 끼고 호랑이눈을 치켜떴고, 마주한 부양배는 안색이 새파랗게 질린 채 감히 눈을 똑바로 쳐다볼 엄두를 내지 못했다. 정녕 부양배가 곧바로 대들지 않은 것은 참으로 바른 처신이라 할 수 있었다. 양치파의 부두목으로 그나마 고수를 분별하는 눈을 지닌 것이 행운이라면 행운이었다.

"너, 어젯밤에 무슨 안 좋은 꿈이라도 꿨냐?"

엄장이 진지하게 물었고,

"꿈 안 꾸었습니다만……."

부양배가 최대한 공손히 답했다.

"그래? 근데 왜 그랬을까? 갑자기 세상이 살기 싫든? 자살이 하고 싶었진 거야?"

"저, 전 오래 살고 싶습니다."

부양배는 대답을 하고선 슬쩍 심온 쪽으로 시선을 주었다. 상대의 물음 속에서 자신이 상대를 잘못 골라도 한참 잘못 골랐다는 뜻을 읽었기 때문이다.

'애송이가 설마 고수?'

그의 눈빛이 한순간 요란하게 꿈틀거렸다.

'뭐, 뭐냐?'

그의 눈빛에 비친 심온은 여전히 바들거리며 떨고 있었던 것이다.

"근데 왜 그랬을까? 뭐, 어쨌든 너는 주먹을 날리는 중이었으니까 한판 붙어봐야겠지?"

엄장이 팔짱을 풀고 주먹을 쥐었다 폈다 하자 부양배의 안색은 새파란 하늘처럼 질려서는 마구 손을 내저었다.

"대인, 전 사실 싸움을 싫어합니다! 어릴 적부터 항상 말로 하라는 가르침을 받고 자랐기 때문입니다."

"흠, 말로 한다? 말로 한다? 거참, 괴이하군. 말로 하다니……."

"대인께서도 말로 하는 것이 얼마나 좋은지 느껴보시면 그 기쁨을 아실 겁니다."

그 소리에 엄장이 도끼눈을 치켜떴다.

"뭐? 나보고 말로 하라고?"

"그, 그렇습니다. 조물주께서 입보다는 귀를 높이 두신 건 말하기보단 듣기를 먼저 하라는 뜻이고, 손과 발보다 입을 더 높은 곳에 두신 것은 말로 하라고 한 것이 아니겠습니까?"

"하하하, 이놈 아주 웃기는 놈일세? 어떻게 사내가 되어 말로 할 수 있단 말이냐? 여자로라면 몰라도 말이다. 니 아주 취미가 고약하구나."

엄장은 도무지 이해할 수 없다는 말투였지만 정녕 머리가 복잡해진 건 부양배였다.

"그, 그게 뭐가 어렵단 말입니까?"

"그럼 너는 말로 할 자신이 있단 것이냐?"

"그렇습니다. 백 번, 아니, 천 번이라도 말로 할 수 있습니다."

"허허, 이거 살다 살다 이렇게 황당하긴 첨이로군."

엄장이 어이가 없다는 듯 너털웃음을 터뜨렸다. 그러다 문득 웃음을 지우고는 얼굴을 가까이 들이밀며 진지한 낯빛으로 말했다.

"너는 틀림없이 말로 할 수 있다고 했으렸다?"

"무, 물론입니다. 저는 늘 수하들에게도 되도록 꼭 말로 하라 이르곤 했습니다."

엄장이 가슴을 치며 말했다.

"수하들에게까지? 음, 좋다. 네가 정녕 그러하다면 너는 말로 하는 것이 좋겠다."

부양배의 얼굴이 환히 빛났고, 객잔의 주인이나 손님들도 안도의 한숨을 내쉬었다.

그러나 이야기 내용과는 달리 엄장은 곧바로 부양배의 멱살을 쥐곤 번쩍 들어 올려서는 객잔 입구로 향했다. 사람들이 다시 웅성거리기 시작했고, 약속과 다른 행동에 부양배는 왜 그러시냐고, 말로 하자고 통사정했다.

"대인, 이러시면 안 됩니다. 약속을 지키셔야죠. 말로 하자고 하셨잖습니까? 제발 부탁입니다. 죽은 사람의 소원도 들어준다는 말이 있거늘 어찌 이처럼 무정하단 말입니까?"

"말로 하겠다는 건 내가 아니라 너다. 순진한 나까지 끌어들이지 마라. 그리고 죽(粥:곡식을 끓여 묽게 한 음식)은 사람의 소원을 들어줄 수 없다. 생각해 봐라. 죽(粥)이 어떻게 사람의 소원을 들어주겠느냐? 정화수 대신 죽(粥)을 떠놓고 빌면 소원이 이루어질까? 말도 안 되는 소리지. 그러니 죽(粥)은 사람의 소원을 들어줄 수 없는 것이다."

막 문을 나서며 엄장이 한 말을 부양배는 물론이고 객잔 안에 있던 사람들은 도대체 무슨 말을 하는지 이해하지 못했다. 죽은 사람의 소원을 들어주지 못한다니. 그러다 자꾸 그 말을 되새겨 보는 순간 사람들은 저마다 서로를 바라보며 어이없다는 표정이 되고 말았다.

"허허, 그런 거였나? 맞아. 죽(粥)은 사람의 소원을 들어줄 수 없지."

"이건 정말 말도 안 돼!"

"아니, 그럼 말로 하겠다는 것은 뭐야?"

"아니, 설마… 말[馬]로?"

"지금 마구간으로 가는 거 아냐?"

"정말 그러려나 보군. 말[馬]로 하게 하려는 거야."

"우리도 어서 가봅시다그려!"

마지막 말을 한 것은 심온이었다.

심온이 다급하게 외치는 소리에 사람들이 우르르 엄장의 뒤를 따랐고, 역시나 예상했던 대로 엄장은 말[馬]로 하겠다는 부양배의 원을 들어줄 심산인 모양인지 마구간의 문을 열고 안으로 거침없이 들어가는 중이었다.

"살려주십시오! 말하고 하기 싫습니다! 말로 하기 싫습니다! 제발요! 살려주세요!"

그제야 사태가 왜 이 지경에 이르렀는지 깨달은 부양배가 발광하듯 외치는 소리가 마구간 밖까지 울려 퍼졌고,

"가만히 있어라. 사람은 하고 싶은 걸 하고 살아야지."

부욱, 찌익~

급기야 옷이 찢겨져 나가는 소리가 들리면서 마구간은 난리도 아니었다. 부양배는 목이 터져라 살려달라고 외쳐 댔고, 말들은 느닷없는 소란에 저마다 앞발을 높이 쳐들고 휘이잉, 휘잉 소리를 뿜어댔다.

"네놈이 말로 하겠다고 할 때는 언제고 이제 와서 아니라고 하느냐?

비록 바깥에 사람들이 있지만 크게 부끄러워할 것 없다. 사람이 소신이 있어야지."

"안 돼요! 안 돼!!"

"걱정 말래도."

사람들은 이 엽기적인 사태에 할 말을 잃고, 차마 나섰다가 덩달아 마구간 안으로 잡혀 들어갈까 봐 주먹을 입으로 깨물면서 발만 동동 굴렀다.

바로 그때였다.

"멈춰라! 아무리 세상이 험하다 해도 어찌 사람이 그런 괴상한 짓을 한단 말이냐! 나 강두, 비록 나이 많고 힘이 없다 해도 결코 좌시하지 않을 것이다!"

"강 노인?"

사람들 무리 속에서 함께 발을 동동 굴리던 심온이 소리가 난 곳을 바라보며 중얼거렸다.

강 노인의 말은 충분히 큰 소리였기에 순간 마구간 안에서 엄장이 반가운 표정으로 불쑥 튀어나왔다. 물론 오른손에는 아랫도리가 훤히 드러난 부양배가 들려 있는 채였다.

"하하하! 반갑소이다, 강 노인!"

강 노인이 조금만 늦었더라도 부양배의 삶은 장담하기 어려웠을 것이다. 엄장이 부양배를 죽이진 않았겠지만 부양배 스스로 어마어마한 충격을 받고 자결하든지 미쳐 버리든지 했을 것이다.

그러나 그가 비록 그 지경에 이르지는 않았더라도 이미 뭇 사람들 앞에서 하체를 드러내는 추태와 울고불고 난리를 피웠기에 그가 받은 정신적 타격은 결코 가볍지 않았다.

이건 후일담이지만, 그로 인해 부양배는 사건이 벌어진 지 열흘 뒤 양치파 부두목의 자리에서 물러나 환원객잔에서 구애했던 여인에게 진심을 보이고 두 사람이 한적한 시골 마을로 들어가 남은 일생을 살아가게 되었다고 한다.

심온과 엄장, 그리고 강 노인은 사람들의 놀란 시선을 뒤로하고 환원객잔에서 이백여 장 정도 떨어진 상보객잔으로 자리를 옮겼다.

차분히 이야기를 나누기 위해 객방 하나를 빌려 술과 안주를 가져오게 한 후 세 사람은 자리를 잡고 앉았다.

"그대들은 보상에 대한 결정을 할 만한 위치에 있소이까?"

강 노인이 침착한 목소리로 물었다.

처음 마구간 앞에서 외칠 때부터 지금까지 강 노인의 태도는 유유자적했다. 어지간한 사람이라도 대개 엄장을 보면 자신도 모르게 어깨를 움츠리는데 강 노인은 전혀 그런 기색이 없었다.

사실 엄장은 이곳에 이르는 동안 강 노인을 심리적으로 압박하기 위해서 고의로 기세를 높였었다. 그로 인해 무공의 고하를 판별하고, 또한 거짓으로 꾸며 후흑문을 등치려는 수작인지 아닌지를 파악하려 했던 것이다. 하지만 강 노인은 기세에 크게 대응하지 않았고 주눅이 드는 것도 아니라 심온과 엄장은 기이하게 여기는 중이었다.

"물론이오."

엄장이 답했고, 심온이 바로 설명을 보충했다.

"우리는 비록 하급자들에 불과하지만 선량하시고 호남아이시며 무림에서 최고로 멋진 문주님께선 우리의 말을 백이면 백 다 믿어주실 것이오. 그러니 염려는 마시구려."

엄장은 심온이 자기 얼굴에 금칠을 하는 것을 보며 눈을 흘기자 심
온이 그래도 일말의 양심은 살아 있는지 손을 입에 가져다 대면서 '흠
흠' 하고 잔기침을 했다.

강 노인이 작게 고개를 끄덕였다. 그는 이어 빈 잔에 술을 따라 심온
과 엄장에게 건네고는 한숨을 내쉬듯 입을 열었다.

"좋소. 그럼 이제부터 길고 긴 내 이야기를 하리다."

도둑질 이백오십 회.

강도질 구십팔 회.

강도 짓하러 갔다가 혹해서 강간한 것이 십오 회.

강도 짓하다 그만 살인까지 저지르고 만 것이 일 회.

이것은 강두(姜逗)가 스물여덟의 나이 동안 이룩한 업적(?)이었다.

그러다 스물아홉의 생일을 맞게 된 날 강두는 이렇게 살아서는 안
되겠다는 다짐을 하게 된다.

바로 그날 객잔에서 홀로 자작하고 있을 때 눈앞에서 펼쳐진, 이제
껏 흥미로운 소문으로만 들어왔던 고수의 눈부신 무공을 보고 크게 감
명을 받았기 때문이다.

나이가 많아야 삼십대 초반 정도로 보이는 사내였다. 그는 근육질의
다섯 사내에 둘러싸여 곤란한 상황을 맞았다. 조만간 코피를 쏟고 뼈
가 두서너 개 부러진 다음 객잔 밖으로 내던져질 것은 시간문제로 보
였다.

하지만 결과는 엉뚱하게도 다섯 명의 건장한 주먹들의 뼈가 제멋대
로 어긋나 버리고 말았다. 다소곳해 보이던 사내가 몸을 한 번 솟구치

는 것을 시작으로 투다닥, 타닥, 소리가 나는가 싶더니 상황은 아주 간단하고도 우습게 끝나 버리고 만 것이다.

솔직히 강두는 사내가 어떻게 움직였는지 보지도 못했다. 그것은 강두에게 있어 대충격이었다.

마치 신선이 내려와 나비처럼 나부끼니 악한 자들이 팔랑거리며 쓰러져 버렸더라라고 하는 편이 어울릴 것 같은 결투에 강두는 입을 다물 수가 없었다.

여기저기서 감탄사가 터져 나오는 사이 삼십대 초반의 고수는 한 손으로 부채를 차락 하고 펼치고는 또 다른 손으로 뒷짐을 진 채 인파들 사이를 뚫고 유유히 사라졌다.

강두는 멍하니 바라보다가 어쩐지 놓쳐서는 안 되겠다는 생각에 그 뒤를 쫓았으나 인(人)의 장막(帳幕)을 헤치고 난 후엔 어디에도 사내의 모습은 보이지 않았다.

그날부터 강두의 머리 속에는 절세고수에 대한 소망으로 가득 찼다.

앉아 있을 때나 서 있을 때나, 잠을 잘 때나 음식을 먹을 때나 어느 한순간 절세고수에 대한 꿈을 꾸지 않는 날이 없었다.

그렇게 재밌던 강도 짓과 그 와중에 덤으로 얻게 되는 싱큼한 강간마저도 시큰둥하게 여겨질 따름이었다.

하루하루 무림고수가 되는 꿈에 사로잡혀 살던 강두는 나이도 나이인지라 한 방의 기연으로 뜻을 이루어야겠다고 생각하기에 이르렀다. 강호 인맥(人脈)이 전무(全無)하고 그다지 뛰어난 기재라고 볼 수 없었기에 한탕이 아니고서는 절세고수의 반열에 오를 수 없다고 판단한 것이었다.

그러나 거의 이 년여 동안 험한 산과 강, 바다까지 두루 다녔으나 강두는 기연 쪼가리조차 발견하지 못했다. 그러나 그동안의 여정이 전혀 무의미한 것만은 아니었다.

무림에 대해 문외한이었던 그는 이 년이라는 기간 동안 무림의 기이한 조직과 전설 같은 이야기들을 접하게 되었는데, 그중 마음을 붙든 건 해결하지 못할 일이 없다는 후흑문이었다.

해결의 벼랑이라 불리는 후흑애(厚黑崖)에 자신의 간절함을 담은 의뢰서를 던진 지 한 달가량이 지났을 무렵 홀연히 한 노인이 그 앞에 나타났다.

한눈에 보기에도 범상치 않은 기운을 풍기는 노인이었다.

"절세고수가 되고 싶다고?"

"그렇습니다. 도와주십시오."

"이유는?"

"약한 자들을 돕고 사악한 무리를 응징하기 위해서입니다."

원래 바른 대답이라면 '멋지잖습니까? 여자들도 많이 따를 테고' 가 될 테였지만 사실 그대로 말할 수는 없는 노릇이었다.

"훌륭한 생각이군."

"후흑문은 해결하지 못하는 것이 없다고 들었습니다."

"물론이지."

"그럼 가능하단 말씀이십니까?"

"의심하는 건가?"

"용서하십시오. 실언하였습니다. 어르신, 부디 자비를 베풀어주십시오."

"먼저 알아야 할 것이 있다. 힘을 얻는다는 건 그만큼 힘든 여정이 따른다는 점이다."

"어떤 역경도 극복할 각오가 되어 있습니다."

"어떤 것이라도?"

"그렇습니다."

"좋다. 너는 악한 자를 응징하겠다고 하니 물론 정파의 무공을 익히고 싶겠지?"

"물론입니다."

"음, 그럼 마교로 가는 것이 좋겠군."

강두의 눈이 휘둥그레졌다. 아무리 어수룩한 그였지만 마교가 어떤 곳인지는 잘 알고 있다. 하지만 뭔가 짐작하기 힘든 깊은 뜻이 있으리라 생각하고 정중히 물었다.

"저는 귀가 둔하고 배움이 부족합니다. 자세한 말씀 부탁드립니다."

"무릇 사파의 무공을 익히려는 이는 정파로 가야 하고, 정파의 무공을 익히길 원하는 자는 마교로 가는 것이 옳다."

연거푸 선문답 같은 말에 강두의 얼굴에 그늘이 드리워졌다.

"하하하, 근심하지 말라. 내 자세히 들려주마. 정파의 무공 중 특출한 것들은 사실 모두 마교 내에 있다고 할 수 있다. 그럼 과연 마교에서 정파의 무공이 보관된 곳은 어디일까?"

"마교가 비전 무공을 약탈하여 보관해 둔 장소가 있는 것입니까?"

"그렇다. 그곳은 바로 마교의 지하 뇌옥이다. 그곳에는 정파의 고수들이 갇혀 있다. 고독과 원한에 사로잡힌 그들이 오직 마교의 무공을 깨뜨릴 수 있는 비법을 창안하는 것으로 지독한 외로움을 견뎌내는 것이다. 내 말이 무슨 뜻인지 알겠느냐?"

그제야 강두는 왜 힘들다고 했는지, 마교에서 정파의 무공을 익힐 수 있다고 한 것인지 확연히 깨달았다. 가슴이 뭉클해지면서 말로 할 수 없는 감동에 몸을 주체하기 힘들 정도였다.

"감사합니다. 이 은혜를 어찌……."

"버리는 자는 얻고 보존코자 하는 자는 잃을 것이다. 가거라. 그리고 절세무공을 익혀 세상을 구하여라."

"감사합니다, 감사합니다."

역시 후흑문이었다.

강두는 감사한 마음에 크게 희사(喜捨)한 후 곧바로 마교로 향했다.

먼 길이었고 찾아가는 길도 쉽지 않았다. 가는 길에 마교로 찾아간다고 하자 오해를 사 죽이려 한 사람도 있었고, 어처구니없게도 자신을 마교도로 착각하고 잘해주는 사파인도 있었다.

거의 반년의 세월을 지나 마교에 도착하게 된 강두는 마교의 문전에서 마교를 저주하고 교주를 능멸하며 온갖 욕설을 퍼부었다.

어쩌면 감옥에 갇히기도 전에 죽을지도 모르는 일이었다. 하지만 이미 꿈을 가진 그로서는 꿈을 포기하는 건 차라리 죽는 것만 못하다고 생각했기에 어떤 두려움도 없었다.

생명을 버리는 각오라면 얻고 생명을 보존코자 하면 잃게 될 것이라는 가르침을 그대로 실천했다.

결과는 대성공이었다.

대번에 잡혀서는 어떤 목적으로 온 것이냐는 질문과 함께 온갖 고문을 당했지만 다행히 죽음은 면할 수 있었다. 이런 놈은 단번에 죽이는 것보다 오랜 시간 고통당하며 살도록 해야 한다는 지시가 내려진 탓이었다.

꿈에 그리던 뇌옥. 그곳으로 끌려가면서 강두는 감사함에 흐느꼈다. 그것은 기쁨의 눈물이었지만 끌고 가는 간수들은 질질 짠다고 또 흠씬

두들겨 팼다. 그래도 강두는 기뻤다.

큰 것을 얻기 위해선 큰 고통을 감내해야 하는 법.

강두에게 이 정도의 고통은 고통도 아니었다.

강두는 지하 뇌옥의 철문이 열리고 헌신짝처럼 던져졌다.

처음엔 낯선 어둠 때문에 아무것도 볼 수 없었으나 점점 어둠이 익숙해지면서 사물을 구분할 수 있게 되었다.

'자, 이제 사부님을 찾자.'

주변을 자세히 들여다보며 사면의 벽을 훑어보는데 한쪽 벽에서 작은 신음 소리가 들렸다. 미간에 힘을 주고 살피던 강두의 눈이 휘둥그레졌다.

장발의 노인이 사지를 쭉 뻗은 채로 쇠사슬에 묶여 있었던 것이다.

노인의 머리카락은 거의 무릎에 이를 정도였기에 그가 얼마나 오랫동안 이곳에 매달려 있었는지를 보여주고 있었다.

강두는 순간 눈물이 핑 돌았다. 목이 메고 가슴은 주체할 수 없는 감동으로 소용돌이쳤다.

'나의 사부님, 온갖 고초를 겪으면서 이 제자가 오기만을 간절히 바라고 계셨을 나의 사부님이시다.'

강두는 그 앞에 무릎을 꿇고 엎드려 절을 올렸다.

"사부님, 제자 강두, 먼 길을 돌아 이제야 이곳에 이르렀습니다."

강두의 목소리는 격정에 차 심한 떨림을 보였다.

"누가… 들어온… 건가?"

힘겨운 목소리였다.

"저는 사부님으로부터 무공을 전수받아 사부님의 원한을 풀어드리고 강호의 안녕과 평안을 지키기 위해 이곳에 고의로 들어오게 되었습니다. 부디 이 제자를 어여삐 보아주사 절세의 무공을 전수해 주십시오. 비록 아둔하지만 힘껏 가르침을 받겠습니다!"

강두가 피 끓는 어조로 말하곤 머리를 조아렸다. 그러나 대답이 들려오지 않았다. 잠시 무거운 침묵이 흘렀다. 공기의 흐름마저 정지된 것 같은 침묵이었다.

얼마가 지났을까. 노인의 입이 열렸다.

"이 먼 곳까지 무공을 배우기 위해 고의로 들어왔다는 말이냐?"

방금 전과는 달리 노인의 목소리에도 격정이 담겨 있었다.

"그렇습니다. 이 제자, 최선을 다하겠습니다!"

"으하하하하하!!"

통쾌한 웃음과 함께 노인의 목소리가 커졌다.

"이 미친 새끼야! 지금 무슨 소릴 하는 것이냐? 그러니까 네놈은 이곳에서 무공을 전수받겠다 이거냐? 얼빠진 놈 같으니! 내가 누군지 알고나 하는 소리냐?"

"……."

"그래, 알 리가 없겠지. 이 미친놈아, 내가 바로 오십 년 전에 무공을 배우겠다고 고의로 들어왔다가 뒤지게 맞고 지금 이렇게 평생을 매달려 지내게 된 사람이다. 이 미친놈아, 정신 차려! 너는 인생 종 친 거야!"

노인의 목소리는 거의 벼락처럼 강두의 몸을 강타했다.

그야말로 날벼락이었다.

"네? 그, 그게 무, 무슨 말씀이십니까?"

"잘 들어라, 이 미친놈아! 너도 나처럼 속은 거야! 정파의 최고 무공을 익히려면 마교에 들어와야 한다는 말을 들었지? 미친 새끼, 세상천지에 나 같은 인간이 또 있을 줄은 몰랐군."

절망이 비수가 되어 강두의 심장을 후벼 팠다.

"으아아아아악!!"

강두는 미친 듯이 절규하며 사방을 떼굴떼굴 굴렀다.

"이건 아니야! 이건 아니야!! 나 돌아갈래!!'

후회해도 어쩔 수 없는 현실 앞에 강두는 절망의 늪에 빠져 연일 신음했다. 그동안 자신이 범한 숱한 악행에 대한 응보인 것만 같아 뇌옥의 모퉁이에 기댄 채 끊임없이 눈물을 흘렸다.

그 와중에도 강두의 선배라 할 수 있는 노인은 연신 조롱하는 말을 아끼지 않고 퍼부어댔다.

그렇게 칠 일이 지났다. 이젠 눈물도 다 말랐고 울 힘조차 없게 된 강두는 얼이 나간 표정으로 그저 멍하니 뇌옥의 철문을 바라볼 뿐이었다.

그로부터 다시 이틀이 지나 이젠 노인의 조롱도 멈추게 되었을 때, 강두는 얼빠진 선배 노인을 보면 마치 자신의 모습을 보는 것 같아 벽을 바라보며 바닥에 떨어져 있던 작은 돌멩이로 낙서를 하며 시간을 보냈다.

한참 신세 한탄을 적어 나가던 강두의 눈이 한순간 빛을 뿜었다.

신(神) 자가 희미하게 적혀 있는 것이 보였다. 깜짝 놀라 소맷자락으로 벽을 문질러 본 강두는 그만 혼이 나갈 것만 같은 충격에 휩싸이고 말았다.

절세신공(絶世神功).

가슴이 쿵쾅거리기 시작했다. 틀림없었다. 흥분에 휩싸여 연거푸 벽의 먼지를 털어내던 강두는 끝내 눈물을 쏟아내고 말았다.

"흐흑, 찾았다! 드디어 찾고야 말았어!"

강두의 외침에 잠시 졸고 있던 노인이 짜증스런 목소리를 냈다.

"광자(狂者)야, 뭐가 있다고 소란을 떠느냐! 잠 좀 자자."

노인은 이틀 전부터 강두를 광자, 즉 미친놈이라고 부르고 있었다.

하지만 강두의 귀에는 노인의 잔소리는 전혀 들리지 않았다.

"으하하하! 드디어 발견했다! 드디어 내가 찾아낸 것이다! 나의 꿈이 이루어지는구나! 으하하하하!!"

너무도 기뻐하는 모습에 노인은 대충 상황을 파악하고는 깜짝 놀라 물었다.

"무, 무슨 일이냐? 정녕 그곳에 무공이 적혀 있더란 말이냐?"

"흐흐흐, 노인장은 운이 없는 모양이구려. 절세신공은 내 차지요. 이제 이곳을 벗어나는 일은 시간문제일 뿐이오."

"잘된 일이다, 잘된 일이야. 부디 네가 나갈 때 나도 꺼내다오."

"하는 것 봐서 내 그리하리다."

"암, 내가 워낙 착실하잖아."

강두는 노인의 말을 무시하고는 이제 확연히 드러난 글들을 읽어 나가기 시작했다. 절세신공의 이름과 그 아래 세세한 구결과 해석, 그리고 동작이 적혀 있었다.

태권도(跆拳道).

큰 글자 아래 태극 1장이라는 글이었다.

태극(太極) 1장.
태극 1장은 팔괘의 건(乾)을 의미하며, 건은 하늘과 양(陽)을 뜻하는 것으로 건이 만물의 근원이 되는 시초를 나타낸 것과 같이 태권도에 있어서도 맨 처음의 품새다.

그 아래로는 고려, 금강, 태백, 평원, 십진, 지태, 천권, 한수, 일여까지의 세밀한 구결과 사람의 형상을 그려놓아 익히는 데 문제가 없어 보였다.
"드디어, 드디어 내게도 기회가 주어진 것이다!"
그날로 강두는 태극 1장을 시작으로 태권도를 익히기 시작했다.
어떻게 해서 동방의 무공인 태권이 마교의 지하 뇌옥까지 흘러가게 된 것인지는 모른다. 하지만 확실한 것은 강두는 온 힘과 정성을 다해 태권도를 익혀 나갔다는 것이다.
마음 같아서는 기록된 대로 태.권.도.라는 외침을 정권을 찌를 때마다 외치고 싶었지만 간수들이 알아차릴까 봐 숨을 죽여가며 수련에 매진했다. 급기야 태극을 지나 고려, 금강 등을 돌파하며 수준은 날로 향상되었다.
그리고 어느덧 이 년여의 시간이 지났을 때 강두는 일여까지 달성했다. 이제 그에게 두려운 것은 아무것도 없었다. 앞을 가로막는 건 모조리 깨부숴 버릴 작정이었다. 그것이 벽이든 사람이든 상관없었다.
그사이 매달려 있던 노인은 끝내 나이를 극복하지 못하고 죽음을 맞이하여 싸늘히 실려 나갔다. 강두는 '나는 살아서 나가리라. 그것도 당당히 를 되뇌며 드디어 행동으로 옮겼다.

숨을 길게 들이쉰 후 마교의 지하 뇌옥의 벽을 힘있게 강타했다. 격렬한 타격음이 감옥 안을 울리며 공명하는 소리를 냈다.

파악!

한 번 내려치는 것으로 소원하는 바를 이룰 것이라고는 애초에 생각지 않았기에 강두는 연신 내려쳤다.

"깨져라! 태권! 태권! 태권도!"

태권, 태권이란 기합 소리. 이 소리를 얼마나 질러보고 싶었는지 모른다.

파곽! 파곽! 파악!

하지만 거의 오십여 회의 정권이 작렬했는데도 뇌옥은 끄떡도 없었다. 금이 가지 않은 것은 물론이고 흙덩이조차 떨어지지 않았다.

강두는 믿을 수 없다는 듯 자신의 주먹을 바라보았다. 이게 어찌 된 일인가? 그가 망연자실하여 멍하니 있을 때 변화는 엉뚱한 곳에서 찾아왔다.

"어떤 놈이 소란을 피우는 거냐?"

"이게 대체 뭔 소리야?"

"아주 죽고 싶어 환장한 놈인 게로군."

뇌옥을 관리하는 간수들이 우르르 달려왔다.

그들은 험악한 인상으로 달려와서는 강두가 주먹을 바라보고 멍한 표정을 짓고 있는 것을 발견하고는 다짜고짜 패버렸다.

완전히 뻗어버린 강두는 태권도로는 여길 빠져나가기 힘들다는 것을 인정하지 않을 수 없었다.

그렇다면 이제 마지막 희망은 태견뿐이었다.

태견은 태권도에 대한 기록이 다한 지점부터 적혀 있었는데, 강두는 태권도만으로도 충분히 탈출에 성공할 수 있다고 믿어 태견은 구결을 기억하고 있다가 나간 후에 익히려 했지만 이젠 어쩔 수 없었다.

다시 이 년의 세월이 흘렀다.

강두는 간수들을 유인하기 위해 다시금 정권 치기로 벽을 강타했다. 쾅쾅 울리는 소리에 간수들이 또 우르르 몰려왔다.

"이번엔 또 뭐냐?"

"이 자식을 그냥!"

그러나 강두는 그들의 험악한 기세에도 전혀 주눅 들지 않고 껑충거리면서 기합을 넣기 시작했다.

"이크! 에크! 이크! 에크!"

소리에 맞춰 펄쩍거리는 강두를 간수들은 당장 울 것 같은 표정으로 바라봤다.

"아휴, 이게 아주 지랄을 하는구나."

간수의 주먹이 뻗어오는 순간 강두는 '이크' 하며 옆으로 피했다. 그러나 어떻게 된 일인지 간수의 주먹은 홀연히 방향을 틀어 그대로 강두의 복부를 강타해 버렸다.

퍼억!

"욱!"

배를 움켜쥐고 뒤로 물러난 강두가 간신히 자세를 추스르고 다시 껑충거렸다.

"이크! 에크! 이크……!"

그러자 더 이상은 보고 있을 수 없다는 듯 세 명의 간수가 한꺼번에 달려들어서는 강두를 디지게 패버렸다. 강두는 끝까지 이크, 에크를 외치다 결국 혼절하고 말았다. 강두가 전혀 힘도 써보지 못한 것은 태권도나 태껸에 있어 가장 중요한 내공의 운용이 전혀 없는 탓이었다.

그날 이후 강두는 노인이 매달렸던 자리에 매달리게 되었다.

그때로부터 강두는 나이 육십 세가 될 때까지 매달려 있어야만 했다.

그가 매달린 상태에서 벗어난 것은 제십사대 마교 교주가 환갑을 기념하여 자비를 베풀면서였고, 다시 뇌옥에서 극적으로 풀려난 것은 마교 교주의 고희 잔치를 맞아서 특별 사면을 받고 난 뒤였다.

그때 강두의 나이 또한 칠십이었다.

강 노인의 말은 이렇게 끝을 맺었다. 물론 강 노인은 이야기 중 자신이 젊은 날 저지른 악행에 대해선 굳이 설명하지 않았다.

쿵!

이야기를 다 들은 심온과 엄장은 한동안 아무 말도 할 수가 없었다. 솔직한 마음 같아서는 그 자리를 박차고 일어나 '정말이야? 정말 마교 지하 뇌옥으로 가려고 했던 거야? 푸하하하! 이건 말도 안 돼! 미련통이가 아니고서야 어떻게 그렇게 할 수 있단 말이야! 으하하하하!' 라고 웃고 떠들고 싶어 미칠 지경이었지만 당사자 앞에서 그럴 수 없는 일이라 최대한 표정을 숨기려 이를 악물었다.

"나 지금 너무 힘들다. 그러니까 사부의 말을 믿고 마교로 갔단 말이지? 죽겠다, 정말."

심온이 시선은 강 노인을 향한 채 엄장에게 전음을 발했다.

"그것도 대단하지만 살아서 나온 것이 더 신기하지 않습니까? 저도 미칠 것 같습니다."

엄장도 입을 굳게 다물고 그 어느 때보다 진지하고 엄숙한 표정을 지으며 전음으로 심정을 토로했다.

"어떠냐? 나 지금 표정 관리 제대로 되고 있냐?"

"저도 지금 문주님 살필 상황이 아닙니다."

잠시 전음조차 나누기 힘들 정도로 웃음이 터지려 했기에 두 사람은 입술과 안면 근육을 부르르 떨며 마음을 가다듬었다.

잠시 후,

"네가 보기에 보상 문제는 어때?"

"자격이 충분합니다."

"음, 그래."

심온이 기를 안정시키며 어떻게든 입을 열어보려 할 때 강 노인이 먼저 말했다.

"이제 와서 후흑문을 원망하는 마음에서 한 이야기는 아니오. 단지 나는 얼마 남지 않은 인생을 내가 익힌 무예를 전수하며 살고 싶을 따름이라오."

강 노인은 두 사람이 입을 앙다물고 눈을 부릅뜨면서 아주 작게 떠는 것을 보곤 보상해 주지 않으려는 줄 알고는 설명을 덧붙인 것이었다.

심온이 힘겹게 고개를 끄덕이며 입을 열었다.

"보상은 어렵지 않을 것으로 보입니다. 어느 정도를 원하십니까?"

이야기가 길어지면 웃음보가 확 터져 버릴 것 같아 심온은 말을 마치자마자 굳게 입을 다물고 다시 이를 앙다물었다.

"되는 거요? 난 도장을 차리고 싶소이다, 내가 배우고 익힌 무술을 전수할 작은 도장을."

"좋습니다. 그렇게 하지요. 아무 염려 마십시오. 그럼 전 잠시."

심온이 객방 문을 열고 황급히 나가 버리자 기회를 놓친 엄장은 부러운 시선으로 뒷모습을 바라봤다.

심온은 부지런히 밖으로 튀어나가 객잔의 뒷담에 이르러 땅을 치고 뒹굴고, 두 발을 허공에 굴리면서 웃으며 난리를 피웠다.

그런 모습을 동네 꼬마 아이들이 보고는 미친 바보라고 외치며 마구 돌을 던졌지만 그런 건 아무렇지도 않았다.

작가 註:태권도의 역사에 대한 국기원 사이트의 아래 내용을 발췌합니다.

필자는 국기원 사이트의 글을 신뢰하지도, 불신하지도 않고 참고만 하였으며, 마교 지하 뇌옥의 에피소드는 순전히 작가 개인의 상상력에서 나온 혼합물이자 역사적으로 시시비비를 가리고자 함이 아닌 소설적인 내용임을 밝힙니다.

수천 년에 걸쳐 흥미진진한 긴 역사를 가진 태권도는 분명히 한국 고유의 전통 무도이자 스포츠이다.

그 기원은 자그마치 한국 역사의 사천 년 전으로 거슬러 올라가는 것으로 되어 있다. 그 까마득한 옛날의 태권도는 야생 동물의 공격으로부터 자신을 방어하는 일종의 자기 보호 수단이었다.

즉, 다시 말해 야생 동물의 공격이 불시에 어느 방향에서 행해질지 모르기 때문에 반사적으로 즉각 그 공격을 막아낼 수 있는 민첩한 동작의 개발이 필요했던 것이다. 그리하여 거의 본능적으로 자기 방어 동작을 수련하게 되었고, 그 과정을 거쳐 현대 태권도의 기본인 막기, 차기, 지르기의 형태로 발전하게 되었다는 얘기다.

그런 점에서 오늘날의 태권도와 비슷한 무예의 형태와 발자취를 삼국 시대에서부터 확실하게 발견할 수가 있다.

고구려 시대(37B.C~668A.D)의 고분 벽화에 '태권도의 겨루기를 하고 있는 두 젊은이'가 선명하게 그려져 있는 것이다.

이 벽화가 있는 무용총 고분은 A.D 3년부터 427년까지 고구려의 수도였던 환도성(현대 만주 통화성 집안현 통구)에 있으므로 인도의 달마 스님이 중국에 오기 훨씬 전에 이미 우리 나라는 고유의 무도를 발전시켜 왔음을 증명해 준다.

이 벽화를 보면 한 젊은이는 왼쪽을 향하며 왼손으로 몸 중심을 방어하는 자세를 취하고 상대방은 왼쪽 손을 뻗어 공격하는 자세를 취하고 있다.

그 밖의 다른 고구려 벽화에서는 오늘날의 태권도 도복 및 띠와 아주 흡사한 수련복을 입은 사람들의 그림도 발견할 수 있다. 그 그림의 주인공들은 머리를 방어하기 위해 왼손을 들어 얼굴 막기 자세를 취하고 있는데, 그 얼굴막기와 오른손 아래 막기는 현재의 태권도에서도 모두 사용되는 겨루기 자세이다. 백제 시대(18B.C~660A.D)에서도 왕실의 지원으로 무예가 장려된 것으로 나타나 있다.

기록에 따르면 말등 타기, 궁술, 맨손 격투기 등이 당시의 군사들이나 평민 간에 대단한 인기가 있었던 것으로 되어 있다. 특히 '손과 발 두 가지를 사용하는 호신술이 널리 행해졌다'는 기록이 있는 걸 보면 백제 시대에도 오늘의 태권도와 비슷한 고유의 무예가 존재했다는 확신을 갖게 해준다.

또 한 가지.

이경명 태권도 문화 연구소 소장의 태권도 바로 보기 내용 중 발췌.

*태권도의 정식 명칭은 1965년 초에 대한태수도협회장으로 취임한 최홍희가 '태수도'에서 '태권도'로 명칭 변경.

◆第八章◆ 가끔 희망은 절망을 살찌운다

유성객점(流星客店)의 주인장 유포(柳抱)는 살짝 이맛살을 찡그렸다.

저만치 점소이 녀석 하나가 칠칠치 못하게 탁자 위로 물을 엎지른 것이다. 일을 시작한 지 이제 고작 사흘이라는 점을 감안하면 이해 못할 것도 없었지만, 유포는 유성객잔이 최고의 객잔이 되길 바랐기에 언짢아져 오는 기분은 어쩔 수 없었다.

만일 그때 객잔 문이 열리는 소리와 함께 한 사내가 들어오지 않았다면 그의 눈은 어떤 광선(光線)이라도 발출해 점소이의 몸을 뚫어버렸을지도 모를 일이었다.

유포는 늘 그래 왔던 것처럼 먼저 사내의 관상을 살폈다.

삼십대 후반이나 사십대 초반 정도. 어찌 보면 강인해 보이고 또 어찌 보면 연약해 보이기도 하다. 그런 두 느낌의 충돌 때문인지 전체적으론 평범한 느낌이었다.

사내는 객잔을 쭉 훑어보더니 주인장 유포와 눈이 마주치자 망설임 없이 다가섰다.

"주인장이시오?"

인상만큼이나 목소리도 평범했다.

"그렇습니다만……."

"좋은 객잔이군요."

"정성을 많이 들이는 편이죠."

"다름이 아니라 오늘 저녁부터 새벽까지 이곳을 빌렸으면 하오 만……."

공손함을 담고 있던 유포의 눈빛이 순간 장사꾼의 눈으로 변해 사내의 위아래를 훑다가 잠깐 사이에 다시 본래의 공손함으로 돌아왔다. 짧은 순간의 변화 속에서 그는 자신의 의도를 충분히 드러낸 셈이었다.

'네놈이 그만한 돈이 있을지 모르겠구나' 라는 말을 잠시 행위로 보인 것이었다.

"한 달 매출이 어느 정도요?"

사내는 대수롭지 않게 물었다.

이리 되자 도리어 당황한 건 유포였다.

'이게 설마 행운?'

꿈에 생전 보이지 않던 아버지가 지난밤 나타나 했던 말이 떠올랐다.

'아들아, 행운을 받아라!' 라고 말하면서 아버지는 주먹을 날려 복부에 꽂아 넣었다. 깜짝 놀라 깨어났을 때 꿈에서처럼 배가 아픈 것을 느끼고 뒷간으로 달려가 설사를 주르륵 갈긴 그는 아버지가 꿈에서 행운을 말하며 복부를 가격한 건 뒷간에 가는 것을, 즉 잠자리에서 일을 봐 버리는 일을 면해주려는 자애로운 아버지의 배려려니 생각했는데 이제 보니 진짜 행운인지도 모른다는 생각이 들었다.

"대충 은(銀) 마흔 냥 정도입죠."

곧바로 그의 말투가 충복의 그것인 양 바뀌었다. 한 달 순수 이익을 계산해 주는 것도 엄청난 것이지만 한 달 매출을 제시하는 것이라면 이건 완전히 대박이었던 것이다.

"먼저 계약 조건으로 은 스무 냥을 드리리다. 잔치가 끝날 때 나머지를 계산하는 것으로 하면 좋겠소만."

계산대에 거칠 것 없이 무슨 돌멩이 놓듯이 꺼내놓은 은 스무 냥에 유포는 믿어지지 않아 입을 쩍 벌리고 굳어버렸다.

"원치 않소?"

사내가 말과 함께 손을 뻗어 은 스무 냥을 거두려 하자 그제야 정신을 차린 유포가 은 스무 냥을 향해 거의 가슴으로 덮치듯 감싸고는 말했다.

"기, 기다리고 있겠습니다! 최, 최고의 음식을 준비하도록 하지요."

"지금이 유시 초(酉時初:오후 5시)니 술시 초(戌時初:저녁 7시경)엔 다른 손님들이 없어야 할 게요."

"물론입지요. 인원은 몇 명 정도입니까?"

"백 명이 조금 넘소이다."

"술과 음식을 넉넉히 준비하겠습니다."

"잘 부탁하오."

주인장 유포는 내색하지 않았지만 흐뭇함에 겨워 죽을 것만 같았다.

그는 사실 은(銀) 사십 냥이라는 큰돈이 거래된 만큼 백여 명의 손님이 그에 상응하는 떠들썩함으로 난장판을 만들 것이라 생각했다. 하지만 기쁘게도 예상은 확실히 빗나가 주었다.

거의 대부분의 족속들이 지금껏(어느새 일 식경이 다 되어가는데도) 수줍은 새색시처럼 얌전을 떨고 있는 것이다. 그중 활발하고 거침이 없는 인간들은 고작 열네 명 정도에 불과했다.

얌전장이들은 탁자마다 술병이 그득했지만 술은 전혀 생각도 없는 모양인지 그저 탕국물을 눈치를 보면서 떠 마시고 있었다.

유포는 대체 이들이 어디 소속이고 눈치를 보는 이들과 거침없는 호방한 이들이 어떤 사연으로 연결된 것인지 전혀 궁금하지 않았다.

오로지 그의 관심사는 끝날 때까지 이런 흐름을 유지하여 술도 음식도 깨작거리면서 먹어 부디 많은 이익이 남았으면 하는 것이었다.

'이놈의 시키들, 뭐 하는 놈들인지는 모르겠으나 돈 귀한 줄 모르는구나. 그래, 그렇게 얌전히 있다가 나갈 때도 조용히 나가주렴. 그래야 착한 아이지.'

일층 중앙 탁자에 앉은 필사방주 노제강은 앞에 놓인 닭 백숙을 조금씩 떠먹으면서 연신 맞은편의 눈치를 살폈다.

솔직히 그는 지금 이 상황이 믿어지지 않았다. 약간 더 현실감 넘치는 꿈만 같았다. 아침까지만 해도 그와 수하들은 '절벽에서 뛰어내리기 고문(拷問)'에서 벗어나게 될 것이라고는 생각지 못했다.

물론 처음 약정한 '열흘 동안 한 사람당 오백 회 추락하기'가 마쳐지는 때라는 것은 인식하고 있었지만 이 정체 모를 괴상한 놈들이 그약속을 지킬 것이라고는 믿지 않았던 것이다.

그런데 환상이 현실이 되어 나타났다.

그와 그의 수하들이 열흘 동안 먹은 건 오로지 귀족 식량(貴族食糧), 혹은 특수 양식(特殊糧食)이란 호화찬란한 명칭을 지닌 밋밋한 맛의 쌀떡이었다.

근데 오늘 아침엔 정상적인 식사가 나온 것이다. 이제껏 따뜻한 국과 반찬, 그리고 쌀밥에 고마움을 느끼지 못했던 그들은 고맙고 반가운 마음에 눈물을 흘리며 식사했다.

식사 후엔 모두에게 깨끗한 의복이 지급되었다. 때깔 좋은 비단옷은 아니었지만 크게 손색이 없는 정갈한 의복이었다. 꿈이라면 깰까 봐 두려운 순간이었다.

그리고 예고하길 환상적인 만찬(晚餐)이 준비되어 있다고 했고, 그 말대로 지금 이처럼 객점을 통째로 빌려 무한대의 술과 음식이 제공되는 상황에 놓인 것이다.

노제강이 살짝 얼어붙은 호수를 조심해서 걷는 심정으로 혹 어떤 변고가 있지나 않을까 염려하던 그때 작은 변화가 일었다.

"형제들, 잠시 나의 말에 귀를 기울여 주시오."

노제강의 맞은편에 앉아 있던 형벌당주 좌염이 가만히 일어나며 말을 꺼냈다. 그의 표정과 목소리는 진중할 뿐 아니라 어딘가 공손한 구석까지 엿보였다.

그에 필사방인들은 누구 할 것 없이 긴장한 낯빛이 되고 말았다.

까닭은 '형제들'이라는 호칭 때문이었다. 어제까지만 해도 호칭은 거의 대부분 '야, 이 새끼들아!' 또는 '저 쳐죽일 놈들!'이었다. 아무리 잘 봐준다고 해도 '느그들'이나 '야, 너!' 정도면 감지덕지할 터이건만 느닷없이 '형제들'이라고 불리니 알 수 없는 불안에 몸이 떨릴 지경이었다.

쥐 죽은 듯 고요해진 객점에 좌염의 목소리가 이어졌다.

"휴우, 사실 무슨 말부터 꺼내야 할지 막막하구려."

음성엔 후회와 자책, 안타까움이 범벅으로 섞여 있었다.

"…여러분들은 오늘 많이들 놀랐을 것이오. 왜 갑자기 태도가 바뀌었을까? 잘해주는 이유가 뭘까? 뭔가 숨기고 있는 꿍꿍이가 있는 건 아닐까? 이해하오. 모든 것이 하루아침에 달려졌으니 능히 그런 의문을 가질 만하오. 그래서 깨끗한 의복과 술, 고급 음식이 놓여 있어도 마음은 여전히 편치 않으리라 보오."

한숨을 토해내듯 절절히 내뱉는 음성이 객점 안을 휘돌았다.

"내 마음 같아서는 왜 이럴 수밖에 없는지, 우리가 누구인지 속시원히 말하고 싶소이다. 하지만 차마 나의 미천한 지위로는 다 설명할 수 없음을 부디 이해해 주길 바라오. 우리는 각기 소속이 다르고 하는 일이 다르오. 누군가는 억압할 수밖에 없고, 또 그 상대는 착취당할 수밖에 없는 것. 그 모든 일은 자신이 맡은 사명 탓에 원하지 않더라도 부득불 실행에 옮길 수밖에 없기도 하오. 그런 점에서 지난 열흘간 여러분들에게 그 험한 역경을 다그치고 또 지켜보면서 나는 말로 형용할 수 없을 만큼 고통스러웠다오."

험한 역경에 대한 부분을 말할 때 좌염의 목소리는 격정에 사무친 듯 떨림을 드러냈다. 유성객점은 더욱더 깊은 고요와 침묵 속으로 빠져들었다.

"…그러나 분명한 건 우리는 모두 강호의 동도이며 형제라는 점이오. 한 하늘 아래서 함께 숨 쉬는 똑같은 사람들. 여기에 어찌 높고 낮음, 존귀와 비천이 있을 수 있겠소. 부탁하오. 어제까지의 일일랑 모두 잊어주시오. 쏟아진 물은 다시 담을 수 없소이다. 지난 시간들에 얽매어 헛되이 시간을 보내지 말도록 합시다. 새롭게 달려갑시다. 여러분, 우리는 하나입니다!"

좌염은 '하나입니다'를 외치면서 오른손을 높이 쳐들었고, 이후 곧바로 고개를 숙여 인사하는 것으로 말을 마쳤다.

잠시 객점 안의 시간이 정지되었다. 아무도 움직이거나 입을 여는 자가 없었고 숨소리조차 들리지 않았다. 형벌당에 속한 십이령은 가만히 눈을 감고 뭔가를 깊이 생각하는 듯 보였고, 필사방인들은 도대체 이게 뭐 하자는 짓인지 알 길이 없어 어떤 반응을 보여야 하나 하고 그야말로 정신적 엉거주춤 상태에 빠지고 말았다. 객점 주인과 점소이들은 인과(因果) 관계를 모르니 더욱더 무슨 반응을 보여야 할지 알 수 없어 그저 긴장된 표정으로 다음 상황만을 기다릴 뿐이었다.

그 순간 무생물(無生物) 가운데 유일한 유생물(有生物)인 양 한 사람이 자리에서 가만히 몸을 일으켰다. 좌염의 옆 자리에 앉아 시종일관 진지한 기색으로 듣고 있던 담유설이었다.

그녀는 이때까지도 필사방의 호위 강표절의 모습을 유지한 채였는데 얼굴 가득 진지함을 담고는 박수를 치기 시작했다.

짝, 짝, 짝, 짝……

천천히 짝짝거리는 그녀의 눈엔 눈물이 별빛이 되어 일렁거렸다.

그녀가 일곱 번째 박수를 보낼 때 십이령이 하나둘씩 자리에서 일어서더니 박수를 보내기 시작했다.

짝, 짝, 짝, 짝, 짝……

확연히 많아지고 빨라진 박수 소리에 객점의 주인과 점소이들, 그리고 주방장이 일단 박수를 보탰다. 박수라는 것이 쳐서 나쁠 리 없는 것이었기에 일단 분위기상 치고 보자고 생각한 것이다.

이리 되자 필사방인들은 어떻게 처신해야 좋을지 몰라 하며 모두의 시선이 방주인 노제강에게로 향했다. 노제강은 궁지에 몰린 쥐가 눈을 굴리듯 요리조리 굴려대면서 생각에 생각을 거듭했다.

'젠장, 어떻게 해야 하지? 도대체 왜들 이러는 걸까? 박수를 쳐야 할까? 그러다 나댄다고 한 대 맞으면 어쩌지? 그렇다고 또 가만히 있자니 이것도 이상하잖아. 왜 넌 가만히 있냐고 의자로 찍어버리면 어떡해? 아, 제기랄, 속시원히 누가 좀 가르쳐 달라고!'

그러다 문득 그의 눈이 담유설의 눈과 마주쳤다. 담유설이 진지한 낯빛으로 그를 향해 묵직하게 고개를 두어 번 끄덕였다.

노제강은 그 눈짓을 '뭘 망설이냐? 어서, 어서!'로 받아들이고 자리에서 일어나 박수를 보냈다. 그러자 이제껏 눈치만 보던 모든 필사방인들도 일제히 자리를 박차고 일어나 소낙비처럼 박수를 퍼부었다.

객점은 순식간에 화기애애한 따스한 봄날의 기운으로 충만해졌다.

핍박과 고난, 협박과 온갖 쌍욕이 난무하던 이들의 관계가 바야흐로 사랑과 이해, 용서와 선함으로 가득 찬 순간이었다.

형벌당주 좌염이 탁자 위에 놓인 술병을 들어 외쳤다.

"자, 모두 잔을 가득 채우고 높이 들어 건배합시다!"

좌염의 목소리는 애써 호방해지려 했지만 가슴 뭉클한 감동에 복받친 듯 목이 메어 소리가 잘 나오지 않았다. 그건 결코 가식으로 꾸민다고 꾸며질 성질의 것이 아니었기에 혹시나 함정이 아닐까 근심하던 필사방인들은 어느 정도 마음을 놓는 계기가 되었다.

그때부터 그들 모두는 진정 하나가 되어갔다.

술잔이 돌고, 술병이 순식간에 비어지고, 흥겨운 노래와 춤이 이어지면서 지난날의 묵은 감정들을 하나둘씩 털어냈다. 모두의 얼굴이 밝아지는 가운데 유일하게 안색이 꺼칠하게 변해가는 이는 객점의 주인 유포뿐이었다. 그는 처음과는 너무도 다른 상황에 모두들 흥에 겨워 먹고 마셔대자 점차 이익이 줄어드는 것에 마음 아파했다.

형벌당주 좌염이 노래 한 곡조를 흥얼거린 후 자리에 앉자 필사방주 노제강이 흐뭇한 얼굴로 술을 따르며 말했다.

"정말 이렇게 좋은 분들인지 몰랐습니다."

"허허, 그동안 고생이 정말 많았어. 어쨌든 미안하네그려."

좌염이 허허거리며 위로했고, 바로 그 옆의 담유설이 말을 보탰다.

"우리 마음이라고 좋기만 했겠어? 다 처한 입장이 있어서 그런 것이 아니겠나?"

"뭐, 다 지난 일이지요. 비록 그동안은 고생스러웠지만 지금 이렇게 마음이 하나가 되다 보니 언제 그런 일이 있었나 싶습니다. 다 어르신들의 너그러운 마음 때문이지요."

노제강의 말에 순간 좌염과 담유설의 얼굴이 무겁게 가라앉았다. 이 급작스러운 상황에 노제강이 혹시 말실수를 했나 싶어 자기도 모르게 더듬거렸다.

"왜, 왜들 그, 그러십니까? 제, 제가 무슨 실수라도……."

좌염과 담유설이 거의 동시에 고개를 가로저었고, 좌염이 입을 열었다.

"그게 아니네. 사실 자네는 백발이 성성하여 나이도 결코 적지 않은데 우리는 여태 힘이 있다는 까닭만으로 존대를 받고만 있었으니 불현듯 미안한 마음이 들어서 그렇다네. 이보게, 제강이. 자네 나이가 어찌되나?"

노제강은 감동이 확 치밀어 가슴이 막히는 뭉클함에 어찌해야 좋을

지 모르게 되고 말았다. 그는 애써 마음을 진정시키며 답했다.

"저는 올해로 예순일곱입니다."

"오, 그럼 나보다 한 살이 더 많군."

좌염이 놀랍다는 듯 말하자 이어 담유설도 눈이 휘둥그레졌다.

"제겐 그야말로 어르신이로군요. 이제 앞으로 제겐 말을 놓으십시오."

"그러게. 내게도 말을 편하게 하게나."

따뜻함이 가득 밴 두 사람의 말에 노제강은 황송함을 금할 길이 없었다. 분명 어제까지만 해도 그는 노예나 죄인의 입장이 아니었던가.

"그래도 제가 어찌……."

"아니, 그게 무슨 소린가? 우리 마음을 그리도 몰라준단 말인가? 이거 섭섭하네그려."

노제강은 다시금 울컥하는 감동에 휘감겼다.

"그럼 그렇게 하겠습니다."

"어허, 이 친구. 말을 편하게 하래도."

"하하, 이거 버릇이 들어서……. 미안하… 다. 하하하하!"

노제강은 어렵게 하대를 하고는 쑥스러운지 얼른 안주를 입에 넣었다. 담유설이 얼른 술병을 들어 잔을 건넸다.

"어르신, 제 술 한잔 받으시지요."

"아, 네."

아직 대접에 익숙지 않은 노제강이 어깨를 약간 구부리고 두 손으로 곱게 잔을 받쳐 들었다.

"어르신!"

담유설이 장난기를 담아 소리를 높이자 노제강이 얼른 한 손을 치우며 웃었다.

"허허, 미안미안."

그 광경을 보며 좌염이 껄껄대면서 노제강의 등을 두드리며 친근함을 표했다.

"이러니까 얼마나 좋아. 하하하하!"

방주가 억압자의 수뇌들과 허물없이 대하는 것을 보게 된 필사방인들은 이젠 거의 앞뒤 가릴 것이 없는 상황에 치달았다.

급기야 탁자 위에 올라가 엉덩이를 실룩거리며 자기 이름을 써 내려가는 작자로부터 아무 거리낌 없이 방귀를 뀌어대는 놈, 한쪽 벽면으로 우르르 몰려가 말뚝 박기를 하는 놈들까지 등장해 그야말로 객점은 한바탕 요란스런 축제의 장으로 물들어갔다.

언제 어떻게 잠이 들었는지 알 수 없었다.

노제강은 목과 입 안이 기근이 든 땅처럼 말라 갈라지는 느낌에 힘겹게 눈을 떴다. 지난밤은 정말이지, 화끈한 사나이의 밤이었다. 술자리가 거의 끝나갈 무렵엔 어깨동무를 하며 함께 노래를 불렀다.

멋진 사람들!

세월이 아무리 오래 지난다 해도 잊지 못할 것이다.

아니, 잊지 않을 것이다.

노제강은 꾸물거리며 눈을 뜨다가 낯선 풍광이 어슴푸레 비치자 기이히 여겨 번쩍 하고 눈을 떴다. 흰 구름과 새파란 하늘이 보였다.

'뭐지?'

원래라면 천장이 보여야 했다.

'이런, 길바닥에서 잠들어 버린 건가?'

그는 술을 퍼마시고 아침나절까지 길에서 아무렇게나 퍼질러 지는 인간들을 가장 혐오했다. 눈에 띨라 치면 머리며 가슴이며 등짝이며 가리지 않고 발길을 가하며 '뒈져라, 이 잡종들아!' 라고 외쳤었다.

그런데 지금 자신이 그런 볼썽사나운 꼬락서니로 누워 있다 생각하니 단 한시도 머뭇거릴 수가 없었다. 얼른 몸을 일으키려 손과 발을 움직였다. 한데 손과 발이 무엇에 묶인 듯 전혀 말을 듣질 않았다.

'어라?'

그의 눈이 좌우, 그리고 아래로 향해 손과 발의 상태를 살폈다. 그 순간 그의 눈과 입은 거의 찢어질 듯 벌어지고 말았다. 아울러 함성도 함께.

"으아아아아악!!"

당황에 황당이 첨가되고 공포가 뒤범벅된 비명이었다.

노제강은 비명을 지른 후 아래를 내려다보고는 다시 또 비명을 내질렀다.

"으아아아아악!!"

그가 가장 공포스럽게 느낀 건 발 아래로 까마득한 만장 절벽이 펼쳐져 있다는 것이었다. 그는 사실 누워 있었던 것이 아니라 절벽에 묶인 채로 서서 잠들었던 것이다. 눈을 뜨자마자 본 흰 구름과 새파란 하늘은 너무 높은 곳에 매달려 있다 보니 눈앞으로 휑하니 구름과 하늘만이 보였던 것이다.

"으아아아아악!!"

그는 오금이 저려오는 두려움 속에서 다시금 비명을 내질렀다. 그는 꼿꼿이 절벽에 세워진 상태였는데, 그의 몸을 지탱하는 건 고작 팔과 다리, 그리고 허리 쪽을 감싸고 있는 넝쿨뿐이어서 당장에라도 넝쿨이 끊어진다면 절벽 아래로 추락할 것만 같은 불안한 형국이었던 것이다.

"으아아아아악!!"

"으아아아아아악!!"

"으아아아아아아악!!"

다시 비명을 지르려던 노제강은 오히려 자신의 목소리보다 더 처절하게 들려오는 위쪽의 비명 소리에 어리둥절해져 힘겹게 고개를 위로 치켜 올렸다. 노제강의 눈이 뜨악해지고 말았다.

그가 묶여 있는 위로 백여 명의 수하들이 포도 송이마냥 주렁주렁 매달려 있는 것이 아닌가?

"뭐, 뭐냐?"

그들 필사방인들이 깨어난 건 노제강이 지른 비명 소리를 듣고서였다. '대체 어느 놈이 달콤한 잠을 깨우는 거야?' 라며 오만상을 찡그리고 눈을 떴을 때 그들은 노제강이 그랬던 것처럼 도저히 비명을 지르지 않을 수 없는 정신적 공황 상태에 빠지고 만 것이다.

모두가 일제히 깨어난 것이 아니라 비명 소리를 듣고 하나둘 정신을 차린 터라 비명 소리는 차례대로 소리를 높여가며 절벽을 계속해서 울려댔다.

"으아아아아악!!"

얼마나 지났을까! 미친 듯이 소리를 질러도 아무것도 달라지는 것이 없다는 것을 깨닫게 되었을 때, 필사방인들은 비로소 약간의 침착을 찾고 이 사태를 냉정히 돌아볼 수 있게 되었다.

어찌하여 이 험한 산중 절벽에 매달리게 되었을까? 누구의 소행일까? 놈들은 왜 매달아놓은 것일까? 등의 의문을 떠올렸지만 그중 하나도 제대로 짐작 가는 바가 없었다.

노제강이 수하들을 향해 크게 외쳐 물었다.

"누구 지금 이 상황을 아는 자가 있느냐?"

"……."

아무도 대답하는 자가 없었다. 그들 모두는 어떻게 잠이 들었는지도 기억나지 않았으니 모두들 묵묵부답인 것은 당연한 것이었다.

"이 많은 놈들 중에 하나도 정신을 차리고 있던 놈이 없었더란 말이냐?"

바로 그때 하늘이 노제강에게 응답했다. 하늘은 일단 비를 내려주셨다. 그런데 어쩐지 비라고 하기엔 냄새가 여간 고약한 것이 아니었다. 두두둑 산발적으로 머리카락을 적신 빗줄기는 이마를 타고 주르륵 얼굴 가득 흘러내려 코와 입을 스쳐 갔다. 노제강이 찜찜한 기분에 힐끔 위를 바라보자 물줄기는 그의 이마와 코에 정면으로 두두다다닥 떨어졌다.

"어떤 새끼가 오줌을 갈기는 거냐?"

"죄, 죄송합니다, 방주님."

노제강의 분노에 찬 목소리에 수호단주 장송수가 부들부들 떨리는 목소리로 답했다. 그의 목소리가 떨린 것이 정녕 죄송해서인지, 아니면 소변으로 따뜻한 기운이 빠져나가 몸이 순간 와르르 떨려서인지는 알 수 없었으나 어쨌든 떨린 것만은 사실이었다.

"장송수, 너 거기 꼼짝 말고 있어! 넌 오늘 죽은 줄 알아라!"

노제강은 화가 머리끝까지 치밀어 기를 끌어올려 몸을 옥죄는 넝쿨들을 떨쳐 내려 했다. 그러나,

"헉!"

힘이 모아지질 않았다. 단전이 텅 비고 근육의 기운은 물론이고 신

경 계통도 모두 무기력증에 빠진 듯 아무 힘도 쓸 수가 없었다. 누군가 간밤에 모든 내공을 거둬가고 근육과 힘줄을 모조리 뽑아버린 것만 같았다. 현재 노제강의 상태를 굳이 표현해 보자면 젓가락조차 들기 힘들 정도라 할 수 있었다.

그제야 노제강은 어찌하여 장송수가 소변을 참지 못하고 내갈기게 되었는지 이해할 수 있었다. 소변을 참아낼 수 있을 만큼 오므릴 근육의 힘이 없으니 속절없이 갈겨 버리고 만 것이리라.

장송수의 바짓가랑이를 적신 오줌은 이제 한두 방울씩 노제강의 머리로 떨어지고 있는 상태였다. 노제강은 길게 한숨을 내쉬면서 결코 장송수가 고의로 그런 것이 아닌지라 그를 탓하지 않았다.

'내 어찌 수하에게 화를 낼 수 있겠는가. 화를 낸다면 마땅히 이렇듯 간악한 짓을 저지른 놈들에게 화를 내야지. 그나저나 그 치들은 어찌 되었을까?'

노제강은 자신의 형편이 최악의 상황임에도 도리어 좌염과 담유설 등을 걱정했다.

그때 방금 전과는 비교할 수 없는 빗줄기가 거의 쏴아아 하는 소리가 날 정도로 쏟아져 내렸다. 틀림없이 비가 아니지만 비라고 해도 좋은 정도로 많은 양의 물줄기가 쏟아졌고, 비 피해를 가장 크게 입은 건 당연히 제일 아래쪽에 있던 노제강이었다.

장송수는 그저 다른 이들보다 약간 빨랐을 뿐이다.

지난밤에 술을 잔뜩 마시고 잠이 든 터라 필사방인들의 방광에는 오줌이 터질 듯 차 있는 상태였다. 단지 처음에는 뜻밖의 상황에 놀라 방광 압박을 잊고 있었는데 수호단주 장송수를 보고 나자 그만 모두들 요의(尿意)를 느끼곤 너나 할 것 없이 싸버리고 만 것이다.

쏴아아아!

그들은 비록 몸은 개운하기 이를 데 없었지만 마음만은 갈기갈기 찢어지는 듯했다. 한 인간으로의 존엄성이 무너지는 데다 그들의 매달림이 지위가 높은 이가 아래쪽에 있고 위로 올라갈수록 지위가 낮아지도록 배열되어 있는 까닭에 그들은 각기 상관에게 오줌을 내갈기는 모양새가 되어 미안한 마음을 금하기 힘들었다.

그중 가장 밑에 있어 고스란히 오줌으로 목욕재계를 하고 만 노제강은 수하의 실수를 꾸짖지 않겠다는 약속도 잊은 채 고래고래 소리를 질러댔다.

"야, 이놈의 시키들아! 계속 그렇게 내갈기면 어쩌겠다는 거냐? 힘을 줘! 조금이라도 힘을 주면 그래도 참을 수 있을 것이 아니냐! 네놈들이 정녕 내게 억하심정이 있는 것……!"

거침없이 분노를 쏟아내던 노제강이 순간 입을 다물었다.

그는 힘없이 아랫도리를 내려다봤다. 뭔가 아랫도리가 뜨뜻해지는 느낌에 바라보자니 자신도 느끼지 못하는 사이에 그만 오줌을 자신이 갈기고 있는 것을 보고 만 것이다.

노제강은 울컥하며 눈물을 흘림과 동시에 하염없이 오줌을 갈겨댔다.

그렇게 모두들 줄줄줄거리길 마쳐 갈 때쯤 위쪽에서 킬킬거리는 웃음소리가 났다.

"야야, 아주 똥을 싸라, 똥을 싸!"

"크큭, 좀 있다가 분명 지리고 말 테지요."

비웃는 소리에 노제강은 적들이 자신들을 묶어두고 떠난 것이 아니라 곁에서 지켜보고 있었음을 확인하곤 곧바로 궁금한 것을 물었다.

"이놈들아, 내 형제들은 어찌 되었느냐?"

지난밤의 뜨거운 우정을 잊지 못한 노제강이 좌염 등의 안부를 물었다.

"이봐, 제강아, 나야 나. 내 목소리를 벌써 잊은 거냐, 이 미련한 놈아? 아직도 우리가 한 짓이란 걸 눈치채지 못했더란 말이냐? 순진한 건지 멍청한 건지 도무지 알 수가 없구나."

목소리의 주인은 좌염이었다.

노제강의 실의는 말로 할 수 없는 것이었다. 혹시나 하긴 했어도 끝내 그렇게 믿지 않으려 했건만 진실이 드러나자 마음이 찢어지는 듯 아파왔다.

노제강은 전혀 힘을 끌어 모으지 못하는 와중에도 분노에 차 짐승처럼 핏대를 세우며 신음했다.

"으으으으……."

그리고 그 뒤를 잇는 한줄기 허망한 소리에 노제강의 얼굴은 그만 하얗게 질리고 말았다.

뿌드드득! 빠바박!

격정에 찬 나머지 억지로 힘을 쓰려 하자 그만 똥을 갈겨 버리고 만 것이다. 냄새는 잔인하리만치 지독했고 소리는 절규에 가까웠다.

노제강의 눈에 소리없이 눈물이 맺히더니 또르르 흘러내렸다.

그리고 여지없이 이어지는 건,

빠빠빡! 뿌득! 뿌드드득!

그럼 과연 노제강과 그 일당들의 비참하고도 처절한 절규는 어떻게 계획되어진 것이었을까?

'절벽 생(生)으로 뛰어내리기' 이후 몸을 정결케 하고 깔끔한 옷에 술자리가 마련된 데에는 크게 두 가지 숨은 뜻이 있었다.

그중 첫째는 '희망(希望)을 통해 절망(絶望)을 더욱 배가시킨다' 라는 명제 아래 진행되었다.

절벽에서 뛰어내려 거의 죽을 둥 살 둥 버둥대는 녀석들을 곧바로 넝쿨에 매달아놓는다면 이미 비참해질 대로 비참해진 터라 고통을 고통으로 느끼지 못할 것이라 생각했다.

고통이란 희망이 첨가되었을 때 위력이 배가되고, 부귀를 맛본 이가 누추함을 두려워하는 법이 아니던가!

그들에게 맛 좋은 식사와 정결한 의복, 그리고 뜨거운 형제애로 대한 것은 진정으로 그들 모두를 깊은 절망의 수렁으로 사정없이 패대기쳐 버릴 의도였던 것이다.

심온은 본래 좌염에게 총 세 가지의 형벌을 명했다. 그건 기연을 찾아 나섰던 세 젊은이가 당했던 고통인 '추락', '넝쿨', '정력 고갈' 이었는데 뿌린 대로 거두는 이치에 따라 그들이 모조리 겪길 바랐다.

심온으로부터 세 젊은이의 비참함을 자세히 들은 형벌당주 좌염은 어떻게 하면 최적의 고통을 선사할 수 있을지 고심에 고심을 거듭했고, 결국 담유설의 조언을 받아 술과 고기를 잔뜩 먹이고 마음에 한없는 희망을 가득 채워주었던 것이다.

그러나 정작 술과 고기를 배부르게 먹게 한 두 번째 이유는 더욱 가공할 만한 것이었다. 그건 다식다출(多食多出), 즉 많이 먹으면 많이 싼다는 간단하면서도 효과적인 원리에 입각한 것이었다.

거기에 내공을 분산시키는 산공독(散功毒)과 근육의 힘을 무력화시키는 실근환(失根丸)을 복용시켜 힘 조절이 불가능하도록 하여 초반부터 비참함을 맛보게 하고 그로 인해 자신들의 소행으로 고통당했던 이들의 처절함을 몸소 체험케 하고자 했다.

그런 의도는 대단히 성공적이어서 방주 노제강을 비롯한 필사방인들은 맥없이 매달린 상태로 그저 울고 싸는 하루하루를 보내며 거의 미칠 지경에 이르렀다.

"안 돼, 안 돼……. 난 이렇게는 못살아."

"흐흐흑, 내가 이렇게 추한 모습을 보이다니……."

"죄송합니다, 방주님. 또 나올 것 같습니다. 흑흑흑."

"조금만 참아보면 안 되겠냐?"

"흐흑, 도저히 제 힘으로는……. 크헉, 저를 용서하십시오."

그렇게 망가져 간 그들의 행태를 일자 별로 살펴보면 이러했다.

첫째 날, 분노와 울화 속에서 하루를 보내다.

둘째 날, 비참함에 온몸을 떨다.

셋째 날, 결국 배고픔에 그 모든 냄새와 분노를 잊다.

넷째 날, 더 이상 눈물이 나오지 않았다. 또 다른 것도 더 이상 나올 것이 없었다. 모두는 그저 한 방울의 물만을 간절히 염원했다.

그러던 차에 기적처럼 비가 내린 건 닷새째가 되어서였다. 밤새 내린 비에 그들은 모두 미친 소마냥 환호성을 지르며 빗물을 받아먹느라 혀를 낼름거리며 정신을 차리지 못할 지경이었다. 또한 빗물이 상당 부분 오물을 씻어간 덕분에 악취를 덜 수 있었다는 것도 큰 위안이 되었다.

엿새째 아침, 수분 섭취와 자연의 물로 목욕한 필사방인들에게 맑게 갠 하늘로부터 오물이 쏟아졌다.

"자, 받아라, 이 악당들아!"

각종 음식물 쓰레기와 하수 처리된 썩은 찌꺼기들이 폭포수처럼 쏟아진 덕분에 그들은 비명을 지르는 놈부터 욕하는 놈, 제발 살려달라고 애원하는 놈까지, 그야말로 아비규환을 이루었다.

그 다음날, 중천에 솟은 뜨거운 햇살이 대지를 비출 무렵 좌염이 절벽 위에서 크게 외쳤다.

"내 말을 잘 들어라! 예로부터 남칠여구(男七女九: 남자는 아무것도 먹지 않고 칠 일을, 여자는 구 일을 버틸 수 있다는 말)라 했다! 오늘로 너희는 매달린 지 꼭 칠 일째가 되었다! 그리하여 혹시 영양 부족으로 인한 사망자가 나오는 것을 방지코자 특별히 너희 모두에게 영약(靈藥)을 공급하여 주겠노라! 크크크, 너무 감동받지는 마라! 네놈들이 예뻐서 그런 것이 아니라 더 오래 괴롭히려고 하는 것이니 말이다!"

좌염의 말이 끝나기가 무섭게 담유설과 십이령이 절벽을 타고 내려가 한 명 한 명에게 영약을 공급해 주었다.

그들은 영약을 보자마자 울음을 터뜨리고 말았다. 그리고 입 안 가득 영약을 씹어 삼키면서는 하염없이 눈물을 흘렸다.

"울지 마. 이러면 내 마음이 약해져서 하나 더 주고 싶잖아."

"꼭꼭 씹어 먹어. 목이 메도 꼭 세 개는 먹어야 해."

"울지 말라니까 그러네. 나도 눈물 나려고 그러잖아."

십이령은 정성껏 한 사람당 세 개씩의 영약을 복용시켰고, 필사방인들은 모두들 뜨거운 눈물을 쏟아냈다.

눈물바다가 이루어진 가운데 맨 아래쪽 노제강에게 다가선 것은 담유설이었다.

"제강아, 내가 왔다. 자, 이것 먹고 힘내렴."

"이놈아, 난 안 먹는다. 나이도 어린 놈이 이 무슨 해괴한 짓이냐?"

짜악!

담유설이 시원하게 뺨을 걷어 올렸다.

"너, 꿈꾸냐? 어서 영약을 복용해라. 그러다 굶어 죽으면 어쩌려고 그러니."

"이놈아, 영약은 이게 무슨 영약이란 말이냐? 양파를 가져다가 영약이라고 하는 놈들은 처음이다! 그것도 세 개씩이나 먹게 하고 울지 말라니! 차라리 날 죽여라, 이 자식아! 날 죽여!"

노제강의 거친 반항에 담유설이 위쪽을 향해 크게 외쳤다.

"이봐, 양파 남은 것 있으면 이쪽으로 다 던져! 두목이라고 세 개는 모자라나 봐!"

"무, 무슨 소리냐? 난 안 먹는단 말이다!"

노제강이 악다구니를 써봤지만 그건 허공에 대고 소리치는 것과 다름없었다.

"자, 그럼 일단 안면 마사지부터 시작할까?"

담유설은 양파를 손으로 꽉 움켜쥐어 완전히 즙이 되게 한 후 노제강의 얼굴에 빽빽하게 발라 버렸다.

"으아아악! 내 눈! 으아악! 살려줘!"

"몸에 좋은 건 원래 눈에는 맵고 입에는 쓰고 그러는 법이야. 자, 이제 입 벌려."

"야, 자식아! 안 먹는다니까! 우욱! 안… 욱!"

"너 이 녀석, 감동했구나? 울지 마. 웃으면서 먹어야지."

큰 양파 두 개가 통째로 노제강의 입속으로 파고들었다.

넝쿨에 매달려서 고문당하기는 정확히 이십사 일째가 되어 끝났다.

태반의 상태가 삶과 죽음의 경계선에서 오락가락하고 있는 터라 이정도면 충분하다고 여긴 것이다.

물론 필사방이 이제껏 출간한 기연 서적으로 인해 죽어간 젊은 영혼들의 수를 따지자면 굶어 죽는다고 해도 그다지 큰 문제는 아니었지만 죽을 때 죽더라도 일단 받아야 할 고문이 하나 더 남아 있었기에 생명을 보존시킨 것이었다.

필사방인들의 회복을 위해 다섯 명의 의원이 투입되었다. 보약과 함께 맛 좋고 영양 많은 죽을 복용시키자 서서히 원기를 회복하여 열흘이 지날 땐 일상생활을 하는 데 무리가 없을 정도가 되었다.

좌염은 지난번과 마찬가지로 객잔을 통째로 빌려서는 그들의 회복을 축하하는 잔치를 베풀었다.

"형제들, 내 마음은 진정 찢어질 듯이 아프오. 내 속마음을 보여주지 못하는 것이 안타까울 따름이구려. 내 심장은 이미 새까맣게 타버렸다오. 지난 시간의 아픈 기억은 다 잊고 우리 이제 새로 출발합시다. 여러분, 우리는 하납니다. 한 하늘 아래, 그리고 한 땅 위에 살고 있는 우리가 서로를 위하지 않는다면 이 얼마나 삭막한 삶이 되겠소이까."

길게 이어진 좌염의 연설이 끝나자 담유설이 역시 지난번처럼 스르르 일어나 박수를 쳤고, 바로 뒤를 이어 십이령이 일제히 박수갈채를 보냈다.

쾅!

방주 노제강을 비롯한 모든 필사방인들은 아무것도 듣지 못한 사람들처럼 그저 슬픈 표정으로 창밖을 바라볼 뿐이었다.

방주 노제강, 수호단주 장송수, 홍보단주 정포, 수정단주 묵해영, 섭외단주 금율, 이 다섯은 거의 죽기 살기로 좌염과 담유설에게 달라붙었다. 이제껏 두 사람이 모든 것을 좌지우지하는 것을 보았던 터라 눈이 퉁퉁 붓도록 통사정을 해댔는데 이유인즉 이러했다.

연회가 끝난 후 좌염이 선포하길, 특별히 다섯 명에게 마음껏 회포를 풀 수 있는 기회를 주겠노라고 말하였기 때문이다.

흔히 강호에서 무림인들이 회포를 푼다라고 할 때는 이성과의 뜨거운 잠자리를 말하는 것이다. 그렇기에 지목된 노제강을 비롯한 네 명의 단주는 마땅히 기쁨에 들떠야 했으나 지금까지 겪어온 바로는 결코 정상적인 회포가 아닐 것임을 직감한 이들이 회포는 풀지 않아도 된다고 울고불고 난리를 피우게 된 것이었다.

"도대체 뭘 어쩌시려는 겁니까? 회포 대신에 그냥 이 자리에서 백 대 맞겠습니다요!"

"회포 같은 거 필요없습니다! 전 여자들이 제일 싫단 말입니다!"

"전 겉은 이래도 정력이 약합니다! 부디 다른 사람을 골라주십시오!"

"전 아직 숫총각입니다! 제 동정을 이렇게 허무하게 버릴 순 없습니다!"

그중 단연 압권은 노제강이었다.

"야, 이놈들아! 나, 내일 모레면 나이 일흔이다! 이제껏 힘 다 빼놓고 또 무슨 힘을 쓰라고 지랄들이냐? 세우기도 힘드니 부디 난 빼주라!"

그 순간 공기를 가르는 소리와 함께 담유설이 노제강의 뺨을 걷어올렸다.

"닥쳐라!"

오 일 후,

풀잎에 새벽 이슬이 맺히듯 푸른 들판에 다섯 개의 살덩어리들이 덩 그러니 놓인 것을 월야댁이 발견했다.

그녀는 처음에는 자신의 눈을 믿지 못했다.

자신의 평생에 이런 기적 같은 행운을 만나리라곤 생각지도 못했던 것이다.

그녀는 떨리는 손길로 벌거벗은 채 곱게 잠든 알몸 덩어리들, 즉 그 녀로서는 누군지 알 길이 없으나 틀림없는 필사방의 다섯 수뇌인 놈들 의 몸을 사랑스럽게 쓰다듬었다.

그녀의 입이 살짝 벌어지는가 싶더니 느닷없이 크게 벌어졌다.

"심봤다! 심봤다!"

그녀의 외침에 과부촌의 백여 명의 과부들이 헐레벌떡 달려왔다. 아 무도 말을 하는 이는 없었다. 그저 모두 감사의 눈물만 주르륵 흘릴 뿐 이었다.

"하늘이 우리에게 선물을 주신 게야."

"고마우신 분……."

"비록 하나는 좀 낡고 상하긴 했지만 그래도 네 개는 싱싱한걸."

"우리는 이 일로 싸우는 일이 없어야 할 거야. 촌장님의 뜻을 받들 어 질서를 지켜야만 해."

"아무렴. 얼마만의 남자인데… 소중히 다뤄야지."

과부촌의 뭇 여인들은 진귀한 보물을 대하듯 다섯 알몸뚱이를 거처 로 옮겨갔고, 그날 오후 촌장의 영도 아래 하늘에 감사제를 올린 후 저 녁부터 본격적으로 회포를 풀기 시작했다.

거의 노예나 다름없이 이리저리 끌려 다니며 온몸을 다해 봉사하는 중 나이가 많은 노제강의 고통은 상상을 초월하는 것이었다. 그는 그날 밤 세 명의 과부에게 봉사한 후, 네 번째 하남댁의 거처에 들었을 때 코피를 쏟으며 어지러움을 호소했으나 하남댁은 꾀병을 부린다는 이유로 그를 침상에 눕혀놓고 채찍으로 사정없이 후려 버렸다.

"도대체 힘을 어디다 다 쓰고 온 것이란 말이냐?"

찰싹! 찰싹! 차아알싹!

"어서 세우지 못해!"

다섯 수뇌가 과부촌에서 온몸 다 바쳐 헌신할 무렵 나머지 필사방인들은 과부촌으로부터 이십 리 떨어진 마을에서 농사일을 도왔다.

그들은 아침부터 늦은 밤까지 중노동에 가깝게 시달리면서도 그 누구도 불만을 토로하지 않았다. 모르긴 몰라도 방주를 비롯한 네 명의 단주가 겪을 고통은 자신들이 지금 겪는 고통과는 비교할 수도 없을 것이라는 생각 때문이었다.

괜히 말을 함부로 했다가 그쪽으로 끌려가게 될까 두려워 모두들 최선을 다해 농사일에 전념했다.

덕분에 농부들은 대단히 만족스러워했고, 아직까지 세상은 따뜻한 곳이지 않느냐며 칭찬이 자자했다.

그렇게 한 달이 지나갈 때였다.

필사방인들이 오후 참을 먹고 있던 시간이었다.

담유설이 다섯 명의 사내와 함께 다가왔다. 그들의 몰골은 그야말로 걸어다니는 해골이라고 해야 좋을 정도로 피골이 상접해 있었다.

눈은 쏙 들어가 아예 눈두덩을 찾아볼 수 없었고, 양볼은 치아가 돋아 보일 정도로 얇았으며, 온몸은 인간 이쑤시개를 방불케 했다.

"인사해라."

담유설의 말에 필사방인들은 얼떨떨해지고 말았다.

"뉘신지요?"

그들은 설마 그 다섯 명의 해골이 방주와 단주들이라고는 상상도 하지 못했다.

"나아아아다, 바아앙주."

서 있기도 힘든지 온몸을 떨며 노제강이 하는 말에 모든 필사방인들은 기겁을 하고 말았다.

"서, 설마… 어떻게?!"

"그럴 리가……?"

"도대체 무슨 일이 벌어졌던 겁니까?"

부들부들 떨면서 노제강이 힘겹게 입을 열었다.

"마아알… 시이키지 마아……."

이리하여 필사방은 결국 추락과 넝쿨을 지나 정력 고갈까지 세 가지 형벌을 완수하였으나 그것으로 모든 것이 끝난 것은 아니었다.

좌염은 그들이 그동안 벌어들인 재물의 절반을 회수하고, 또 나머지 절반을 통해 강호 각지에 뿌려진 기연 서적을 수거해서 소각토록 지시했다.

또한 기연 서적에 실린 장소들을 찾아다니며 기연이 없다는 내용의 팻말도 곳곳에 설치하도록 엄명했으며, 기연으로 인해 목숨을 잃거나 부상당한 이들에겐 그에 상응하는 보상을 하도록 했다.

"허튼수작을 부리면 세상 끝까지라도 쫓아가 새로운 고문과 함께 상봉하게 될 것임을 잊지 마라! 보이지 않는 곳에서 너희를 지켜보겠다!"

형벌당주 좌염의 사나운 일갈에 이미 지독한 고통의 극한을 체험한 필사방인들은 부르르 몸을 떨며 모두 머리를 조아렸다.

◆第九章◆ 흑막족의 고민

Fantastic Oriental Heroes

후혹문주

심온

방 안에는 희미한 등잔불만이 힘겹게 불을 밝히고 있었다.

방의 가장자리에 놓인 침상에는 육십대 초반의 노인이 걸터앉아 있었는데, 노인은 무엇이 그리도 괴로운지 양손으로 머리를 감싸 쥐고 옅은 신음을 발하고 있는 중이었다.

사람이 살아가는 데는 기쁜 날도 있고 슬픈 날도 있기 마련이라서 괴로워하는 것도 그저 수많은 일상 중 하나일 뿐이라 치부할 수 있겠지만, 지금 침상에 앉은 노인이 누구인지 안다면 그렇게 간단히 말할 수만은 없을 것이다.

강호에서 청부 살인을 주 업으로 삼는 조직 중 명성이 자자한 흑막(黑幕)의 주인(主人) 금어림(禽於淋)이 바로 노인의 이름이었기 때문이다.

흑막은 혈문(血門)과 천두방(千頭幇), 참인궁(慘因宮)과 함께 사대살수문(四大殺手門)이라 불렸다.

금어림의 별호는 그가 흑막에서 막 일급살수가 되었을 때 전대 막주인 문첨도가 '냉혈검(冷血劍)'이라 칭했는데, 그건 그가 약 팔십여 차례의 살수 임무를 완수하는 중에 단 한 번도 거절하지 않았고, 또 웃음을 보인 적이 없었기 때문이다.

그런 그가 지금 신음 소리까지 내면서 머리를 쥐어뜯는 건 진정 보기 드문 일이라 할 수 있었다.

"차라리, 차라리 잠형환상공(潛形幻想功)을 완성하지 못했더라면……."

그는 고통스럽게 중얼거렸다.

잠형환상공!

그는 폐관 수련 중에 그토록 원하던 잠형환상공을 완성하고 얼마나 흡족해했는지 모른다.

살수에게 가장 중요한 건 무엇보다 은신술(隱身術)이다. 흔적도 없이 형적을 감춰 일검에 상대의 심장을 꿰뚫는다. 더불어 탈출 시에도 은신술은 절대적으로 요긴한 것이다.

한 달 전 폐관을 마치고 나온 그는 잠형환상공의 성취를 막도들에게 숨겼다. 물론 훗날에는 재능있는 심복들에게 전수해야 할 터이지만 그전에 자신이 직접 수하들을 상대로 잠형환상공을 시험해 보고 싶었던 것이다.

그는 밤을 도와 잠형환상공으로 수하들의 거처나 경계를 서고 있는 지역 가까이에 은신해 그들의 동태를 살폈다. 결과는 대단히 성공적이었다. 잠자리에 들었다 해도 미세한 바람의 변화조차 알아채는 특급

살수들조차도 전혀 감지하지 못할 정도로 잠형환상공은 완벽했던 것이다.

그는 하루하루 수하들의 숨겨진 모습과 그들의 이야기를 듣는 일에 빠져들기 시작했다.

좋다고 해야 할지 책망을 해야 할지 헷갈렸지만 겉으론 피 한 방울 흘리지 않을 것 같은 냉혈한의 수하들이 그 이면에 따스한 인간적인 면모를 지니고 있는 것도 보았다.

또는 살인을 실행하던 중 우연히 보게 된 여인에게 빠져 그리워하는 수하도 있었고, 시골에서 홀로 살아가는 어머니를 위해 돈을 악착같이 모으고 있는 수하도 보았다.

또 가끔은 작은 분란이 일며 서로에게 검을 겨누는 일도 있었는데, 그럴 때면 다음날 당사자들을 불러 이미 모든 것을 알고 있다는 듯 말하며 다시는 그런 일이 없어야 할 것이라고 다짐을 받기도 했다.

그럴 때면 그들은 막주 금어림을 무슨 천안통을 지닌 사람 보듯 놀라곤 했는데, 그 모습을 금어림은 내심 흐뭇하게 즐겼다.

그러던 중 전혀 뜻하지 않던 문제가 발생한 것이 바로 어젯밤의 일이었다.

그는 여느 날과 마찬가지로 두루 다니며 수하들의 동태를 살피던 중 적막대주(寂寞隊主) 진요(秦搖)와 은형대주(隱形隊主) 유무환(劉無幻)이 이야기를 나누고 있는 곳에 이르렀다.

둘 중 적막대주 진요는 금어림이 총애하는 심복 중의 심복이었기에 그는 과연 진요가 무슨 이야기를 하는지 궁금하여 귀를 바짝 기울였다.

"하하, 자네, 어제 회의 때 기억나나?"

진요가 유쾌한 어조로 묻는 말에 유무환이 어깨를 으쓱했다.

"어제 회의? 뭘 말하는 겐가?"

"어허, 이 친구. 어제 막주님이 한참 심각한 어조로 이야기하다가 그만 가래가 끓어서 목소리가 희한하게 갈라져 버렸지 않은가. 그마아하안, 하고 말일세. 때마침 분위기가 보통 살벌한 게 아니었는데 뜻밖의 소리가 나는 바람에 난 아주 웃음을 참느라 죽을 뻔했단 말일세."

진요의 얼굴엔 진작부터 떠들고 싶었는데 이제라도 말할 수 있어 기쁘다는 표정이 역력했다. 그러나 유무환은 조심스러운 반응을 보였다.

"이보게, 목소리가 너무 크네. 막주께서 폐관을 마치고 나온 뒤로 무슨 연유인지는 몰라도 눈과 귀가 더욱 밝아지신 것 같지 않던가. 혹여 비밀리에 사람을 풀어 우리들의 동태를 살피고 있는지도 모르니 항상 입 조심을 하는 것이 좋을 걸세."

목소리까지 죽여가며 주의를 주었으나 진요는 고개를 내저으며 웃었다.

"예끼, 이 친구야. 자네가 누군가? 은형대주가 아닌가? 이 야심한 밤에 자네의 이목을 피할 자가 어디에 있겠나? 막주님이라 해도 우리 목소리가 들릴 정도까지 가깝게 접근할 수는 없을걸세."

아홉 대주 중에서 은형대주 유무환의 은신술은 가장 탁월한 것이었다.

"흠, 그렇긴 하네만……."

"그리고 혹여 막주께서 우리 말을 전해 들으셨다 해도 겁낼 건 뭔가? 막말로 우리가 반역을 도모한 것도 아니고 말이네. 그저 우스갯소리를 한 것뿐인데 이 정도로 화를 낸다면 그건 너무 배포가 작은 거지."

그러나 정작 두 사람의 대화를 고스란히 듣게 된 막주 금어림은 가슴이 저미는 통증에 시달렸다. 당장 달려가 턱을 날려 버리고 싶기도 했지만, 일단 몰래 엿듣고 있었다는 것이 꺼림칙했고, 화를 낸다면 배포가 작은 거라는 말도 마음에 걸려 이러지도 저러지도 못하는 상태에 입술만 깨물 따름이었다.

사실 그도 어제 회의 때 짐짓 가래가 끓어올라 잠시 당황했었다. 그때는 마침 흑령대주 요은번의 실패한 청부를 호되게 야단치는 중이었다.

'그따위로 할 것 같으면 당장에 그만둬라' 라고 할 때 '그마아하안' 이라는 희한한 소리를 내고 만 것이었다.

그는 곧바로 헛기침을 하며 대수롭지 않게 다음 말을 이었고, 장로들과 대주들도 모두 개의치 않은 듯 진중한 표정을 유지하고 있었다. 그런데 앞에서는 아무렇지도 않게 여기던 녀석들이 뒤에서 낄낄거리고 있었다고 생각하자 견딜 수 없을 만큼 괴로워진 것이다.

특히 대주들 중에서 진요는 얼마나 근엄한 표정을 유지했었던가.

금어림은 저미는 가슴을 움켜쥐고 그 자리를 떴고, 지금 이 시각까지 도대체 어떻게 반응하고 처리해야 좋을지 몰라 머리를 감싸 쥐고 있었던 것이다.

'어찌해야 한단 말인가!'

그는 이제껏 수없이 생사를 넘다들었으며 냉혈검이라는 별호를 지니고 있었으나 지금 이 순간만큼은 냉정해질 수가 없었다.

'도대체, 도대체 어떻게 해야만 진정한 지도자다운 모습이 될 것인가?'

열흘 뒤, 흑막주 금어림은 삿갓을 깊게 눌러쓰고 일명 해결의 벼랑이라 불리는 후흑애에 이르렀다.

고심참담한 끝에 그가 결국 선택한 건 해결하지 못하는 일이 없다는 후흑문에 자신의 사연을 의뢰하자는 것이었다.

그는 벼랑의 끝에 서서 품에서 두루마리를 꺼내고는 잠시 망설였다.

흑막도 큰 의미로는 해결의 문파였다. 후흑문과 다른 점이 있다면 사람을 죽이는 청부를 받느냐 받지 않느냐의 차이와 신뢰도 면에서 후흑문은 거의 다른 청부 조직과 비교할 수 없을 만큼 절대적이란 것이었다.

그는 망설여지는 마음을 떨쳐 내듯 고개를 가로젓고는 두루마리를 절벽 아래로 내던졌다.

흑막주 금어림의 사연이 담긴 서신이 심온의 손에서 펼쳐졌다.

후흑문주 보시오.

흑막주 금어림이외다.

직접 얼굴을 대면하고 이야기를 하는 것이 옳겠으나 한줄기 바람처럼 오고 감을 알 수 없는 신비에 싸인 후흑문주인지라 부득불 후흑애를 통해 서신으로 대신함을 널리 이해해 주길 바라오.

그 뒤로 금어림은 자신의 고민을 상세히 적어 나갔다. 굳이 누구라고도 언급은 하지 않았지만 적막대주 진요의 험담에 관해 솔직히 털어놓은 것이다. 어느덧 심온의 눈은 서신의 말미에 이르고 있었다.

……부디 해결책을 제시해 주었으면 하외다. 흑막과 후흑문은 여러 가지로 공통점이 많은 것 같소이다. 일단 흑(黑) 자가 들어간다는 것이고, 또

다른 것으론 청부를 맡는 곳이라는 점이랄 수 있겠지요. 그런 의미에서 좋은 해결책이 있거든 기쁜 마음으로 전해주시고 비용은 무상으로 했으면 좋겠소이다. 혹시 훗날 후흑문에서 남몰래 죽이고 싶은 자가 있을 때 조용히 의뢰한다면 본 막주 힘을 다해 무상으로 죽여 드리리다. 굳이 얼굴을 대면하기 껄끄러우시다면 서신으로 답을 해주셔도 무방하외다. 장소는…….

답장을 전할 장소에 대한 설명과 함께 통속적인 인사치레 말이 한참이나 이어지면서 금어림의 서신 내용은 끝을 맺었다.

읽기를 마친 심온은 기도 안 찬다는 표정을 짓고는 멍하니 서신을 보고 있다가 느닷없이 마구 서신을 입과 손으로 잡아 뜯어내며 완전히 찢어발겨 버렸다.

"으와아왁!"

그 앞에 공손히 시립한 총관 오교는 당연히 이런 반응이 나올 줄 알고 있었다는 듯 그저 미미하게 고개를 끄덕이고 있었다.

서신을 갈가리 찢고, 입가에도 서신 쪼가리를 묻힌 채로 심온이 울화통을 터뜨렸다. 조각난 종이와 침이 사방으로 튀었다.

"가만있을 수 없어! 당장 흑막으로 쳐들어가야겠어! 숨어서 사람이나 죽이는 망나니 같은 놈이 뭘 잘했다고 잘난 체야, 잘난 체는! 비용은 뭐, 무상으로 해달라고? 지가 무슨 개방 방주야? 어디서 거저 먹으려 들어! 그리고 나중에 한 놈을 죽여줘? 이런 쌍, 미친놈을 봤나!"

거의 숨넘어갈 듯 폭주하고 있는 심온에게 오교가 가만히 물잔을 건넸다. 심온은 낚아채듯 잔을 받아 벌컥거리더니 너무 급히 마셨는지 '커억, 컥!' 거리며 가슴을 두드렸다.

그러든지 말든지 총관 오교가 침착한 어조로 말했다.

"군이 흑막 정도를 제거하는 데 본 문이 직접 나설 필요가 있겠습니까? 제게 그들을 유린할 묘책이 있습니다."

"묘책?"

아직도 진정이 안 된 얼굴로 반문하는 투가 묘책이 아니면 너부터 죽여놓겠다는 기운이 가득 서려 있었다.

"이독제독(以毒制毒:독으로 독을 제압한다)과 이우제우(以愚制愚:어리석음으로 어리석음을 제압한다)의 방법을 쓰면 될 것 같습니다."

심온의 눈썹이 꿈틀거렸다.

"쉬운 말로 할래, 아니면 그냥 맞고 드러누울래?"

살짝 들어 보이는 주먹에 오교가 살포시 식은땀을 흘리곤 재빨리 답했다.

"이독제독이라 함은 흑막을 치는 건 다른 청부 살인 조직이 제격이라는 뜻입니다. 이간질을 시키는 건 그리 어렵지 않으니 서로 물고 뜯게 하여 상호 간에 피해를 입히는 것이야말로 젖은 손에 좁쌀 쥐기와 같다 할 수 있지 않겠습니까?"

"음, 그야말로 손 안 대고 코 풀기로군."

"그렇습니다."

"그럼 이우제우는?"

"이번 서신의 내용은 불손하기 그지없어 사실은 의뢰라기보다는 어리석은 도전이요, 우매하기 짝이 없는 도발이라 할 수 있지 않겠습니까? 냉혈한으로 이름난 금어림이 그런 일로 고민할 리가 없습니다. 게다가 무료로 의뢰를 요청한 건 우리를 자극해서 어떻게 나오려는지 보려는 수작이 분명합니다. 거기에 발끈하는 건 도리어 놈들이 원하는 대로 따르는 것이 되니 그들이 불손한 도발을 곱게 포장하여 조롱했던 것처럼 우리 또한 조롱을 담은 서신으로 가볍게 대응하는 것이 낫겠다는 생각입니다."

"하하하하! 아주 좋아. 바로 그거야! 내가 생각하고 있던 것과 똑같군! 하하하하!"

그 말에 총관 오교의 얼굴이 퀭해지고 말았다.

*　　　*　　　*

금어림은 사실 의뢰를 하고도 답이 올 것이란 기대는 하지 않았다. 그가 알고 있는 후흑문은 해결의 벼랑에 던져진 의뢰 중 적합하다고 판단한 것만을 수락한다는 곳이었다. 그로선 반신반의 정도가 아니라 솔직히 자신이 없었는데 이렇듯 시원스럽게 답이 오자 자신이 그만큼 강호상에서 인정받는 것이라 여기며 흡족해했다.

서신 속의 글자 중 하나도 놓치지 않고 연거푸 세 번이나 반복해서 읽은 후 금어림의 눈엔 흐뭇한 미소가 어렸다.

'그래, 바로 이거야.'

그는 역시 후흑문이란 생각에 고개가 절로 끄덕여졌다.

이 정도면 충분히 지도자로서의 위신을 세울 수 있을 것이다.

*　　　*　　　*

"그 멍청이가 그걸 읽고 어떤 표정을 지었을까?"

심온은 궁금해 죽겠다는 표정으로 키킥거렸고,

"하하하, 미친놈처럼 데굴데굴 구르지 않았을까요?"

오교가 맞장구를 쳤다.

"카카카! 그러고도 남지. 카카카카!"

"아니, 어쩌면 아직도 멍한 표정으로 서쪽 하늘을 바라보고 있을지도 모르겠습니다."

*　　　　*　　　　*

금어림의 부름에 적막대주 진요가 집무실에 들었다.

"부르셨습니까?"

진요의 기도는 충성스런 수하의 전형적인 모습이었다. 결코 거만하지도 그렇다고 비굴하지도 않았으며, 눈은 빛나지 않았지만 어떤 명령도 수행할 준비 태세를 갖춘 채 침착히 가라앉아 있었다.

금어림은 그런 모습을 대하며 속으로 길게 한숨을 내쉬었다.

눈앞에서의 모습처럼 자신이 보이지 않을 때도 똑같은 언행을 보인다면 얼마나 좋을까 하는 생각에서였다.

"가까이 오라."

고요한 음색이었으나 거부하기 힘든 위압감으로 충만한 목소리에 진요는 은연중에 긴장하며 가까이 다가섰다. 그는 막주의 부름이 있다는 말을 들었을 때만 해도 작전에 투입되는 것이라 생각하고 있었는데 지금은 어쩐지 전혀 다른 문제인 것만 같은 느낌을 받고 있었다.

아니나 다를까. 그의 직감이 들어맞았다.

'헉!'

진요는 터져 나오려는 경악성을 애써 삼켰다. 그의 눈에 막주가 언제 어떻게 빼 들었는지 도끼를 쥐고 마주 서 있었기 때문이다. 힘을 다해 침착한 눈빛을 유지해야 한다고 스스로를 다그쳤지만 미세하게 떨리는 눈동자는 어찌할 수가 없었다.

머리가 복잡해졌다.

'내, 내가 무슨 잘못을 저지른 걸까? 그런 적이 없는데……. 완수하지 못한 임무가 있었던가? 아니야, 그것도 아니야. 그럼 대체 뭐야? 그냥 일단 잘못했다고 빌어볼까?'

진요의 콧잔등의 땀구멍에서 미세하게 땀방울이 비집고 나오려 했다.

그는 또 검을 생명처럼 여기는 막주가 왜 검 대신 도끼를 든 것인지, 정령 검으로 죽이기엔 그만한 가치도 없다고 느껴서 도끼를 준비한 것은 아닌가 싶은 수많은 생각들로 머리가 터져 버릴 것만 같았다.

짧은 순간이 마치 십수 년은 족히 지난 듯 길게 느껴질 무렵, 막주 금어림의 입이 열렸다.

"진요, 도끼를 받아라. 그리고 일단 아무것도 묻지 마라. 너는 도끼로 힘껏 내 등을 찍기만 해라."

진요는 떨리는 손길로 도끼를 건네받고는 곧바로 무릎을 꿇으려 했다. 그러나 금어림의 제지가 더 빨랐다.

"멈춰라. 이야기는 잠시 뒤에 하도록 하자. 어쩌면 긴 시간 이야기를 나누어야 할지도 모른다. 지금은 단지 내 말대로 하라."

진요는 두근거리는 가슴으로 도끼를 내려다봤다. 날이 바짝 서 있었다. 그는 지난날 은형대주와 함께 막주의 흉을 본 것을 가지고 이런다고는 전혀 생각지 못하였으나 어쨌든 자신이 어떤 잘못을 한 것은 분명하다고 생각했다. 이 상황에서 뜻을 거역한다면 그건 막주를 두 번 기만하는 일이 될 것이라는 생각도 들었다.

그때 금어림이 몸을 돌리고 등을 내보였다.

"찍어라."

"막주님!"

"어서!"

진요는 길게 숨을 들이쉬고는 어쩔 수 없다는 듯 양손을 높이 쳐들고는 그대로 금어림의 등을 향해 도끼를 날렸다.

슉!

푸욱!

살이 찢기는 소리와 함께 도끼날은 금어림의 등판에 작렬했다.

"으윽!"

금어림은 이를 악물고 고통을 감내했다. 이 정도의 고통은 예상하지 않았던가. 그러나 그는 한순간 뻐근한 가슴께로 절대 나타나서는 안 되는 것을 보고 말았다.

그것은 시퍼런 도끼날이었다. 진요의 강력한 도끼질에 그만 가슴 앞쪽까지 시원스럽게 뚫려 버린 것이다.

"크아아아악!!"

금어림은 잠시 믿을 수 없다는 듯 앞가슴을 뚫고 나온 도끼와 진요를 번갈아보며,

"내, 내공은 빼고 새끼야! 크윽!"

하고는 그대로 허물어졌다. 저승 사자를 영접하러 가고 만 것이다.

"헉!"

죽은 금어림의 황당함도 대단했지만 진요가 느끼는 당혹감은 말로 하기 힘들 정도였다.

그는 막주가 도끼로 내려치라 연거푸 말할 때 문득 얼마 전에 막주

가 폐관 수련을 마치고 나온 것을 떠올렸다.

틀림없이 막주는 폐관 수련 중 놀라운 호신공을 연마했을 터이고, 그것을 과시하면서 '내 무공이 이 정도이니 너는 더욱 충성하여라' 정도의 말을 듣게 될 것이라 생각했던 것이다.

그렇기에 전력을 다해 도끼로 가격한다 해도 전혀 어떤 해도 입지 않을 것이라 여겼던 것인데 터무니없이 도끼가 등짝을 빠개고 심장을 지나 가슴을 뚫고 나왔으니 그는 혼이 빠져나간 듯 부들거리며 쓰러진 막주를 바라볼 뿐이었다.

진요는 여전히 귓가로 금어림이 마지막 외친 '내공은 빼고 새끼야'라는 말이 맴돌았다.

잠시 후 비명 소리를 듣고 우르르 호위와 고수들이 몰려들었다. 진요는 아무 말도 못하고 고개를 가로저으며 뒤로 물러섰지만 그 누구도 상황을 제대로 설명해 줄 수 있는 사람은 없었다.

*　　　*　　　*

그럼 도대체 심온이 보낸 서신엔 어떤 내용이 기록되어 있었던 것일까? 서신의 전체 내용은 이러했다.

막주의 서신은 잘 받아보았소. 난 막주의 글을 여러 차례 읽으면서 묘한 감동에 젖었음을 시인하지 않을 수 없구려. 우리는 흔히 청부 조직의 수장이라면 바늘로 찔러도 피 한 방울 나지 않을 것 같은 차가운 심장을 지닌 자로 여기고 있었건만 막주는 마음 깊은 곳에 만인을 포용할 뜨거움을 간직하고 있었던 것이지 않소.

뼛속까지 내 사람이라 믿던 수하가 은밀히 험담을 했다는 것에 얼마나 상심이 크셨소이까. 그동안 고심창담하며 갈등했을 막주의 모습을 생각하니 내 마음도 아프오. 막주는 어렵사리 무상 의뢰에 관해 말했소만, 내 어찌 돈을 받을 생각을 하였겠소이까. 더욱이 훗날 한 사람을 죽여주겠다는 말에는 나도 모르게 울컥하며 치미는 감동을 어쩌지 못하겠더이다.

그 뒤로 심온의 찬사는 계속 이어지다가 중간 정도에서 본론으로 들어가게 되었다.

서론은 여기에서 마치고 이제 본격적으로 막주에게 도움이 될 이야기를 해드리리다.

아주아주 먼 옛날 어느 날이었다오. 산에서 나무를 하고 돌아오던 나무꾼 한 명이 있었다오. 그런데 그 나무꾼이 산을 내려오다 그만 발을 헛디뎌 비탈길로 구르고 말았지 뭐요. 그러나 불행 중 다행이게도 그때 마침 그리로 지나던 호랑이가 고통스러워하는 나무꾼을 발견하게 되었지 뭐겠소. 호랑이는 다리를 다쳐 걷지 못하게 된 나무꾼을 안타깝게 여기고는 얼마나 다쳤는지, 집이 어디인지를 묻고는 등에 업어 바래다주었소이다.

아, 물론 호랑이가 어떻게 말을 할 수 있는지에 대해서는 너무 심각하게 생각하지 마시오. 이 이야기는 아주 오래전부터 흘러 내려온 이야기이며 중요한 건 중심되는 주제니까 말이외다.

이야기를 계속하겠소.

구함을 받은 나무꾼은 호랑이가 얼마나 고마웠는지 모른다오. 통성명을 하고 서로의 나이를 묻자니 대충 비슷하여 두 사람은 그때부터 친구가 되기로 했지요. 늘 산이나 들로 함께 다니면서 노니는 것이 진정한 형제나 다름없는 모습이었다오.

그러던 어느 날이었소. 호랑이는 친구를 깜짝 놀라게 하려고 살금살금 접근해 갔지요. 그런데 혼자 있을 거라고 생각했던 나무꾼 친구는 다른 친구와 이야기를 나누고 있었지 뭡니까. 무슨 이야기를 하나 몰래 다가가 한참을 듣고 있자니 호랑이는 그만 크게 상심하고 말았소이다. 이제껏 몸의 간이나 심장까지 꺼내줄 친구로만 생각했는데 나무꾼 친구는 호랑이 자신의 약점과 흠을 고스란히 다 말하고 있었던 것이지요. 호랑이가 받은 상처가 얼마나 컸을지 상상이 가는지 모르겠소이다.

그 다음날이었소. 어두운 낯빛으로 호랑이는 나무꾼 친구를 찾아왔답니다. 나무꾼 친구가 반갑게 맞이합니다.

"어제는 안 보이더라? 뭐 했어?"

"부탁이 있어."

"뭔데?"

호랑이는 뒤춤에 감추고 있던 도끼를 나무꾼에게 건넸습니다.

"이것으로 날 쩍어줘. 다른 건 묻지 말아줘. 그냥 그렇게 해줘."

호랑이의 말이 워낙 진지했기에 나무꾼 친구는 잠시 망설이다가 도끼로 호랑이의 등을 내리쩍었답니다. 호랑이는 등에 피를 흘리면서 힘겹게 돌아갔지요. 그리고 다시 열흘가량이 지났을 때 호랑이는 붕대를 감은 몸으로 나무꾼 친구에게로 왔습니다. 무슨 일인가 걱정하던 나무꾼 친구가 물었습니다.

"이젠 설명해 줄 수 있겠니?"

호랑이는 고개를 끄덕이더니 붕대를 풀었습니다.

"자, 봐. 아물어가지?"

"응, 다행이다. 그런데 왜 그런 거였니?"

호랑이는 지난날 친구의 험담으로 상처받았던 것에 대해 말했습니다.

그리고,

"이봐, 친구야, 몸의 상처는 언젠간 아물지만 마음의 상처는 쉽게 낫지 않는단다. 내 마음은 지금도 아프기 그지없구나."

그러면서 호랑이는 쓸쓸히 뒤돌아갔습니다.

그 모습을 보면서 나무꾼 친구는 자신의 경솔함을 비로소 크게 후회하게 되었지요.

이야기는 여기에서 끝입니다. 이 이야기를 굳이 길게 적은 건 수하에게 충고나 야단을 치기보다는 호랑이가 했던 것처럼 마음으로 깨닫게 해주었을 때 진정한 존경과 우러름을 받을 수 있기 때문입니다.

막주의 현명한 판단으로 인해 수하들과의 관계가 더욱 돈독하여지고 흑막이 크게 번창하길 빕니다.

*   *   *

"근데 만약에 말이야, 진짜 도끼로 찍으라고 했으면 어쩌지?"

문득 심온이 던지는 질문에 오교가 손으로 턱을 매만지며 진중히 생각에 잠겼다.

"으음, 그럼 대단한 거죠."

"그렇겠지? 혹시 말이야, 그런 것이라면 흑막은 일단 건드리지 않기로 하자."

"도끼에 찍혔다면 뭐, 봐줄 만하네요."

"설마 콱 돼져 버린 건 아니겠지?"

"에이, 미리 내공 없이 찍으라고 하겠죠."

"그렇겠지. 흠, 그럴 거야."

심온과 오교가 오순도순 주절거릴 무렵 흑막은 막주의 초상을 치르느라 정신이 없었다.

◆第十章◆ 순심선행대전(純心善行大戰)

철저한 어둠이었다. 흔히 깊은 어둠에 대해 말할 때면 한 치 앞을 내다볼 수 없는 어둠이라고 하지만 이건 숫제 그 도를 넘는 어둠이었다. 굳이 표현하자면 어둠 속에 선 자신 스스로도 자신이 정녕 존재하고 있는지 아닌지 의문이 들 정도랄까.

그런 어둠 속. 정녕 사람이 살 수 있을까 싶건만 분명하게도 문득 한 목소리가 스멀거리며 어둠을 갈랐다.

공간의 어둠보다 더 어둡고 음울한, 한기(寒氣)마저 서린 음성이었다.

"늙은이와 그 수하들은?"

'살인멸구(殺人滅口)', '완전제거(完全除去)' 따위의 말이 생략된 질문이었다.

대답은 좌측 끝쪽에서 들려왔다.

"영명하신 지존께 영광을! 지존이시여! 속하, 분부대로 완벽히 처리하였으니 염려 놓으십시오. 늙은이는 더 이상 강호 기재들을 키우지 못할 것이며, 그 경로를 통해선 더 이상 영웅은 나오지 않을 것입니다. 또한 그의 수하들도 마찬가지입니다."

철저한 복종과 극한의 공손함이 담긴 음성이었다.

"크크, 잘하였다. 네게 큰 상을 내리도록 하겠노라. 그 늙은이는 두려움의 대상은 아니나 번잡한 존재였다. 그러나 이제 종말을 고하고 말았으니 세상의 빛 하나가 꺼진 반면 우리의 어둠은 더욱 깊어지게 되었으니 내 어찌 기뻐하지 않을 수 있겠느냐. 모두는 확고한 어둠을 향해 더욱더 매진해야 할 것이다."

"영명하신 지존 앞에 세상이여 무릎 꿇을지어다!"

지존이라 불린 이의 광오한 말에 수하들이 일제히 입을 모아 외치자 어둠의 공간이 쩌렁 하고 울렸다.

"그러나!"

지존의 음산한 외침이 울림을 잠재웠다. 그의 말이 이어졌다.

"아직 축배를 들 때가 아니라는 것을 잊지 말라. 어둠을 거스르는 세력은 아직도 그 수를 헤아리기 힘들 정도이지 않더냐. 두려움없이 나가되 결코 자만해서는 안 된다."

"지존의 가르침 뼛속 깊이 아로새기나이다!"

"오늘 이 자리가 마련된 의미를 모르는 자는 없을 것이다. 빛에 속하였다 하는 놈들이 '세상에서 가장 정순한 아이'를 찾는 것을 그저 두 눈 뜨고 지켜보아야 하겠느냔 말이다."

쿵! 우지끈!

내려친 주먹에 탁자가 뚫리는 소리가 격하게 울렸다.

"생명을 다해 지존께 충성을! 목숨을 다해 빛을 베고, 온 힘을 다해 어둠을 선포하라! 천세 만세 어둠의 천하, 지존의 천하가 열릴지어다!"

수하들의 일치단결한 외침에 지존은 어느 정도 마음에 여유를 찾은 듯 격정이 가라앉은 음성이 되었다.

"그렇다. 어둠의 천하를 위해, 나의 천하를 위해 힘을 다하라. 자, 각기 이번 사태에 대해 염두해 둔 해결책을 말하라."

약간의 침묵이 흐른 후 왼쪽 중앙 쪽에서 한 음성이 답했다.

"속하 지옥당주, 한말씀 올리겠나이다."

지옥당주의 목소리는 은은한 살기를 머금고 있었다.

"말하라."

"지난 과거를 돌아보아도 빛의 무리들의 해악은 말로 형용하기 힘든 것이었습니다. 그러나 이번 일은 그전의 모든 일을 더한 것보다 더욱 심각하다는 것이 속하의 판단입니다. 필시 적들은 '정순한 아이'를 골라 어둠의 제왕이신 지존께 대항코자 할 터! 대회가 열리기 전 그 지역 일대를 죽음의 땅으로 선포하고 모든 생명을 멸절시키는 것이 옳을 것으로 사료됩니다."

"과연 지옥당주다운 말이다. 그대의 말은 내 마음을 기쁘게 하기에 충분하다. 그러나……."

"꿀꺽!"

극한 긴장으로 지옥당주가 침을 삼키는 소리가 내실을 조용히 울렸고, 그 소리는 다른 이들에게도 전염되듯 퍼져 갔다.

"그러나 아직 우리는 전후좌우를 살펴야 하는 상태이다. 지옥당주 그대의 마음은 받아두겠다."

"천세 만세 만만세. 영광입니다."

"다른 의견은?"

"염라당주, 한말씀 드리겠습니다."

"좋다."

"지존의 말씀이 지당하십니다. 이번에 대회를 주관한 '진우종(眞優終)'이란 작자는 강호상에 명망이 드높은 자로 만약 그에게 직접적인 해를 입힐 시엔 뭇 정파라 칭하는 놈들은 물론이거니와 천하 도처에 은거해 있는 고수들까지 모두 하나로 뭉치게 하는 일이 될지도 모르는 일입니다."

"그렇다. 그것이 바로 내가 우려하는 바이다."

"가장 안전하고 효과적인 방법이라면 특별히 한 사람을 위장시켜 대회에 참가토록 하는 것이 좋을 듯싶습니다."

"음, 위장이라……."

지존의 음성에 사뭇 수긍의 빛이 떠오르자 다른 이들이 앞 다투어 동조하고 나섰다.

"뛰어난 책략으로 보입니다."

"이보다 더 나은 방법은 없을 것 같습니다."

"비록 위장 수법이 관건이나 천하제일악녀가 실력을 발휘한다면 능히 다른 사람으로 보이게 할 수 있을 것입니다."

그 외에도 계속 쏟아지던 말은 지존의 작은 헛기침에 순식간에 사그라졌다.

"나를 위해 누가 가겠느냐?"

찰나의 순간이 억겁처럼 느껴지는 순간이 막 지나갈 무렵 중앙 쪽에서 격정에 찬 음성이 솟구쳤다.

"아수라당주! 지존을 위해 이 한 목숨 바칠 준비가 되어 있습니다!"

그러나 그 말이 끝나기가 무섭게 여기저기에서 지원이 쏟아졌다.

"저를 보내소서! 지옥당주 제가 여기 있습니다!"

"흑혈당주, 뼈가 녹을 때까지 지존께 충성을 맹세한 몸입니다!"

"제가 가겠나이다! 부디 허락해 주소서!"

어느 누구 할 것 없이 서로 지원하는 탓에 지존은 흡족한 듯 웃었다.

"하하하하, 어둠의 미래는 더욱 어둡구나. 너희의 충정, 내 잊지 않겠다. 사실 너희에게 누가 가겠느냐 묻긴 했으나 이미 잠입자는 정해졌다. 천하제일악녀!"

지존의 부름에 맞은편에서 날카로운 음성이 답했다.

"천악녀, 분부를 기다립니다. 말씀하소서."

"이번 일의 중대성은 극상에 속하는 것, 내가 직접 대회에 참가하리라. 너는 온전히 역용의 힘을 발휘할 수 있으렷다?"

지존이 몸소 대회에 위장 잠입한다는 말에 모두는 충격을 받아 아무 말도 할 수가 없었다. 천악녀도 떨리는 음성으로 답했다.

"최, 최선을 다하겠나이다. 지존의 위대하심에 속하 머리를 조아릴 따름입니다. 분골쇄신, 사명을 완수하겠나이다."

"좋다. 이상으로 오늘 회의는 마치도록 한다. 더 이상 이의를 재기하는 일은 없어야 할 것이다."

지존의 말이 끝나기가 무섭게 일제히 외쳤다.

"만세! 만세! 만만세! 영명하신 지존 앞에 무릎 꿇고 경배드리나이다!"

지존이 몸소 거칠고 험한 길을 열어가겠다는 의지를 확인한 수하들은 다른 날보다 더욱 우렁차고 감격스런 어조로 경배했다.

그때였다. 경배의 울림이 거의 잦아들 즈음 어둠의 공간 어느 한 지점의 문이 열리는 소리와 함께 한 사람이 들어섰다. 그의 모습은 어둠에 묻혀 전혀 볼 수 없었으나 그가 걷는 움직임에 따라 발자국 소리는 명확히 울려 나왔다.

그는 원하는 지점에 이르렀는지 걸음을 멈추었다. 그리고,

차르르륵~

그의 손길에 의해 겨울 이불처럼 두툼한 천이 좌우로 젖혀지면서 환한 창이 드러났다. 즉시 환한 햇살이 기다렸다는 듯 이제껏 어두웠던 공간을 샅샅이 비추어 대번에 모든 사람과 사물들이 극명하게 드러났다.

"이 무슨 짓이냐? 목이 달아나고 싶어 환장을 한 것이로구나!"

대노하는 지존을 향해 휘장을 젖혔던 총관 오교가 배시시 웃었다.

"어떻게 죽이시려고요?"

그러나 분노를 토했던 지존, 즉 문주 심온의 작태는 결코 지존의 꼬라지가 아니었다.

목소리는 거창하게 외쳤지만 실상은 팔로 턱을 괸 채로 얼굴 가득 생글거리고 있었기 때문이다.

"저놈을 당장 끌어내라!"

심온의 외침에 좌우에 앉아 있던—그들은 모두 의자에 등을 한껏 기대고 두 발을 탁자에 오만방자하게 올려놓고 있었다—각 당주들이 부스스 일어나서는 오교와 함께 '저 그럼 이만 나갑니다' 하고 심온에게 손 인사를 하며 밖으로 나갔다.

개중에는 엎드려 자고 있다가 뻗어오는 햇살과 나간다는 말에 잠을 깨서는 눈을 비비고 비틀거리며 나가는 이도 있었다.

"아, 너무 배에 힘을 줬더니 배가 다 고프네. 뭘 좀 먹어야겠어."

심온도 배를 과장되게 주무르면서 뒤따라 나가자 남은 이는 오직 천하제일악녀로 분장했던 담유설뿐이었다.

"호호호, 이거 의외로 재밌네?"

그녀는 생긋 웃으면서 마지막으로 내실을 나서며 그렇게 혼자 중얼거렸다.

그날 밤 심온과 담유설은 달빛을 받으며 지붕 위에 나란히 앉았다.

하지만 두 사람이 나누는 대화는 나란히라는 단어와는 사뭇 다른 분위기로 진행되어 가고 있었다.

"정말 그러긴가?"

"뭐가 문젠데?"

"뭐가 문제인지 정녕 모른단 말이오? 나는 문주고 그대는 나의 수하요. 지금 이렇게 눈 시퍼렇게 뜨고 반말을 찍찍거리는 것부터가 말이 안 되는 거란 말이다."

심온이 열을 받은 건 이번 작전에 담유설이 함께 가겠노라고 고집을 부리고 있었기 때문이다.

다른 때 같았으면 몰래 몸을 빼낼 수도 있었으련만 이번 길엔 담유설의 도움이 절대적으로 필요한 만큼 그녀를 무시하기가 힘든 입장이었다.

물론 근본적으론 문주 입장에서 수하의 눈치를 볼 필요는 없는 것이었으나, 그녀의 막가파 정신은 가히 도를 넘어선 것이어서 심온도 일단 주춤 한 걸음 뒤로 물러설 수밖에 없는 지경이었다.

"너도 나한테 반말하잖아! 이 버르장머리없는 놈아!"

담유설의 현재 용모는 세상의 모진 풍진에 찌든 노파의 모습을 하고 있었고, 그것은 너무도 완벽해 정녕 그녀의 본래 모습이 이런 것이 아닌가 싶을 정도였다. 그렇기에 심온은 노인의 모습이 역용인 걸 알면서도 껄끄러운 마음에 손사래를 쳤다.

"아, 관두자, 관둬. 제길, 내 더러워서."

"호호, 그럼 함께 가는 거지?"

심온은 그녀가 누런 이에 주름진 얼굴을 들이대는 것을 보는 것이 고통이라 고개를 반대편으로 돌리고 오만상을 찡그렸다.

"하아, 정말 달빛이 밝기도 하지."

늙은이의 주름처럼 걸쭉한 목소리 대신 상큼하기 이를 데 없는 목소리가 들리자 심온은 고개를 돌려 보고는 더욱 심각하게 인상을 썼다.

목소리는 청초하기 이를 데 없건만 모습은 여전히 욕심 많은 노파의 모습 그대로여서 짜증이 배로 늘어났다.

"달을 확 부숴 버릴까 보다."

"궁금한 게 있어요."

담유설은 심온의 신경질은 전혀 개의치 않고 곱디고운 목소리로 말했다.

"뭐냐?"

"왜 이런 일을 하시는 거죠?"

그 질문에 심온은 신경질이 나기도 했지만 또 한편으론 과거 사부와의 대화가 떠올랐다.

사부에게 심온도 똑같은 질문을 한 적이 있었다.

"사부님, 사부님은 왜 이 일을 하시나요?"

그때 심온의 나이는 고작 여섯 살이었다.

사부는 진중히 눈을 감고 고뇌가 서린 표정을 짓더니 여전히 눈을 감은 채로 답했다.

"재밌잖아."

잔잔한 음성이 어쩌나 감동스러운지 그 말을 들으며 어린 심온은 그만 울컥하고 눈물을 쏟을 뻔했다.

그러나 그 감동 어린 말을 담유설에게 그대로 말할 수는 없는 일이었다. 과거 사부가 그러했던 것처럼 심온도 지그시 눈을 감고 진지한 어조로 답했다.

"돈이 되잖아."

심온은 득도한 고승마냥 살며시 눈을 뜨면서 속으로 그녀가 얼마나 황당한 표정을 지을지를 달콤하게 상상했다. 어쩌면 거친 욕설과 함께 침을 내뱉을지도 몰랐다. 그건 곧 승리를 의미했다. 가만히 고개를 돌려 흐뭇하게 담유설의 얼굴을 바라보았다.

그러나,

"허거걱!"

엽기적 반응이란 바로 이런 것이리라. 심온은 거의 경기를 일으키기 직전이었다.

그녀의 몽뚱어리는 여전히 노파의 모습을 유지하고 있었으나 그녀의 눈만은 사춘기 소녀의 여린 눈동자처럼 아롱아롱 별빛으로 일렁이고 있었다.

무한한 감격을 담은 채로.

                    *   *   *

　중원은 뜨거운 열풍에 휩싸였다.

　이제 팔구십의 나이로 인생의 모든 것을 보고 들었다는 노인들조차
도 무릎을 치며 거리낌없이 열풍에 합류할 정도였다. 그들은 오래 살
길 잘했다는 말을 서슴없이 내뱉으며 인생은 아름답다고 외쳤다.

　남녀노소를 막론하고 모든 이들이 꿈을 꾸는 것만 같다고 입을 모았
다. 더불어 이런 발상을 발상으로만 그치지 않고 실행에 옮긴 이에게
감탄과 찬사를 아낌없이 보내주었다.

　그들의 열광은 무엇 때문인가?

　순심선행대전(順心善行大戰).

　온 천하에서 가장 순수한 영혼을 뽑는 대회의 이름이었다.

　이 대회가 구체적으로 어떤 방법을 통해 선행자를 판별하는지는 아
직 아무것도 드러난 것이 없었지만 그건 그다지 중요하지 않았다. 단
지 이런 대회가 열린다는 것, 개최될 수 있다는 것 그 자체만으로도 세
인들은 충격을 받았고 곧바로 마음 한구석이 따뜻해졌다.

　이 대회가 결과적으로는 순수한 마음을 품고 선한 행실을 해야 한다
는 의식을 천하에 퍼뜨릴 것이라 생각한 것이다. 악(惡)한 자가 성공하
고 이기(利己)와 악독(惡毒)을 품은 자가 결국 부(富)와 명예(名譽)와 권
력(權力)을 움켜쥐는 세상에서 착한 심성을 유지하며 일생을 사는 것이
결코 헛된 것만은 아니라는 것을 만천하에 선포하는 것이라 할 수 있

었다.

그렇기에 사람들은 두셋만 모여도 온통 선행대전에 관해 이야기를 나누었고, 이야기를 할 때의 표정은 마치 꿈을 꾸는 것같이 되었다.

"자네, 그거 보았나?"

"그거라면 그걸 말하는 건가?"

굳이 자세한 설명없이 단순히 '그것'이라 표현해도 사람들은 상대의 눈빛을 보고 무엇을 말하려는지 곧바로 알아차렸다.

"응, 당연하지."

"전 중원에서 가장 순수하고 선한 아이를 뽑는다라……. 참 좋은 세상이 오려나 보이."

"그러게 말이네. 오 년 전 세상에 신검(神劍)이 출현해 세상을 떠들썩하게 했던 일과 비견될 만한 일이 아니겠는가."

"무슨 소린가? 내가 생각할 땐 신검 같은 것에 비한다면 백 배는 더 낫다고 생각하네. 신검은 흉흉한 분위기만 나타냈을 뿐 세상에 이로운 것이 뭐였나? 하지만 이번 일은 달라."

"자네 말이 백 번 옳네. 으음, 그나저나 내가 한 삼십 년만 젊었더라도 한번 나가보는 건데 아쉽기 그지없네그려."

"예끼, 이 사람아! 자넨 나가나마나야. 적어도 나 정도는 돼야지. 나야말로 법 없이도 살 사람이 아닌가 말이네."

"허허, 자네가? 하긴 그렇기도 하군. 엇, 저기 오는 사람이 허방 아닌가? 자네가 돈을 빌렸다던."

"헉! 어디어디. 이런 젠장할. 나는 먼저 가겠네. 나중에 보세."

"허허, 거참. 빚 독촉에 하루를 시작하고 줄행랑으로 하루를 끝내는 친구가 헛소리는. 그나저나 이제 한 달만 있으면 대회가 열리니 서서히 낙양으로 구경 갈 채비를 갖춰야겠구나."

두 사람의 대화처럼 그렇게 사람들은 들뜬 기분을 감추지 못하며 비록 자신들이 직접 대회에 출전하진 못한다 해도 이 기막힌 구경을 놓칠 순 없다고 생각했다.

대회 한 달 전.

이미 낙양은 분주해지고 있었다.

＊　　　＊　　　＊

순심선행대전.

진룡표국이 전 중원에 알립니다.

세상은 날이 갈수록 험악해지고 있습니다.

세상은 혼자 살아갈 수 없는 곳일진대 정녕 우리는 서로를 돌아보지 못하고 서로를 위하여 사는 삶을 살아가지 못하고 있지는 않은지 돌이켜보아야 할 때라고 생각합니다.

그 일환으로 본 표국에서는 강호의 안녕과 평화를 위하는 마음으로 순심선행대전을 개최합니다.

서로가 서로를 아끼는 강호.

순수한 열정으로 멋진 경쟁이 이루어지는 곳.

그런 곳으로 우리가 사는 이곳을 만들어갔으면 합니다.

순심선행대전이란, 뜻 그대로 천하에서 가장 순수하고 선한 마음을 가진 아이를 뽑는 일입니다.

이 대회가 우리들을 돌아볼 수 있는 계기가 되길 바라며 선한 길로 모두가 걸어가길 진심으로 바라는 바입니다.

자세한 사항은 밑의 내용을 참고하십시오.

* 자격 요건
나이:십 세 이상, 십육 세 이하이며 반드시 남자에 한함.
용모:생김새는 전혀 상관 없음.

* 대회 일정
일자:9월 1일부터 9월 5일까지 예선(예선 상황에 따라 변경 가능)
9월 8일부터 9월 12일까지 최종 선발(예선 일정의 변경 시 그에 따른 변화
가 있을 겁니다)
장소:낙양 북쪽 관제묘 뒤 큰 공터
상금:우승자 한 명:은 스무 냥
준우승자 한 명:은 열 냥
수훈상 세 명:은 닷 냥

*우승자의 경우 상금 외에 본인이 원할 시 무공 수련의 기회를 제공합니
다. 이 외 더 자세한 것에 대해 궁금하신 분은 진룡표국 각 지부로 문의해
주시길 바랍니다.

진룡표국을 통해 전국 각지에 붙게 된 이 방의 내용은 그 충격이 일
파만파로 퍼져 갔다. 뜻하는 바 그 의의가 훌륭한 것이었지만 결정적
인 건 무엇보다 엄청난 상금이었다. 일부 몰지각한 무리들은 나붙은
방을 보고 그 앞에 침을 흘리기를 주저하지 않았다.

즉시 자격 요건에 들어맞는 사람들과 그렇지 못한 사람들 사이에도 희비가 엇갈렸다. 자격 요건이 되는 아이를 가진 부모들은 상금이 자신의 것이라도 된 양 기뻐했다.

사람의 눈 중 자식을 바라보는 부모의 눈은 매우 특이해서 '고슴도치도 자기 새끼는 예쁘다'라는 고금의 명언을 실천하기에 바쁘지 않던가. 세상 어떤 부모의 눈에 자기 자식보다 사랑스럽고, 예쁘고, 착하고, 소중한 존재가 어디에 있겠는가?

더불어 부모들의 마음엔 자신들이 이루지 못했던 꿈을 자식들을 통해 실현하려는 의식이 강하게 내재되어 있기에 순심선행대전은 그런 부모들의 마음에 불을 당긴 셈이었다.

"이것은 하늘이 주신 기회가 아닐 수 없다! 우승은 따놓은 당상이야! 그 어느 누가 우리 아들을 대적할 수 있겠는가 말이다! 하하하하!"

"낙양이여, 두려워 말고 기다릴지어다! 내 아들이 너를 품으러 가노라!"

"천하의 뭇 산이여, 바다여, 지존극상의 선행자 앞에 무릎을 꿇어라!"

"결코 돈 때문이 아니다! 극순지체(極純之體)인 내 아들이 두 눈 시퍼렇게 뜨고 있거늘 괜히 엉뚱한 사람이 선행자가 되는 것을 바라볼 수만은 없지 않겠는가!"

하지만 그런 가슴 떨리는 희열을 누리는 중에도 아직 어린아이들은 밖에 나가 놀 궁리에 여념이 없었다.

조금 집안 살림에 여유가 있는 집은 따로 대회 우승을 위해 비싼 돈을 지불해 가며 교양 스승을 모셔오기도 했다.

"자, 이제부터 외출은 금지다. 가문의 부흥은 오로지 네게 달린 게야. 알겠느냐?"

"엄마, 저는 모르겠어요. 그냥 내버려 두시면 안 돼요? 전 그런 대회 같은 덴 나가고 싶지도 않아요."

"욘석아, 그게 무슨 소리냐? 부모 말 들어서 손해 보는 일은 세상에 없어. 다 널 위한 것이니 넌 엄마만 믿어. 알겠니?"

"정말 싫은데……."

"닥치지 못해! 그런 소릴 또 한다면 앞으론 회초리로 다스리겠다! 오늘부터 네게 개인 시간은 없다! 이제부터 본격적으로 선하게 보이기 위한 훈련에 돌입하도록 해야만 해!"

이런 식의 부작용은 수많은 곳에서 속출했다. 어떤 집에서는 견디다 못한 아들이 가출하는가 하면 또 어떤 집에서는 말을 듣지 않는다고 아이를 무지막지하게 때려 그만 머리빡이 터지고, 고막이 터지고, 팔이 부러지는 불상사까지 발생했다.

문제는 자격 요건이 갖춰진 곳에서만 발생하는 것이 아니었다.

요건이 되지 않은 곳에서는 돈 뭉치가 날아갔다며 땅을 치며 통곡했다.

제일 많은 불만은 아무래도 나이 제한과 성별에 관한 것이었다.

"애고, 몹쓸 것들! 이렇게 늙고 주름투성이가 되니까 이제야 그런 대회를 열다니! 세상이 나를 질투하는구나!"

이것은 이제 여든 살 다 된 고약한 인상을 지닌 할아버지의 안타까운 외침이었다.

"우아악! 대체 왜 열여섯 살까지란 말인가? 적어도 스물까지는 되어야 하는 거 아니냐구! 으르르르!"

서너 살 정도 차이가 나는 이들의 외침이었고, 조금 근접한 나이 또래는 집안 식구들은 돌아가면서 최면을 걸기도 했다.

"걱정하지 마라. 네가 아홉 살이란 것을 누가 알겠느냐. 그 머저리들은 전혀 알아채지 못할 거야. 넌 이제부터 열 살이야. 알겠니? 외워라. 열 살, 열 살……."

그 다음으로 많은 불만은 왜 여자는 뽑지 않느냐는 내용이었다.

"왜 여자를 무시하는 거냐? 여자라고 깔보는 거냐?"

"내가 얼마나 착한데! 자, 내 팔뚝을 봐. 착하게 살자라고 적혀 있는 거 안 보여? 안 보이냔 말이다!"

개중 성깔있는 여자들 삼십여 명은 진룡표국 앞에서 거친 시위도 마다하지 않았다.

"야, 진룡표국의 국주 나와라! 이 개나리 같은 놈아! 네놈이 뭔데 여자를 무시하는 거냐? 네놈은 여자 없이 세상에 태어날 수 있었을 것 같으냐? 씨암탉 처먹고 오리 발 내밀 이 겁대가리없는 놈의 자식아! 이 세상에 여자 없이 나올 남자가 어딨냐? 널 낳은 분이 네 아버지냐, 이 쌍놈아! 입이 입으면 당장 나와서 말을 해보란 말이다!"

"썩어 빠진 의식 세계 진룡표국 물러가라!"

"물러가라! 물러가라! 물러가라!"

"남녀 차별 웬 말이냐! 죽고 싶어 환장했냐!"

"환장했냐! 환장했냐! 환장했냐!"

"자격 요건 완화하여 아름다운 세상으로!"

"세상으로! 세상으로! 세상으로!"

하지만 각종 협박과 시위가 이어져도 진룡표국은 산처럼 굳건하여 어떤 흔들림도 보이지 않았다.

그럴 만도 한 것이, 근본적으로 자격에 관해 분통을 터뜨린 사람들의 공통점은 혹여 기이한 술법이나 요법으로 설사 나이나 성별을 조건에 맞게 되돌려 놓는다 해도 결코 이들은 예선조차 통과할 수 없는 사람들이란 것을 쉽게 알 수 있었기 때문이다. 하지만 상금에 눈이 어두워진 사람들은 그 돈이 원래 자기 것이라도 되는 양 큰 소리로 분노를 터뜨리길 멈추지 않았다.

드디어 시간은 흐르고 흘러 예정된 날짜 구월 초하루가 되었다.

낙양은 그야말로 인산인해(人山人海)였다.

순심선행대전에 참가하겠다고 접수한 사람들만 해도 만 명이 넘는데다 구경을 온 사람들은 그 열 배가 되는 십만 명이 모여들었으니 가히 발 디딜 틈이 없다고 해도 과언이 아닐 지경이었다.

혹시 소문만 요란하고 사람들의 반응이 없으면 어쩌나 걱정하던 낙양 일대의 상가들은 입을 함지박만하게 벌리고 좋아했다. 이제껏 여러 차례 대목을 맞아보긴 했으나 이런 경우는 일생에 한 번 올까 말까 한 대목이었던 것이다.

엄청난 인파가 몰려들어 혼잡하긴 했으나 질서가 붕괴되어 난장판이 되거나 하진 않았다. 대회가 지니는 의미가 클 뿐 아니라 진룡표국의 국주 진우종의 명망도 드높아 각 무림정파마다 많은 고수들을 파견하여 통제원의 일을 수행했기 때문이다.

소림, 무당, 화산, 개방 등의 구파일방은 물론이고 여러 군소 방파들도 아낌없는 후원을 하였는데, 거기엔 단순히 대회의 의의만을 고려한 건 결코 아니었다. 무엇보다 가장 큰 관심은 훌륭한 인재에 대한 것이었다. 정파 무공의 근본을 이루는 것이 곧 정심한 마음이었기에 순수한 영혼을 지닌 기재를 거두는 것은 문파의 백년대계를 위해 필수적인 요소였다.

더불어 대회의 규모가 거대하여 세인들의 관심이 지대한 만큼 자파를 홍보하는 수단으로도 결코 무시할 수 없는 일이었다.

그리하여 대회장 주변에는 각 문파의 홍보 깃발이 펄럭이는 것을 그리 어렵지 않게 볼 수 있었다.

중원무림(中原武林)의 태산북두(泰山北斗) 소림사(少林寺).

검(劍), 장(掌), 권(拳)! 태극의 힘이 그대에게. 무당파(武當派).

그 누가 화산파(華山派) 앞에서 검을 논할 수 있는가?

정심, 정대한 기운 곤륜(崑崙).

그대, 청성인(靑城人)이 되어라.

진정한 힘은 가장 낮은 곳에 웅크리고 있다. 개방(丐幫).

신묘하고 표홀한 기상, 그 누가 짐작이나 하랴. 점창파(點蒼派).

나름대로 큰 세력을 갖춘 문파들은 후원이 많았던 만큼 거대한 깃발을 나부꼈고, 그에 반해 군소 방파들은 상대적으로 작은 깃발을 내걸었다. 그 때문에 조금 더 홍보 효과를 내기 위해 자극적인 문구를 넣기도 했다.

무공이 강한들 무엇 하랴. 평생 숫총각으로 산다면 그건 차라리 지옥이리라. 천약문(天約門).

평생 숙식 무료 제공. 몸만 오시라. 소오방(昭悟幫).

아직 많이 부족합니다. 함께 커나갑시다. 진충문(眞忠門).

그중 천약문의 문구는 소림파를 걸고 넘어가는 것이었던 탓에 소림파의 강력한 항의와 협박으로 인해 며칠 뒤 다른 문구로 바뀌었다.

십 년 후의 지상 최강의 문파 천약문(天約門).

이처럼 순심선행대전을 둘러싸고 수많은 사건과 사연들이 뒤얽힌 가운데 드디어 때가 이르렀다.

넓은 평지에 일만 명을 상회하는 참가자들이 자리했고, 그곳을 빙 둘러 어디가 끝인지도 모를 인파가 둘러쌌다.

워낙 많은 사람들인지라 각기 옆 사람과 조그맣게 웅성거리고 있는 것임에도 그 소리가 모이고 모여 파리 떼 수백만 마리가 윙윙거리는 것처럼 소란스러웠다.

개최자인 진룡표국의 국주 진우종이 삼단으로 쌓아 올린 연단 위에 모습을 드러냈다. 정기를 머금은 눈, 지혜의 말을 담고 있을 입, 태산의 무게라도 감당할 것만 같은 어깨, 흐트러짐없는 몸가짐. 어느 것 하나 대인의 풍모가 느껴지지 않는 구석이 없었다.

그의 등장으로 대회장 주변의 웅성거림은 많이 줄어들었다. 하지만 그래도 워낙 많은 인파로 인해 아직까진 제아무리 내력을 기울여 음성을 발한다 해도 목소리가 전달될 성싶진 않았다.

그때였다.

"지금부터 국주님의 대회 개최에 대한 말씀이 있겠습니다. 참가자나 관전자 모두 경청해 주시길 바랍니다!"

진우종이 서 있는 연단 오른쪽에 모여 있던 백 명의 '송음조(送音組)'가 외친 소리였다. 이들은 내력이 심후한 자들로 구성되어 있었는데, 소리를 보내는 이들이라는 뜻처럼 미리 정해진 안내 말을 내공을 일으켜 박자에 맞춰 공포했다.

쩌렁하며 퍼져 간 소리는 일순간에 대회장을 압도해 사방은 한순간에 쥐 죽은 듯 고요함에 빠졌다.

비로소 진우종이 입을 열었다. 역시 내공을 일으킨 상태에서였다.

"이곳까지 와주신 모든 분들께 감사의 말씀드립니다. 원대한 꿈을 안고 기획한 대회(大會)에 기대한 바 컸지만 기대를 훨씬 넘는 뜨거운 호응을 받게 되어 그저 영광스러울 따름입니다. 순심선행대전을 개최한 데는 각자 근본을 돌아볼 시간을 가져 보았으면 하는 마음에서 출발하게 되었습니다. 사람은 결코 혼자서 살아갈 수 없는 존재입니다. 만일 어떤 사람이 무인도에 혼자 살게 되었다고 상상해 보십시오. 그곳에는 큰 전각이 있고 최고급 술과 맛있는 음식들로 가득합니다. 비단옷이 수백 벌이며 각종 보석들이 산재해 있습니다. 과연 그의 삶이 행복하고 만족스런 풍요롭다 할 수 있을까요? 그의 풍요는 단 며칠에 불과할 겁니다."

진우종이 잠시 말을 멈추고 연단 위에 놓인 물을 한 모금 마셨다.

듣는 이들은 마음이 따뜻해지는 말에 절로 고개를 끄덕였다.

진우종이 말을 이었다.

"그 후엔 외로움에 몸부림치며 어떻게든 무인도를 탈출하고픈 마음뿐일 겁니다. 사람 인(人) 자를 떠올려 보십시오. 사람 인 자는 두 존재가 서로 기대어 선 형상입니다. 만일에 그중 하나가 떠나 버린다면 사람이 될 수 없습니다. 그저 아무짝에도 쓸모없는 폐인(廢人)이 되어 한 일(一) 자로 바닥에 드러누워 비참한 삶을 살 수밖에 없을 겁니다. 여러분, 우리는 나 자신만을 위한 삶에서 벗어나야 합니다."

여기저기서 감탄사를 발한 탓에 그것이 모여 큰 감탄사가 되어 대회장을 울렸다.

"어떤 분들은 왜 일개 표국에서 이번 대회를 개최했는지 궁금해하십니다. 표국은 세상천지 발길 닿지 않은 곳이 없습니다. 우리는 모든 길이 결코 순탄치만은 않음을 직접 체험하고 있습니다. 요즘은 호위를 부탁하는 이들이 전에 비해 부쩍 늘었습니다. 표국의 일이 많아졌다는 말씀을 드리려 함이 아닙니다. 그만큼 불신이 만연되고 있다는 겁니다. 가슴 아픈 일이 아닐 수 없습니다. 그런 세태를 돌아보며 본 표국에서는 이번 대회를 통해 새로운 중원 문화를 만들어가고자 합니다. 삭막함이 아닌 따스함으로, 질시의 눈이 아닌 함께 기뻐하는 눈으로, 기쁨은 나누어 두 배가 되게 하고 슬픔은 나누어 반으로 줄이는 그런 세상이 오도록 말입니다!"

진우종이 오른손을 쭉 뻗어 올리자 군중들로부터 열렬한 박수 갈채와 휘파람 소리가 쏟아졌다. 장대비가 지붕을 때리는 소리들을 모두 모아 한곳에 집중시킨 듯 엄청난 소리였다.

저대로 가만 내버려 두면 하루 종일 박수가 끊이질 않을 것 같았다. 열렬히 환호하는 소리에 진우종은 고개를 숙여 정중히 답례했다.

잠시 후, 진우종이 손을 들어 군중들을 진정시키자 서서히 박수는 잦아들었다.

"끝으로 대회 기간 동안 참가하신 분들이나 관전하시는 분들 모두 질서있는 행동을 보여주시어 대회의 의의를 더욱 빛내주시길 당부드립니다. 혹여 불미스런 일을 자행하려는 분이 있다면 곁에 계신 분들이 뜨거운 가슴으로 만류해 주십시오. 시작을 함께한 것처럼 끝도 모든 분들과 함께 기쁨으로 마치고 싶습니다."

다시금 우레와 같은 박수가 터졌다.

1차 예선은 그 후 곧바로 속개되었다.

사전에 어떤 형태의 시험을 치를 것인지 알려진 바가 없었기에 참가자들과 그 가족, 친지들은 긴장과 초조 속에 송음조의 음성을 기다렸다.

전방에 청의로 일관된 복장을 갖춘 진행 요원 백 명이 모습을 드러냈다. 그들의 가슴패기에는 금박으로 순심(純心)이란 글자가 새겨져 있었고, 등 쪽엔 선행(善行)이라는 글귀가 박혀 있었다.

그들은 길게 횡으로 나란히 늘어섰다.

기다렸다는 듯 송음조의 안내가 쩌렁하며 울렸다.

"청색 장삼의 진행 요원들을 기준으로 참가자들은 두 줄로 정렬하시오!"

잠시 우왕좌왕하긴 했으나 또 다른 진행 요원들인 백색 장삼인들이 일사불란하게 참가자들 사이를 오가며 정돈을 하니 얼마 지나지 않아 반듯하게 정렬되었다. 진행 요원들은 하나같이 각 정대문파의 제자들로 구성된 까닭에 참가자들의 마음을 편하게 하면서도 통제에 잘 따르도록 선도하여 특별한 마찰은 없었다.

배치가 완벽히 이루어지자 송음조의 안내가 우렁차게 터져 나왔다.

"예선 첫 관문에 대해 설명드리겠습니다! 주제는 눈[目]입니다. 예로부터 눈은 마음의 창(窓)이라 했습니다. 사람과의 대화에서 그것이 진실인지 거짓인지는 눈을 보면 안다는 말이 있습니다. 마음에 품은 것이 말로 표현되기 전에 먼저 반응하는 것도 눈입니다. 그러나 결코 눈의 모양을 따지진 않을 것입니다. 눈빛이 맑거나 빛나는 여부, 혹은 눈이 크고 작고로 부당한 판결을 내리진 않을 것을 약속드립니다."

수많은 관중들이 여기저기서 수군거리는 소리로 잠시 송음조의 말은 중단되었다. 그러나 그리 오래가진 않았다. 대부분의 여론이 공감

하는 쪽이었기 때문에 수군거림은 점차 줄어들었다.

송음조의 말이 이어졌다.

"앞에 선 청색 장삼의 진행 요원들은 각 정파에서 오랜 기간 정신적 수련을 거친 분들입니다. 이분들이 한 사람씩 눈을 통해 합격과 탈락을 결정할 터이니 모두 질서있게 임해주시길 당부드립니다."

첫 번째 관문인 '눈은 마음의 창'은 거의 저녁나절이 되어서야 끝을 맺었다. 주최 측의 예상보다 훨씬 늦은 시각에 끝난 것이라 할 수 있었다. 거기엔 판결에 불복한 이들의 항의와 자격 요건에 맞지 않는 자들을 가려내느라 많은 시간을 허비했기 때문이다.

"뭐야? 얼굴 생김새는 전혀 보지 않는다고 하더니 왜 날 저버리는 것이냐?"

"말도 안 돼! 내가 왜? 내가 뭐가 부족하다고 탈락시키는 것이냐?"

"이 새끼들 이거, 다 사기야! 사람 가지고 장난치는 거라구!"

"우리 아이는 원래부터 잠 오는 눈이란 말이다! 아무리 정신을 똑바로 차리고 인상을 쓰려 해도 보는 사람들마다 잠이 오나보다 생각하는데 이 일을 어쩌란 것이냐, 이 자식들아! 제발 통과시켜 줘!!"

"눈빛이 어쨌다고 탈락시키는 것이냐? 우리 아이는 눈병이 걸려 붉게 된 것이란 말이다! 이걸 나보고 어쩌라는 거냐? 우리는 억울하다! 이 판결은 무효다, 무효!!"

그들의 눈엔 독기가 가득했다. 눈빛만으로 사람을 질리게 하는 구석이 있었기에 곁에서 지켜본 이들은 누구나 할 것 없이 이들의 탈락은 당연한 것이라고 생각했다. 합격한 무리들 중에서 눈이 붕어처럼 튀어나오거나 한쪽 광대뼈만 불쑥 돌출된 이, 사각턱과 주걱턱, 심지어 어린 나이에 머리숱이 별로 없어 대머리에 가까운 이들까지 포함되어 있었기 때문에 결코 미추(美醜)를 통해 당락을 결정한 것이 아님을 안 것이다.

첫 번째 관문의 결과는 육천여 명의 탈락으로 남은 이는 약 사천여 명이었다. 탈락자가 많았던 것은 탈락자 중 삼분의 일이 나이와 성별의 자격 요건에 맞지 않아 가려진 까닭이었다.

거의 억지로 끌려오다시피 했다가 탈락하게 된 소년들 중에는 도리어 부모에게 화를 내는 이들도 있었다.

"제길, 이게 뭐야! 내 이럴 줄 알았다니까! 돈 좀 더 써서 옷도 새로 사고 머리 모양도 잘 다듬자니까! 거지꼴로 나오니까 이렇게 된 거 아냐? 이제 앞으로 창피해서 어떻게 살라고 그래!"

"엄마는 내 눈이 호수 같다더니 이게 뭐야? 진실은 대체 뭔데?"

그러다 부모에게 대든다고 뒤지게 얻어 터졌다.

조금은 감동적인, 그리고 조금은 소란스러운 순심선행대전의 첫째 날은 그렇게 저물어갔다.

2차 예선에 참가한 인원은 사천 명가량이었지만 관람객은 더욱 늘어 탈락하고 돌아간 육천여 명과 그 가족들의 자리를 메우고도 남음이 있었다.

송음조 백 명이 열을 지어 모습을 드러냈다.

모두의 얼굴엔 잔뜩 기대하는 표정이 떠올랐다. 눈은 마음의 창이라는 주제가 제시될 것을 생각지 못했기에 두 번째 관문에 대한 기대가 커져 있었던 것이다.

송음조의 커다란 음성이 쩌렁하며 울려 퍼졌다.

"2차 예선은 불러주는 문장(文章)을 바로 듣고 바르게 적어야 하는 관문입니다! 글을 쓰기에 불편함이 없도록 충분한 공간을 두고 자리에 앉아주시길 바랍니다!"

요원들이 바쁘게 움직이며 응시자의 앞쪽에 지필묵을 가져다놓았다. 거의 반 시진(한 시간)에 걸쳐 지필묵 전달이 끝나자 송음조의 음성이 뒤를 이었다.

"지금부터 문장을 부르도록 하겠습니다!"

아까부터 전전긍긍하는 무리들이 때가 되자 비로소 웅성거렸다.

"저는 글을 잘 모르는데요. 배운 적이 없어요."

"집안일만 돕느라 배울 기회가 없었습니다."

소년들의 말과 함께 멀리서 지켜보는 부모들도 한숨을 내쉬었다.

"뭐가 이리도 어려운 게야?"

그래도 이번 항의자들은 순진한 편이라 별다른 소란은 없었다.

진룡표국에서 아주 간단하나마 이런 문제를 출제하게 된 것은 아무리 선한 영혼을 찾는다 해도 바보를 뽑을 순 없는 노릇이었기 때문이다.

기본적으로 순하다는 것과 바보스럽다는 것은 구별할 필요가 있었다.

훗날 무공을 익히게 될지도 모르는 터에 구결을 전수하는 데 무슨 뜻인지도 모르고 눈만 멀뚱거리고 있다면 그보다 난감한 일은 없는 것이 아니겠는가.

송음조가 크게 외쳤다.

"잘 들으십시오! 일일불념선 제악 개자기(一日不念善 諸惡 皆自起:하루라도 착한 일을 생각지 않으면 모든 악한 것이 저절로 일어나느니라)!"

이 글귀는 장자(莊子)가 남긴 선한 행실에 관한 것이었다.

송음조는 간격을 두고 세 번을 크게 외쳐 듣지 못해 기록하지 못하는 일이 없도록 배려했다. 넉넉히 붓을 놀리고도 남을 시간이 지났을 때 송음조가 다시 쩌렁하며 음성을 발했다.

"모두 붓을 원래 자리에 놓으시오!"

잠시 후 진행 요원들이 참가자들 사이를 누비며 합격과 불합격자를 가리는 인장을 찍어주었다. 합격의 조건은 글자가 틀리지 않아야 했고, 또 글자가 너무 비뚤거려서도 안 됐다.

설마 하니 '내가 떨어지려고' 라는 자신감에 차 있던 이들 중에 불합격 인장을 받은 이들이 자리를 박차고 일어나 불만을 쏟아냈다.

"도대체 착한 거하고 글을 아는 것과 무슨 상관이란 말이냐!"

"없어서 못 배운 건데 너무하지 않느냐!"

"이대로 돌아갈 순 없다! 여기까지 온 경비를 물어내라! 무식하다고 무시하는 거냐! 나랑 한 번 붙어볼래?"

비뚤어진 글씨로 도장을 받지 못한 이들의 불만은 더욱 가열찼다.

"천재는 원래 졸필이라는 말도 모르느냐, 이 무식한 놈들아!"

"마음이 올곧으면 모든 사물을 바라봄이 바른 것이건만 어찌 글씨의 비틀림으로 사람을 분별한단 말이오!"

그러나 한 번 정해진 규정은 변함이 없었다. 탈락자는 사천 명 중 삼천 명가량이었다.

떠나는 소년들 중엔 스스로를 위로하는 이들도 있었다.

"하하, 어찌 봉황의 큰 뜻을 참새들이 알리요. 세상에서 진정 착한 나는 이만 물러가련다."

하지만 그렇게 떠나간 그의 사정은 솔직히 봉황과는 거리가 멀어도 한참 먼 것이었다. 부모의 반대에도 불구하고 억지로 참가한 그였는데 집에 돌아가자마자 어머니로부터 빗자루로 얻어맞아 허벅지가 시퍼렇게 멍들기에 바빴던 것이다.

"이놈아, 내 그렇게 글씨 똑바로 쓰라고 했지 않더냐! 내가 떡 썰 동안 그렇게 놀더니, 이놈아, 꼴 좋구나!"

이제 남은 인원은 천여 명. 진룡표국의 내부 회의에서는 아직도 많은 숫자라는 의견이 많았다.

그중 낙양의 상권(商權) 연합인 번종회(繁悰會)에서는 진룡표국의 국주 진우종에게 예선 관문을 총 여섯 차례 정도로 늘리는 것이 어떻겠느냐는 의견을 제시했다. 하루만 더 늘어나도 매출액이 어마어마하기 때문이었다. 하지만 진우종은 일언지하에 그들을 물리치며 예선 관문은 세 번째에서 마칠 것이라고 말했다.

셋째 날, 예선 마지막 관문인 세 번째 예선이 열렸다.

"예선 마지막 관문의 주제는 '마음의 진심을 들여다본다' 입니다!"

송음조의 안내가 크게 울렸다.

사람들은 다시 웅성거렸다. 묻는 사람에, 나름대로 어떤 내용일지 점쳐 보는 사람 등 다양한 소곤거림이 대회장을 가득 메웠다.

"이번에는 또 무얼까?"

"진심을 알아본다? 혹시 이런 건 아닐까?"

"뭐?"

"두 사람이 한 조가 되어 한 사람씩 열 대씩 때린 후에 상대방이 화를 내는지 안 내는지 보는 거지."

"크크, 이 친구도 참."

"음, 역시 그런 건 아니겠지?"

"아무렴."

잠시 후 송음조의 설명이 웅성거림을 압도하며 광장에 퍼졌다.

"2차 예선을 통과하신 분들은 오늘 각자 항아리에 든 술을 모두 마시게 됩니다. 술을 마신 후의 말과 행동을 본 후 본선 통과자를 선별토록 하겠습니다."

그 말에 모든 관람객들은 각기 자신의 허벅지를 내려치며 감탄했다.

"와~"

"역시 바로 그런 거였어!"

"아하! 대단하구먼!"

모두는 굳이 더 상세한 설명 없이도 이해할 수 있었다. 정녕 본심을 캐는 데 있어 술보다 좋은 것이 또 무엇이 있겠는가.

송음조의 말이 이어졌다.

"어린 소년들에게 술을 마시게 하는 것에 조금 무리가 있을 수 있으나 이건 어디까지나 시험을 위한 것일 뿐이란 점을 널리 이해해 주셨으면 합니다!"

저마다 고개를 끄덕인 것은 물론이었다.

참가자들은 정오가 되어 시작 소리와 함께 술을 마시기 시작했다.

개중에는 술을 처음 마셔보는 소년들도 있었고, 또 어떤 이는 이게 웬 떡이냐는 듯 입맛을 다시다 시작 소리와 함께 한정없이 부어 넣기도 했다.

반 시진이 지나자 서서히 그 결과가 드러났다.

이미 술에 떡이 되어 술주정을 부리는 이들부터 이제 슬슬 주사를 시작하려는지 호흡을 가다듬는 이도 있었다. 광장은 그들로 인해 혼잡함의 극치를 이루었다.

가장 많은 술주정은 고함을 지르는 것이었다. 술이 떨어졌다고 술을 더 가져오라는 것부터 점소이를 찾고 기생을 부르며 고래고래 소리를 지르는데, 그야말로 평상시 삶이 어떠했는지 능히 짐작하고도 남음이 있는 작태였다.

그 다음으로는 노래를 부르거나 서로 곁에 있는 이들과 시비가 붙어 주먹다짐이 이는 경우였다. 그들은 아까까지만 해도 서로가 서로를 배려하며 따스한 미소를 교환했지만 지금은 험한 욕설과 함께 주먹을 교환하느라 정신이 없었다.

"야, 너, 왜 째리는데? 얼굴도 지랄 맞게 생겨놓고 어디에 상판을 들이대? 죽고 싶냐? 엉, 죽고 싶어?"

"너, 아주 아무것도 보이지 않는가 보구나? 너, 무창의 쌍도끼라고 들어봤냐? 내가 바로 쌍도끼님이시다. 너, 이리 와!"

두 사람은 술에 취해 제대로 상대를 향해 주먹을 뻗지도 못했다. 그저 서로가 부둥켜안고 이리 비틀 저리 비틀댈 뿐이었다. 그 모습은 싸운다기보다는 서로 껴안고 춤을 추고 있다고 하는 편이 더 어울렸다.

그 모습을 저만치서 지켜보던 다른 두 참가자가 껄껄댔다. 그들도 꽤 취한 상태였다.

"이것들이 신이 난 모양이네. 춤까지 추는 걸 보니 말일세. 아주 살판난 게야. 허허허, 난 이번에 꼭 우승하고 말 테다. 난 한몫 단단히 잡아서 일생을 편하게 살아보겠단 말이다! 난 성공하고 만다. 꼬옥. 자, 건배하세!"

"어허허허, 자네, 취한 것 같구먼. 이제 그만 마시게나. 이러다 탈락하겠어."

둘은 어느덧 술을 마시면서 어른스런 말투를 썼다. 옆에 있던 친구가 적당히 하라며 말려보았지만 발동 걸린 술이 멈춰질 리 만무했다.

"탈락? 이 자식이 어디서 부정 타게 흰소리야? 야 자식아, 네놈이나 똑바로 해, 새끼야!"

"뭐라고? 새끼? 내가 왜 니 새끼냐, 이 개자식아!"

"뭣이 어쩌고 어째? 개? 이걸 확!"

그리고 벌떡 일어선 두 사람은 다른 시비자들과 마찬가지로 부둥켜안고 춤인지 싸움인지 분간이 안 가는 모습으로 덩실거렸다.

그중 어떤 이는 사람과 싸우지 않고 땅바닥과 대결을 벌이기도 했다. 그는 엎드린 채 바닥을 향해 주먹을 날리고 있었다.

"맛이 어떠냐? 죽을 맛이지? 어? 뭐라고? 아직 끄떡없다고? 그럼 내 박치기 실력을 보여주지. 받아라!"

쿵쿵쿵!

머리가 깨져라 바닥에 찧어댄 탓에 피가 바닥에 묻어났다.

"어쭈? 네가 피를 흘린단 말이지? 그럼 내가 봐줄 줄 알아? 으라차차!"

이마에선 피가 철철 흐르고 있었지만 상대는 당연히 끄떡도 없었다.

이외에도 허공에 대고 누군가와 하염없이 대화를 나누는 이며, 무엇이 그리 서글픈지 하염없이 눈물을 쏟아내는 이, 열 명 정도 어깨동무를 한 채 함께 노래를 부르는 이들까지 다양한 족속들이 출현했다.

진행 요원들은 그다지 서두르는 기색 없이 술주정을 하는 이들이 충분히 하고 싶은 대로 하게 내버려 두었다. 바로 바로 끄집어내 탈락시킨다면 곁에서 술주정을 하려던 이들이 술이 확 깨면서 본색을 감출 수 있기 때문이었다. 그 때문에 우스꽝스러운 작태들이 펼쳐질 때마다 관람객들은 웃음을 터뜨렸고, 술주정에 여념없는 이들의 일가 친지들은 부끄러움에 깊은 탄식을 터뜨렸다.

그러던 중 대회장에 일대 혼란이 이는 사태가 발생했다.

갑자기 한 참가자가 미친 말처럼 뛰어다니기 시작한 것이다.

"야호! 신난다! 우후~"

환호성을 지르며 달리는데 그 속도가 예사롭지 않았다. 이제껏 뒷짐 지고 바라만 보던 진행 요원들도 깜짝 놀라 서로의 얼굴을 바라보고는 일제히 미친 말을 추격했다. 명백히 미친 말은 경공을 펼치고 있었던 것이다.

"뛰어! 모두 뛰는 거야! 세상은 달려야만 해! 멈추면 쓰러지고 말거든!"

미친 말의 광란의 질주는 대단해서 진행 요원들에게 잡힐 듯 말 듯 하면서도 아슬아슬하게 손아귀를 벗어났다.

"거기 서지 못해! 넌 탈락이다! 이봐! 서란 말이다!"

거의 스무 명가량의 진행 요원들이 추격에 나선 까닭에 대회장은 달리기장이 되어버렸다. 더군다나 거기에 더해 술주정을 부리던 이들까지 '이거 왠지 재밌을 것 같은걸?' 이라고 외치고는 같이 달리는 대열에 합류한 까닭에 혼잡함을 말로 형용하기 힘들었다.

함께 달리는 이들 중엔 아주 특이하게 달리는 이가 한 명 있었는데, 그의 얼굴엔 온통 불만이 가득했다.

"왜 안 가는 거야? 힘들어 죽겠네. 우씨~ 빨리 좀 가란 말이다! 쌔앵~ 쌩~"

그는 입으로 연신 쌩쌩을 외치고 있었으나 몸은 그 자리를 맴돌 뿐이었다. 그게 무리가 아닌 것이 그는 땅바닥에 옆으로 누워 열심히 발을 허공에 대고 굴리고 있었기 때문이다.

아직까지 잡히지 않고 있는 최초의 주자(走者)를 향해 참가자들 또한 모두 유쾌한 표정을 짓고 있는 데 반해 한 소년(많아야 14세 정도 되어 보였고 눈빛은 맑고 차분하게 가라앉아 있었으며 얼굴 가득히 순수함이 묻어난)만은 무표정한 시선으로 그 광경을 좇고 있었다.

소년은 아무도 들리지 않게 조용히 혼자 중얼거렸다.

"방종당주, 내 사고 칠 줄 알았다만 이건 좀 너무한 거 아니냐? 휴, 저 여자 때문에 내 수명이 한 십 년은 단축될 거야."

소년은 다름 아닌 심온이었고, 미친 말이 되어 달리고 있는 건 담유설이었다. 두 사람은 역용을 하고 대회에 참가했으며 어제까지만 해도 꼭 본선에서 좋은 성적을 거두자고 다짐했건만 지금에 와선 담유설이 술에 취해 날뛰고 있으니 어지간한 심온으로서도 도대체 저 인간이 어떤 족속인지 판단 불가의 상태에 이르고 만 것이다.

"야호~ 달려! 막 달려가는 거야! 야, 너! 거기, 쫌생이! 너도 달려, 임마!"

어느덧 심온 근처를 지나쳐 달리던 담유설이 심온을 향해 하는 말이었다. 심온은 얼른 고개를 돌리고는 도를 닦는 사람마냥 가만히 눈을 감았다. 괜히 서로 아는 사이로 보이면 점수를 잃을지도 모르기 때문이었다.

그러다 심온이 눈을 뜬 것은 담유설이 붙들려 고래고래 욕을 퍼붓는 소리를 듣고서였다. 도저히 이대론 안 되겠다 싶었는지 정파의 장로급 고수가 득달같이 달려들어 담유설을 붙든 것이다.

"이거 놓지 못해! 난 달리고 싶단 말이다! 어서 놔, 이 자식아!"

급기야 담유설은 아혈이 찍힌 채로 대회장 밖으로 끌려 나갔다. 심온으로서는 자신이 노출되지 않은 선에서 마무리된 것이 그나마 다행스러워 길게 한숨을 내쉬었다.

그 와중에 대회장은 또 다른 소란스러움에 휩싸이고 있는 중이었다.

거의 모든 진행 요원들이 담유설을 잡느라 난리법석을 떠는 동안 시비가 붙은 이들의 싸움이 커져 간 것이다.

"야, 다 덤벼! 다 덤비라니까!"

"으아아악! 그래, 덤벼주마!"

어찌 된 일인지 한두 사람의 싸움이 급속히 커져 패싸움으로 번졌다.

사실 말이 패싸움이지 내 편 네 편이 없는 형국이었다. 그저 눈에 걸리는 대로 주먹을 마구 휘두르고 고함을 지를 뿐이었다.

그 싸움은 관람석에 있던 일가 친지들에게까지 번져 우르르 싸움판에 가세하게 되었다.

"누가 내 아들을 때리는 거냐! 너, 오늘 죽어봐라!"

"캬아악! 내 머리카락! 내 머리털 다 빠진다! 사람 살려!!"

"내 다리! 내 다리 누가 무는 거냐? 정정당당하게 붙어라!"

"으으윽, 아버지! 저예요! 왜 저를 때리고 그래요!"

"어? 미안하다. 으헉! 이건 또 누구야?"

"엇, 백부님! 죄송합니다!"

"그래, 평소에 쌓인 것이 많았나 보구나! 오냐, 맛 좀 봐라!"

"으악!!"

한마디로 난리도 이런 난리가 없었다. 이대로 조금만 지났다간 몇 사람 정도는 우습게 죽어 나갈 것 같았다.

사태가 일파만파로 커져 가자 진행 요원들은 물론이고 암암리에 지켜보던 무림명숙들까지 모두 가세해 진압에 들어갔다. 본격적으로 개입한 지 채 일 식경도 되지 않아 3차 예선의 난(亂)은 정리되었다.

예선의 결과는 대단했다. 아니, 대단한 건 역시 술의 힘이랄 수 있었다.

선한 눈빛과 고상한 학문을 쌓았다고 검증된 천여 명 중 구백여 명이 탈락하고 만 것이다. 이제 남은 인원은 고작 구십팔 명.

탈락한 사람은 소란을 피운 자들은 물론이고 술을 다 마시지 않은 자들과 구석에서 조용히 잠든 사람들까지 포함된 것이었다.

합격이 결정된 백여 명은 술을 다 마셨음에도 아무 변화 없이 그 혼란한 와중에도 스스로를 지킨 이들이었다. 워낙 소란스러움이 극성맞았던지라 예선을 통과한 구십팔 명의 존재는 대단히 빛나 보였다.

이로써 총 삼 일간의 예선이 끝을 맺었다. 본선 일정은 이틀을 쉰 후 다시 진행된다고 공지되었다

그동안 관람객에도 변화가 생겼다. 참가자들을 따라 응원을 나온 가족들 대부분이 그들의 탈락과 동시에 각자의 고향으로 돌아가게 되었다. 그 대신 빈자리는 이 흥미진진한 대회에 대한 소문을 뒤늦게 듣고 합류한 이들로 거의 발 디딜 틈이 없을 지경에 이르렀다.

그중 어떤 이들은 자녀 교육에 지대한 관심을 품고 훗날을 위해 견문을 넓히고자 어린 자녀와 함께 참석한 이도 있었다.

관람객들은 주점이나 객잔에 모이면 처음 만나는 사이인데도 순심선행대전 이야기만 나오면 곧바로 이웃사촌마냥 친해졌다. 그들은 술잔을 오가며 열띤 토론을 벌이길 즐겼다.

"정말 기발하지 않습니까? 어떻게 그런 생각을 했는지 그저 놀라울 따름입니다."

"그렇지요. 마음의 창인 눈과 바른 마음을 뜻하는 글, 그리고 술이라니요. 눈과 글은 애써 속인 자라도 술에서는 견뎌내기 힘들게 된 것이죠. 하하하!"

"아무렴요. 술이 사람을 개로, 혹은 원숭이로 만들지 않습니까!"

"하하하, 우리도 적당히 마셔야겠구려."

"하하, 그리되는 겁니까?"

◆第十一章◆ 본선

노인의 외모는 평범했다. 눈, 코, 입, 머리 숱, 옷차림, 그 어느 것 하나 특별한 구석이 없었다. 그래서 한 번 보고 돌아섰을 때 어떤 얼굴일까를 떠올리면 단번에 떠오를 것 같지만 막상 기억하려면 아무것도 기억나지 않는 그런 용모랄 수 있었다.

그러나 노인에게 마냥 특별한 것이 없는 것만은 아니었다. 노인은 어찌 된 일인지 진룡표국의 국주 진우종의 집무실에 앉아 있었고, 그 앞엔 진우종이 부복하고 머리를 숙이고 있었기 때문이다.

"어르신을 뵙습니다."

진우종은 원래 '수석 장로님을 뵙습니다' 라고 해야 했으나 때가 때이고 장소가 장소인지라 호칭을 달리했다.

"일어나라."

마교(魔敎) 수석 장로(首席長老) 심조극(沈爪剋)이 외모만큼이나 특색

없는 목소리로 말했다. 그러나 진우종은 그 특색없는 목소리 너머에 웅크린 잔악무도한 손속을 잘 알고 있었다.

"감사합니다."

진우종의 목소리는 공경 속에 두려움이 한껏 담겨 있었다.

그는 무림정파 인사들로부터 명망이 드높고 고매한 인격의 소유자로 알려졌으나 지금의 그의 모습은 충성스런 개와 다를 바 없었다.

만약 무림인들이 지금 이와 같은 광경을 목도하고, 그가 정녕 마교의 하수인이라는 사실을 안다면 기절초풍하는 이들이 속출할 것이 분명했다.

"지존께서 이번 일에 거는 기대가 어느 정도인지 잊지 않았으렷다?"

"속하, 단 한시도 마음에서 잊어본 적이 없습니다."

심조극은 만족스럽다는 듯 고개를 끄덕였다.

"예선은 아주 훌륭했다. 하지만 중요한 것은 지금부터다. 정파 놈들로부터 아이들을 빼내는 데 온 힘을 기울여야 할 것이다. 그에 대한 계책은 마련되었느냐?"

그의 말속엔 많은 부분이 생략된 상태였다.

이 시대 마교에게 있어 순심선행대전이 얼마나 중요한지, 순수한 영혼을 어떤 목적에서 찾는 것인지에 대한 것이었다. 미리 결론을 말하자면 마교의 목표는 무림을 제패하는 일이었다.

오늘날 마교의 고민은 교의 위세가 과거에 비해 크게 쇠락해진 상태라는 점이었다.

약 오백여 년 전만 해도 마교의 힘은 정점에 달해 있었다. 정파의 모든 힘, 심지어 은거한 모든 고수를 다 끌어 모은다 해도 마교의 힘에는 턱없이 미치지 못했다.

천하무림 정벌을 선포한 마교의 승리는 너무도 당연한 것처럼 보였다. 그러나 대규모 진격을 하루 앞둔 날 밤 짐작도 하기 힘든 비극이 임하게 될 줄을 짐작한 자는 한 사람도 없었다.

황당무계한 일이었다. 당시 교주를 비롯한 수뇌부 칠십여 명이 모두 전멸하는 사태를 맞고 만 것이다. 초절정고수들의 죽음 이후 마교는 지금까지 예전의 명성을 되찾지 못하고 있었다.

더 기가 막힌 건 오백여 년이 지난 지금까지도 어떤 이유로, 누구에 의해서 절대고수 반열에 선 수뇌부 칠십여 명이 살해당한 것인지 전혀 밝혀내지 못했다는 점이다.

그 뒤로 마교의 후예들은 절치부심하여 마공을 연성하며 꾸준히 힘을 키웠으나 초절정고수들과 그 무공의 핵심 구결을 전수받은 후계자들이 거의 한꺼번에 사망한 까닭에 제대로 마공 비급을 연마할 수 없게 되어 과거의 명성에 이르지 못하고 있는 것이다.

엄밀히 말해 오늘날 사파의 위상 중 마교의 위치는 혈전문(血戰門), 마곡(魔谷), 수라궁(修羅宮) 다음으로 거론되고 있는 입장이었다.

이런 와중에 마교에서는 십여 년 전 뜻하지 않게 '흑련강시(黑練殭屍)'에 관한 비급을 발견하게 되었다. 교주는 물론이고 수뇌부들이 뛸 듯이 기뻐한 것은 당연했다.

그들은 즉시 연구에 돌입하여 지상 최강의 강시를 완성할 수 있는 방법을 알아냈다. 그것의 핵심은 가장 순수한 영혼을 지닌 이를 취해 강시로 제련했을 때 무한한 힘을 발휘할 수 있게 된다는 점이었다.

십 년의 계획 속에 마교에서는 강시로 제련할 수많은 독물과 악물을 준비하였고, 바로 십 년이 찬 이 시점에서 철저히 정파의 가면을 두르도록 심어놓은 진룡표국을 이용하여 순심선행대전을 개최케 한 것이다.

본선에서 거르고 걸러질 순수한 영혼의 아이들은 흑련강시가 되어 마교의 충성스런 살인 무기로 재탄생하게 될 것이다.

"염려 놓으십시오. 정파 놈들은 결코 그 아이들을 차지할 순 없을 것입니다."

그 말에 이어 진우종은 상세한 계획을 보고했다.

"본선을 통해 열 명 이하로 남게 된 아이들은 곧바로 모종의 누명을 뒤집어쓰게 될 것입니다. 원래 근본이 악한 아이들인 것처럼 세상에 공표하면 천하는 수많은 실망과 탄식이 흐르고 정파무림은 비통에 잠길 것입니다. 그들은 더 이상 순수한 영혼들을 바라보지 않을 것이고, 그때 표국에서 나서서 주최자인만큼 이들의 형벌 또한 맡겠다고 말한다면 그 누구도 토를 다는 자는 없을 겁니다. 그 뒤 순수한 영혼들을 은밀히 교로 옮기면 세상은 마교의 부활을 목도하게 될 것입니다."

설명을 다 들은 심조극은 수염을 쓰다듬으면서 흡족한 듯 고개를 끄덕였다.

*   *   *

어두운 밤이었다.

"취조 결과는?"

"그게 말입니다."

"왜?"

"강호를 위해서랍니다."

"뭔 소리야?"

"순심선행대전은 오직 정파의 번영을 위한 것이라는 말뿐입니다."

"환사(幻士) 네가 직접 시술했는데도?"

"그렇습니다."

"난감하군. 진우종을 잡아야 하나?"

"그건 좀 어렵지 않겠습니까?"

"아무래도 그렇겠지?"

"그렇죠."

"음, 제길, 그럼 내가 다 감당해야잖아."

"그 길밖에 없겠습니다."

"이런 젠장할. 알았어. 그만 가봐."

"후흑!"

"그래, 후흑!"

환사(幻士) 초균(超均)의 신형이 연기처럼 스러지고 나자 심온은 짜증스런 시선으로 밤하늘을 올려다봤다.

분명 이번 순심선행대전에는 구린 냄새가 났기에 직접 대회에도 참가하였고 그와 동시에 진룡표국의 부국주를 잡아다 환사가 자랑하는 취명심법(醉冥心法)의 환심술(幻心術)로 표국의 뒤에 숨은 실체를 캐내려 했던 것인데 아무것도 얻지 못한 것이다.

국주 진우종을 잡아다 취명심법을 펼치기엔 그의 무공이 약하지 않아 환심법에 저항할 우려도 있었기에 난감해지고 만 것이었다.

만 명 중에서 예선을 거뜬히 통과한 순수한 영혼의 심온은 쓰게 입맛을 다시다가 '커억' 하며 가래침을 뱉고는 은밀히 숙소 쪽으로 안개처럼 사라져 갔다.

                    *   *   *

드디어 본선 첫째 날이 밝았다.

이날은 아침부터 대회장 주변으로 긴장이 감돌았다.

안개는 없었지만 구름 낀 하늘 때문인지, 긴장과 묘한 기대 심리 때문인지 안개가 가득 끼어 있는 것만 같은 기분이 들게 하는 아침이었다.

본선에 오른 구십팔 명의 면면은 확실히 남다른 데가 있었다.

정갈한 눈빛에 몸가짐마다 교양이 자연스럽게 배어났다. 언뜻 보더라도 그들 중에서 우열을 가리긴 매우 힘들 것이란 생각이 들었다.

그만큼 만 명이 넘는 인원 중에서 구별된 이들다웠다.

본선 관문이 시작되기 전, 오전 시간을 통해 진룡표국의 국주 진우종은 일일이 본선에 오른 소년들에게 악수로서 격려했다.

관람객들과 참가자들의 궁금증을 안고 송음조가 우렁차게 본선 첫 번째 관문에 대해 외쳤다.

"본선 첫 번째 관문에 대해 말씀드리겠습니다! 이번에는 예선 때와는 달리 각자에게 서로 다른 지시 사항이 내려질 겁니다! 번호표를 나누어 드릴 테니 순서에 따라 천막 안으로 들어오시고, 그때 지시하는 내용을 실천하시면 됩니다!"

1번 번호표를 받은 이는 허목(許穆)이었다.

그가 들어간 천막 안에는 진우종이 탁자를 앞에 두고 앉아 있었다.

"거기 앉게."

허목은 분위기에 압도된 중에도 애써 마음을 가다듬고 조심스럽게 맞은편 의자에 앉았다.

"이걸 잘 챙겨두게나."

진우종이 탁자 위에 내어놓은 건 한눈에 보기에도 꽤 값어치가 있어 보이는 팔찌였다.

"이것이 무엇입니까?"

"보는 바대로 팔찌네. 그것도 대단한 값어치가 있는. 긴말하지 않겠네. 이 팔찌의 값어치는 주루 하나를 통째로 살 만한 정도지. 자넨 이것을 가지고 마을로 내려가 전표로 바꾸어오면 되는 것이야. 이것은 귀중한 물건이고 또한 공자에게만 주어진 관문이니 다른 사람에게 노출하지 않도록 각별히 주의를 기울여 주게. 만일 이것이 노출되면 괜한 탐욕을 불러일으킬까 두려워서 하는 말이네. 자네에게 요구하는 것은 얼마나 제값에 바꿔오느냐일세. 자, 그럼 나가보게. 반드시 해가 지기 전까진 돌아와야 함을 잊지 말게."

설명을 들은 후 팔찌를 챙기는 허목의 손은 자신도 모르게 부들거렸다.

이 대회에서 우승한 자가 받는 상금은 은 열 냥이건만 이 팔찌는 거의 두 배 내지 세 배 정도의 값어치를 지닌 것이었던 것이다.

"염려 마십시오. 그럼 조금 뒤에 뵙겠습니다."

허목이 나간 뒤 순번의 배치에 따라 다섯 번째 응시자가 들어왔다.

그를 한 번 쓰윽 본 진우종은 손을 아래로 가져갔다가 탁자 위에 올려놓았다. 그것은 허목에게 준 것과 한 점 다를 것 없는 팔찌였다.

"자리에 앉게. 자, 그러니까 말이야. 자네에게 주어진 임무란 이 팔찌를……."

진우종의 발밑에는 세 개의 큰 보따리에 팔찌가 약 사십여 개가 담겨 있었으며, 그가 들은 내용의 말은 거의 대부분 허목에게 했던 것과 다를 바 없는 것이었다.

　먼저 나간 허목의 걸음은 거의 날아갈 듯했다.

　'이건 내게 주어진 인생의 기회다! 그래, 멀리 도망가는 거야. 1등이면 뭐 하겠는가, 이만큼의 돈도 받지 못할 것을. 차라리 이것이 집안을 일으켜 세우는 일이 되고 내 남은 생애도 보장해 줄 것이다. 어쩌면 본선까지 오른 나에 대한 하늘의 선물일지도 모르잖는가.'

　허목의 발걸음은 어느새 대회장과 멀어져만 갔다.

　그렇게 허목처럼 떠나간 사람의 숫자는 절반이 약간 넘는 오십사 명이었다. 이들은 보물에 대해 제시받고서 자신에게만 특별한 보물이 주어진 줄로 착각하고 한몫 단단히 붙들었다는 마음으로 영영 돌아오지 않았다.

　조금씩 그들에게 들려준 말이 다르긴 했는데 허목에게는 전표로 바꿔오라 했지만 다른 이들에게는 지도를 함께 건네며 각기 정해놓은 장소에 그 보물을 놓아두라는 식이었다. 그렇게 함으로써 서로 만나서 실상을 파악하는 일이 없도록 안배한 것이다.

　그러나 그들이 모르고 있는 일 중 결정적인 건 이 보물이 전부 모조품이라는 것이었다. 팔찌를 들고 튄 이들은 훗날 봉변을 당하지 않은 자가 없었다.

　팔찌만 팔면 얼마든지 큰돈을 챙길 수가 있다는 생각에 고리대금업자에게 돈을 마구잡이로 빌려 쓴 사람도 있었고, 도박에 빠져든 사람도, 심지어 팔찌를 자랑하며 여자를 사귀어 이제 대단한 부자가 될 거라며 혼인하자고 말한 이도 있었다.

　하지만 그들에게 기다리고 있는 건 비참함이었다. 한낱 모조품에 불과하다는 판정을 받은 후 일생을 고리대금업자의 추적을 받는 몸이 되었는가 하면, 재수없이 붙들린 경우엔 섬으로 팔려 가기도 했다. 또 어떤 이는 팔찌로 인해 강도를 당해 고통 중에 죽어간 이도 있었고, 정신 분열 상태에 빠지는 한편 팔찌로 여자를 유혹했던 이는 혼인 빙자 간음죄로 고소당해 관가로 끌려가 옥에 갇히게 되기도 했다. 욕심이 빚어낸 결과는 그처럼 참담함뿐이었다.

거의 만여 명에 이르던 참가자의 수는 본선 두 번째에 이르러 마흔여섯 명으로 줄어들었다. 이들이야말로 그 어떤 보물에도 흔들림없는 마음을 소유한 자들이란 칭송과 함께 뭇 사람들로부터 아낌없는 찬사를 받았다.

"저들이야말로 이 시대의 영웅이군."

"앞으로 강호는 저들의 것이 아니겠나!"

"얼굴을 잘 기억해 두세."

"아무렴. 얼굴도 오늘 이날도 잊어선 안 되지."

여기저기 쏟아지던 찬사가 어느 정도 가라앉자 송음조가 본선 두 번째 관문에 관해 발표했다.

"먼저 지금까지의 어려운 관문을 통과한 분들에게 진심 어린 축하를 보냅니다! 자, 그럼 본선의 두 번째 과제를 말씀드리겠습니다! 여러분들은 잠시 후 진행 요원들로부터 각기 한 마리씩의 새를 받게 될 겁니다! 여러분들이 할 일은 그 새를 아무에게도 들키지 않고 몰래 죽여오는 것입니다. 절대 누군가에게 새를 죽이는 장면을 보이면 안 됩니다. 시간은 총 세 시진(여섯 시간)입니다."

거기까지 송음조의 설명을 듣던 관람객들이나 응시자들은 모두 의

아함을 감추지 못했다. 아무리 생각해 봐도 이번 과제는 순심선행대전과는 맞지 않아 보였기 때문이다. 물론 일상 속에서 새 요리는 여러 음식 중의 하나일 뿐이었지만 지금 이 대회의 성격상 대회의 한 과정으로 새를 잡아 죽인다는 건 어쩐지 어울리지 않아 보였기 때문이다.

웅성거리는 소리를 송음조의 이어지는 큰 음성이 가라앉혔다.

"참가자 분들은 저기 오른쪽 편에 보이는 화극산(華極山)으로 올라가시길 바랍니다! 대회의 진행을 위해 관람객들에 한하여 입산을 금하오니 이 점 유의하여 주시길 부탁드립니다!"

모두는 약간 어리둥절한 상태였지만 이제껏 뜻 없이 제시된 문제가 없었던 터라 깊은 속뜻이 담겨 있으리라 믿고 저마다 흩어져 산에 올랐다.

두 시진가량이 지나면서 한두 사람씩 대회장에 모습을 드러냈다. 그들 대부분의 손엔 머리를 축 늘어뜨린 새의 주검이 들려 있었다.

세 시진이 거의 임박해 오자 마흔여섯 명의 응시자가 모두 대회장으로 돌아왔다.

진행 요원이 세 개의 깃발을 삼 장의 간격으로 꽂고서 응시자들에게 말했다.

"제일 왼쪽 깃발 쪽으론 새를 아무에게도 들키지 않고 죽여온 분들이 서주시고, 중앙 깃발 쪽에는 보는 곳에서 죽여온 분들이, 맨 오른쪽 깃발엔 새를 죽이지 못하고 오신 분들이 서주시길 바랍니다."

제일 왼쪽에 자리한 이들의 숫자는 열아홉 명이었고 중앙에 자리한 이들은 열다섯 명, 그리고 새를 버젓이 산 채로 들고 있는 열두 명이 오른쪽에 섰다.

질서있게 정돈되자 국주 진우종이 성큼거리며 나왔다. 그는 제일 왼쪽으로 다가가 그들을 향해 물었다.

"그대들은 정녕 아무에게도 들키지 않고 새를 죽여온 것이 확실합니까?"

"그렇습니다."

그들은 한 치의 망설임도 없이 답했다. 진우종은 별다른 말 없이 고개를 두어 번 끄덕이고는 중앙으로 걸음을 옮겼다.

"그대들은 새를 죽이긴 했는데 누구에게 발각된 것이로군요?"

"그렇습니다. 아무도 없는 곳에서 죽이려고 했지만 간발의 차이로 그만 눈에 띄고 말았습니다."

"속일 수도 있었을 텐데 어찌 사실대로 말하는 것입니까?"

"하하, 그거야 제가 천성이 거짓을 싫어하다 보니……."

그러면서 소년은 머리를 긁적이며 수줍은 미소를 지었다. 그건 누가 보더라도 '너무 착하다 보니 늘 손해만 본답니다' 라는 몸짓이었다.

진우종이 그들을 향해 몇 번 흐뭇한 미소로 고개를 끄덕였다.

그런 모습에 제일 왼쪽에 서 있던, 즉 아무도 보는 이가 없는 가운데 새를 죽여왔다는 이들의 속이 뒤집어졌다. 왠지 자신들이 큰 실수를 저지른 느낌을 떨칠 수가 없었다.

마지막으로 진우종의 발걸음은 새를 산 채로 들고 있는 오른쪽 무리들에게로 갔다.

"그대들은 새를 죽이지 않고 여전히 살려서 왔군요. 자, 이 중에서 차마 마음이 여려서, 새가 불쌍해서 차마 죽일 수 없었다고 생각하는 분은 여기에 남고 다른 이유로 새를 살려서 온 이들은 이 옆으로 따로 나오시길 바랍니다."

그러자 열두 명 중 아홉 명이 따로 옆으로 빠져나왔다.

이번에는 중앙 쪽에 자리한, 착한 심성 때문에 사람들 보는 곳에서 죽여왔다는 이들의 간이 철렁 내려앉았다. 진짜 선한 것을 따지자면 새를 죽여서는 안 되는 것이었다는 걸 그제야 느낀 것이다.

"그럼 여기 아홉 분들은 다른 뜻이 있었나 보군요. 그 뜻이 무엇이었는지 천천히 들어보고 싶소이다."

진우종이 뒤로 손짓하자 요원 아홉이 다가와 각기 한 명씩 인도해 밀실로 들어갔다. 그들이 무슨 뜻으로 새를 살려온 것인지 듣기 위함이었다. 따로 구별함은 함께 줄을 지었다가 말을 듣게 되면 혹여 앞에 말한 사람의 말이 그럴싸할 경우 그 말을 고스란히 따라 할 수 있음을 우려한 까닭이었다.

안으로 들어간 요원이 물었다.

"설 공자, 그대는 어찌하여 죽이지 않았소이까? 문제를 제대로 이해하지 못한 것이오?"

그 말에 설충이란 이름으로 위장하여 대회에 참가한 심온이 순수함의 극치를 이루는 표정을 지으며 답했다.

"그렇지 않습니다. 사람은 어디에 있든지 하늘의 눈과 하늘의 그물은 피할 수가 없는 법이지요. 어찌 사람이 보이지 않는다 하여 하늘이 지켜보고 있음까지 잊을 수 있겠습니까. 그러니 아무도 보지 않은 곳에서 죽인다는 말은 하늘 아래에서는 성립될 수 없는 것이지 않겠습니까?"

"음, 바로 그것이 옳은 말이오. 축하드립니다. 그대는 두 번째 관문을 통과하였소이다."

놀랍게도 아홉 명 중 여덟이 하늘의 눈을 의식했다고 답했다. 결국 본선 두 번째 문제로 여덟만이 합격하게 되었다.

송음조가 결과를 받아 들고 내공을 운용해 큰 소리로 발표했다.

"여기 여덟 분의 공자가 본선 두 번째 과정을 통과하였습니다! 이들은 모두 하나같이 하늘의 눈은 천라지망과 같아서 어떤 방법으로도 피할 수 없어 아무도 없는 곳에서 새를 죽이는 것은 불가능하다 하여 새를 살려온 분들이었습니다!"

모두들 그 답에 놀라움과 감탄을 금치 못했다. 진정 그 마음 씀씀이가 어찌 그리 아름답냐며 감동의 눈물을 흘리는 자도 있을 지경이었다.

하지만 두 번째 관문에서 떨어진 이들 중에는 그제야 사악한 늑대의 이빨을 드러내는 이들도 등장했다.

"문제를 똑바로 내야 할 것 아니냐! 우리는 그저 순종했을 뿐이다! 죽여오라고 해서 죽여온 것뿐인데 우리가 뭘 잘못 했더란 말이냐? 이건 인정할 수 없다! 무효다, 무효!"

"여기까지 왔으니 얼마라도 돈을 내놔야 할 것 아니냐? 그동안 내 시간과 열정을 투자한 값은 받아야겠다!"

그런 모습에 관람객들은 역시 사람을 제대로 구별했다면서 저런 이들이 끝까지 남았다면 그보다 더한 불행이 어디 있겠냐며 씁쓸함을 감추지 못했다.

이제 남은 사람은 여덟 명.

심옥천(深玉穿), 방약(坊躍), 도엽(度獵), 감무(甘巫), 연리호(淵悧豪), 천규(擅叫), 석운천(石殞泉), 그리고 설충(雪蟲)이란 이름으로 참가한 심온이었다.

◆외전◆

흑혼군주 십은외전
마운봉의 결투

영웅 백무결(白無缺)!

'결점이 없다[無缺]'는 이름의 뜻만으로는 사실 그를 전부 표현하긴 힘들었다. 그는 결점이 없는 것을 초월하여 장점으로만 가득한 인간이었다.

천재적인 두뇌와 극한의 고난을 극복해 내는 강인한 의지, 거기에 눈부신 외모와 덕망 넘치는 인품은 진정 영웅이라 불리기에 손색이 없었다.

세상을 아수라로 몰고 가던 수라교의 붉은 야망을 잠재운 것도 바로 백무결이었다. 숱한 고수들을 짚단처럼 쓰러뜨린 그는 끝내 수라교의 교주(敎主)인 이 시대의 진정한 악당 불사천마(不死天魔) 도천혁(度千革)과 마주 섰다.

마운봉(摩雲峰)의 정상.

이곳까지 이르는 동안 백무결은 열두 번의 죽을 고비를 넘겼으며 일곱 번의 기연과 만났다.

그 과정을 훗날 전해 들은 사람들은 모두들 입을 벌린 채 다물지를 못했다. 그것은 가히 사람으로서 넘을 수 없는 역경과 인연이라 그것을 달성한다는 것이 낙타가 바늘구멍을 지나는 것만큼이나 어려운 길이었기 때문이다.

그는 숱한 불행과 만났지만 그때마다 강인한 의지로 극복하여 더 큰 행운이 되게 했고, 천고의 무학들을 한 몸에 지니게 되었다.

쉬잉~

한줄기 바람이 산봉우리를 휘돌아 지나쳤다.

영웅 백무결과 악의 화신인 도천혁이 서로 마주 선 채 바라보고 있는 광경은 사뭇 극명한 차이를 드러내고 있었다.

이미 도천혁의 수하들은 남김없이 죽은 터라 그의 곁에는 허허로움만이 감돌 뿐이었다.

그에 비하자면 백무결의 주변은 호화찬란 그 자체였다.

여기까지 이르는 동안 혁혁한 공을 세운 천위십대고수(天位十大高手)와 백무결의 무공과 용모에 반하여 처와 첩이 되길 바라 마지않은 약 이십여 명의 여인들이 버티고 서 있었다.

솔직히 이들이 이 자리에 서 있는 건 백무결에게 한 팔의 도움을 주고자 한 것은 결코 아니었다. 천위십대고수도 나름대로는 절정의 실력자라 할 수 있었지만 실질적으로 백무결이 없는 상태에서는 불사천마 도천혁의 상대가 될 수 없었다. 그저 처첩과 십대고수의 동행은 사실상 과시용이라고 봐야 했다.

그래서인지 백무결의 주위는 환한 태양 빛이 내리쬐는 것 같은 데 반해 도천혁이 서 있는 공간은 고작 초승달이 떠 있는 것마냥 어딘가 침침한 기운이 감돌고 있었다.

하나 마지막 승부를 점하는 시점에 수라교주 도천혁의 신위(神威)는 가히 일대 종사다운 면이 있었다. 그는 비록 홀로 남았지만 그 누구도 두려워하지 않는다는 장부의 기상이 산맥처럼 솟구치고 있었다.

도천혁의 시선이 하늘을 향했다.

새하얀 양털구름 한 가닥이 유유히 흐르고 있었다.

'이것이 운명이란 말인가?'

그는 속으로 길게 한숨을 내쉬었다.

수라교를 통해 모든 사파를 일통하고 정파를 궤멸하여 전 무림을 손아귀에 넣으려 하는 순간 절세기재인 백무결의 등장으로 모든 것을 잃고 말았다.

그가 정보를 통해 듣게 된 백무결의 살아온 길은 가히 경악스러운 일이 아닐 수 없었다.

천 년에 한 번 날까 말까 한 신비한 영초들이 무더기로 백무결의 입으로 기어들어 갔고, 이미 죽은 줄로만 알았던 전대 고수들이 정신 나간 놈들마냥 내공을 송두리째 건네주고는 뒈지고 말았다.

그뿐이라면 뭐, 그럴 수도 있겠지 하겠는데 그게 다가 아니었다.

그는 수라교 내에 삼백여 명의 기민한 수하들을 두고는 전설의 신공을 찾아내도록 명했다.

그들은 신공을 탐지하는 대원들이라 하여 '탐공대(探功隊)'라 이름 붙였는데, 죽도록 노력한 탐공대가 찾지 못한 것을 백무결은 너무도 간단간단히 신공들과 조우했다.

오백여 년 전의 절대고수 마영환영(魔影幻影)의 비밀 묘지를 발견하고는 기기묘묘신기막측(奇奇妙妙神奇莫測)한 무공을 익히게 된 것을 시작으로 우내쌍선(宇內雙仙)이 남긴 검선오검(劍仙五劍)을 익혔고, 추혼노괴(追魂老怪)가 남긴 적반신공(賊反神功)을 얻었다.

그중 가장 충격적인 것은 추혼노괴가 남긴 적반신공을 얻었다는 것이었다. 적반신공은 도천혁이 익힌 하장신공(荷杖神功)의 극성이라 가히 천적과도 같은 무공이었다.

실제로 도천혁이 탐공대를 통해 가장 찾고 싶어했던 무공도 적반신공이었다.

물론 오늘에 이르는 동안 백무결을 죽일 수 있는 기회가 전혀 없었던 것은 아니었다.

그는 무림제패의 야욕을 불태우는 과정에서 기재로 보이는 싹들을 잘라 버리는 데 빨랐고 또 그만큼 성과를 거두기도 했다. 그러나 이것이 진정 하늘의 뜻인지 백무결에게만큼은 수많은 살인 계획이 허사로 돌아가고 말아 결국 오늘에 이르고 만 것이다.

도천혁은 극한 상황이 아니고선 절대로 쓰지 않겠노라 다짐했던 미인계까지 동원했지만 백무결의 목숨을 취하는 데는 실패했다. 아니, 실패가 아닌 참패였다. 도리어 꼬드기라고 보낸 절정의 미인들이 모조리 백무결에게 마음을 빼앗겨 역으로 정보를 건네주고 다시는 돌아오지 않고 만 것이다.

지금 백무결 주변에 있는 여인들 중 절반가량이 미인계를 위해 보낸 절세미녀들이었다.

도천혁 자신도 '영웅은 호색이다'를 부르짖었는데 두 눈 멀거니 뜨고 빼앗겨 버렸으니 뱃가죽이 찢어지는 아픔을 느껴야 했다.

그 후로도 암살 시도는 계속 이루어져 무공이 완성되지 않은 상태의 백무결을 수하 중 다섯 명이 척살하는 데 성공했으나 그만 사지를 절단내지 못하고 절벽 아래로 떨어지게 하고 말았다.

도천혁이 제일 경계하고 주의를 주었던 부분이 바로 절대 절벽에서만큼은 떨어지게 하면 안 된다는 것이었기에 당시 그의 분노는 말로 할 수 없는 것이었다.

"이놈들아, 내가 뭐라고 그러던? 절대로 절벽에서 떨어지지 않도록 하라고 했지? 내 말이 우습게 들리던? 이제 어쩔 거냐, 이 죽일 놈들아! 으아악!!"

그가 심장이 터져 버릴 기세로 분노한 것은 이제껏 수많은 악당 선배들이 걸어간 길을 볼 때 그들은 꼭 한 번씩 기재들을 죽일 절호의 기회를 얻었지만 그때마다 절벽 아래로 놓치고 말아 훗날 큰 후회의 결실을 낳고 말았기 때문이다.

도천혁은 전 인원을 동원해 절벽 아래를 샅샅이 뒤졌지만 결국 시체를 찾지 못했고, 그로부터 일 년 뒤 백무결은 추혼노괴의 절세무공인 적반신공을 터득해 강호에 등장해 오늘날 이런 상황을 만들어낸 것이다.

과거를 돌이켜보는 도천혁의 눈이 미세하게 떨렸다.

그는 자신의 인생만큼은 역대 악인 선배들과는 다를 것이라고 자부했건만 어쩔 수 없이 똑같은 입장에 서게 되자 참으로 허망하기 이를 데 없었다.

화창한 날씨는 도천혁의 죽음을 기뻐하는 것 같아 못내 하늘에 대해 서운한 마음도 들었다.

'나의 마지막을 이리도 맑은 날씨로 비침은 온 세상이 기뻐한단 말인가? 내가 그리도 나쁜 놈이었더란 말인가?

다시 정면을 바라보는 그의 눈에 백무결과 그 일당들이 화창한 날씨만큼이나 밝고 화기애애하게 웅성거리는 것이 보였다. 당장에라도 잔치를 벌일 기세였다.

'그래, 좋기도 하겠지. 휴, 젊은 놈이 나이 든 사람을 공경할 줄 모르고 죽이려고 기세등등해 있는 꼬락서니하고는. 말세다, 말세. 노인을 공경할 줄 모르는 시대가 오고 만 것이야.'

도천혁은 속으로 말세를 부르짖었지만 솔직히 그가 노인 공경 운운하기엔 낯 뜨거운 일이 아닐 수 없었다.

그는 이미 열두 살 때 육십대 노인에게 침을 뱉고 욕을 하는 것으로 노인 공경과는 담을 쌓고 지낸 지 오래였기 때문이다.

그때 백무결 곁에 있던 천위십대고수 중 수장이랄 수 있는 절세신권(絶世神拳) 오주가 백무결의 귀에 대고 말했다.

그 소리는 나름대로는 작게 속삭인다고 한 것이었지만 그 자리에 있는 이들의 무공 경지를 감안하고 보자면 들으라고 하는 말이나 다름없는 목소리였다.

"주군, 어서 목을 따버리죠."

백무결은 여유롭게 희미한 미소를 지으며 고개를 끄덕였고 도천혁은 흠칫하면서 오주 쪽을 바라보았다.

'저, 저 새끼를……!'

백무결은 주변을 한 번 돌아보더니 자상한 미소를 지어 보였다. 그러자 그의 처첩들이 오주의 말에 덧붙여 한마디씩 간지러운 소리를 질러대기 시작했다.

"가가, 아잉~"

"어서 끝내고 오세요."

"저런 버러지가 세상에 남아 있다는 게 너무 싫어요."

"그럼요. 세상이 오염되잖아요."

"서방님, 저놈을 죽인 후 제가 이 손수건으로 흐르는 땀을 닦아드리겠사와요."

"가가, 언제까지 기다리게 하실 작정이세요. 저 인간하고 한 하늘 아래 있기 싫어요."

이외에도 차마 글로 적어내기 어려울 정도의 닭살의 언어들이 휘몰아쳤다. 도천혁에게 있어서는 피눈물이 날 만한 상황이 아닐 수 없었다.

'아니, 저, 저것들이! 아주 떼로 지랄이냐. 썅.'

도천혁의 당황스러움에 비해 백무결은 그런 반응들을 즐기는 듯 가만히 눈을 감고 숨을 길게 들이쉬었다.

'수하들과 애첩들은 모두들 빨리 끝내기를 바라지만 결코 그럴 순 없다. 이런 대결이야말로 세대를 이어가며 역사에 기록될 것이며 전설이 되어 남을 터이니 멋진 대결이 되도록 노력해야 하는 법이다.'

그는 역대 수많은 영웅과 대악인의 대결이 어떻게 이루어졌는지 잘 알고 있었다.

그런 이야기를 접할 때 가장 마음에 남았던 내용들은 주로 '칠 일 밤, 칠 일 낮'을 싸워 끝내 승리했다는 것이나, '삼 일을 주야로 싸워 승리했다는 식의 장대한 결투 끝의 결말이었다.

하지만 그런 대결이 전해져 내려갈 때 멋지기는 하겠으나 막상 직접 실천하려고 하니 여간 귀찮은 일이 아닐 수 없었다. 게다가 백무결이 판단할 때 그와 도천혁 사이엔 엄연한 실력 차가 있었다. 질질 끌면서 시간을 끄는 것은 그다지 재미가 없을 터였다.

그래서 마음으로 정한 대결 구도는 일단 초반, 중반, 종반으로 나누어서 약 한 시진(두 시간) 안에 끝내는 계획이었다.

그가 가장 신뢰하는 무공인 적반신공 중 천세만세초박살공(千歲萬歲超撲殺功)을 사용한다면 단박에 끝나 버릴 것이지만 그래선 재미가 없을 것이다.

역사에 기록되길 '한 방을 날렸더니 적이 가루가 되어버렸더라' 라고 한다면 이 얼마나 심심한 기록이 되겠는가.

적어도 초식이 난무한 상황에서 점점 승리를 점하다가 절정에 이르러 둘 다 마지막 비장의 능력을 사용해 승부를 갈라야 멋진 승부가 되는 것이다.

그것은 서로 말을 주고받지 않았지만 암묵적으로 인정하고 있는 법칙과 같았다.

'후후, 도천혁 네놈도 악당 중의 악당이라 자부해 왔으니 그 정도는 충분히 알고 있을 터. 역사에 길이 남아 나 백무결과 천 초를 겨루어졌다 정도로 남도록 해주마. 후후후.'

이제 점점 승부의 순간이 다가오게 되자 도천혁의 마음도 더불어 급해졌다.

손을 쓰게 되면 백전백패는 당연한 일이었다. 믿었던 수하들이 낙엽처럼 쓰러졌던 것을 그가 직접 보지 않았던가. 그리고 한 번 손을 교환해 보기도 했다. 결론은 '이길 수 없음' 이었다.

'장렬히 싸우다 죽어야 하는가, 아니면 자결을 하는 것이 나을까.'

그는 죽는 것은 당연한 것으로 받아들였고, 어떻게 죽어야 할지에 대해 고민하기 시작했다.

'아무래도 자결이 낫겠지?'

하지만 곧바로 생각이 바뀌었다.

막상 자결을 하려고 하자 여러 가지 방법이 떠올랐는데 여간 혼돈스러운 일이 아니었기 때문이다.

손을 들어 장력으로 머리를 칠 생각을 하자니 뇌수가 사방으로 튀고 머리도 없이 목만 남게 될 것을 생각하니 그 모습이 영 볼썽사납게 여겨진 것이다. 죽는 마당에 그렇게 꼴불견스럽게 죽을 필요는 없을 것 같았다.

'아무렴. 자세는 필수지.'

다음으로는 사혈(死穴), 즉 죽음에 이르는 혈도를 짚는 방법이 있었다. 하지만 속으로 고개를 내저었다. 이것도 단점이 있었다. 필히 몸의 일곱 구멍에서 피를 흘리며 죽게 되는데 자칫 배설물까지 쏟아져 나오게 될 수도 있는 것이다.

그는 속으로 고개를 가로저으며 다른 방법을 떠올렸다.

'독약이 최고긴 한데……'

물론 간단하고 좋긴 했는데 현재 지니고 있는 마땅한 독약이 없었다. 그는 지존의 자리에 오르기 전까지 독약을 늘 상비하고 있었다. 혹여 더 큰 힘을 지닌 적에게 잡혀 고문을 당하거나 비밀을 폭로하게 될 것을 염려해 지니고 있었던 것인데 지존의 자리에 올라서는 더 이상 그런 것이 필요없게 된 것이다.

독약이 제격이긴 해도 가지고 있질 않으니 백무결 일당에게 '독약 있으면 조금 줄 수 있나?'고 말할 수도 없으니 이것도 이룰 수 없는 일이었다.

목을 매자니 밧줄이 없었고, 게다가 밧줄을 매달 나무도 한참 걸어야만 있었다. 이래저래 자결하기에는 어려움이 많았다.

'제기랄, 되는 것이 없구나. 죽는 것도 쉬운 것이 아니군. 벼락이라도 내려 죽는다면 후대에 이르러 '아깝게 승부 직전에 죽은 사파의 대종사 도천혁' 이라고 기록될 수 있을 텐데 왜 이리 화창한가!'

그는 안타까움을 느끼며 어쩔 수 없이 자결을 포기하고 당당한 어조로 백무결에게 말했다.

"내 너에게 긴히 할 얘기가 있다."

승부 직전에 던진 말에 백무결과 그 주변인들은 조소를 머금었다. 그들은 한결같이 조금이나마 삶을 연장하려 시간을 끌어보자는 수작이라고 생각한 것이다.

"아직도 미련이 남아 있는 것이냐?"

백무결이 청명정음(淸明淨音)이라는 음공의 수법으로 맑은 음색을 내며 말했다. 청명정음은 사파의 기운을 흐트러뜨리는 공능이 담겨 있어 잠시나마 도천혁의 마음을 울렁이게 만들었다.

'역시 대단한 놈이다. 목소리만으로 내 마음을 흔들어놓다니……. 근데 저 새끼는 정말 존댓말을 모르는구나. 나이 어린 놈이 어째 저리도 버릇이 없을까.'

그는 속으로는 부글거렸지만 애써 참고 말했다.

"목숨에 대한 미련은 없다. 단지 우리 둘이 승부를 겨루게 되면 누가 이길지 모르는지라 그전에 꼭 전해주고 싶은 말이 있어 말을 전하려는 것뿐이다."

"후후, 좋다. 무슨 말인지 들어보도록 하마. 하지만 다른 뜻을 품고 허튼짓을 하려 한다면 그것은 명을 재촉하는 일이 될 뿐이라는 것을 알아두어라."

"나는 사파의 대종사다. 네가 사람을 무시해도 도가 지나치구나."

"후후, 좋다. 대종사라는 말 무지 좋아하는 인간이니 믿도록 하마."

백무결의 말에 주변에 있던 그의 수하들과 애첩들이 키킥거렸다.

"조심하셔야 해요, 가가. 저 쥐방울 같은 놈이 무슨 생각을 하고 있는지 모르잖아요."

"그러지 마시고 무릎을 꿇려놓은 다음에 이야기를 나누세요."

"저 녀석은 늘 대종사를 입버릇처럼 달고 다녔답니다. 하지만 얼마나 못돼먹은 놈인데요. 조심하세요, 가가."

도천혁의 첩자로서 보내졌다가 배신한 구옥미가 도천혁을 손가락으로 가리키면서 조잘거렸다. 그래서인지 다른 사람의 말보다 더욱 도천혁의 마음은 쓰라렸다.

자존심이 상해 하려고 했던 말이고 뭐고 다 때려치우고 싶었지만 그래도 숨을 몰아쉬며 꾹 눌러 참았다. 지금은 인내를 발휘해야 할 때였다.

백무결이 처첩들을 안심시키려는지 자상한 미소를 지어 보이며 말했다.

"안심들 하오, 거리를 둔 채 전음으로 말을 주고받으면 되니까. 그렇지, 도 교주?"

"좋다."

그 자리에 선 채로 전음을 교환해도 충분했지만 그래도 형식상 주변인들로부터 어느 정도 떨어진 상태에서 두 사람은 마주 섰다. 서로 간에 대략 십 장(33미터) 정도 간격이었다.

먼저 백무결이 전음을 발했다.

"무슨 말을 하고 싶은 것이냐?"

도천혁은 똑바로 백무결을 바라보았고, 눈 한 번 깜박거리지 않았
다.

"……."

아무 말 없이 바라보기만 하자 백무결이 이상히 여겨 다시 물었다.

"뜸 들이지 말고 어서 말하라. 비밀스럽게 하겠다는 말이 뭐냐?"

도천혁은 더욱 눈을 부릅뜬 채 굳게 다물고 있던 입을 열었다.

"음……."

"도대체 뭐냐?"

"이봐, 한 번만 봐주라."

순간 백무결의 양볼이 크게 부풀어 올랐다. 터져 나오려는 웃음을
가까스로 참느라 빠져나오려던 공기를 가득 머금고 있는 까닭이었다.

한 번만 봐달라니? 그는 설마 하니 이런 식으로 노골적으로 살려달
라고 나올 줄은 꿈에도 생각지 못했다. 못나도 이렇게 못난 놈이었나
싶었다. 그래도 대종사 운운하기에 뭔가 대단한 것이 있을 줄 알았건
만 한편으로는 맥이 빠졌다.

웃음을 간신히 삼킨 후 백무결이 여유로운 표정을 지으며 전음을 날
렸다.

"뭘 봐달라는 것이냐?"

무슨 뜻인지 알고 있으면서 천연덕스럽게 되묻는 말에 도천혁은 얼
굴이 조금 붉어졌다.

"방금 듣지 않았느냐? 나를 살려주면 앞으로는 절대 강호에 모습을
드러내지 않겠다. 죽을 때까지 초야에 묻혀 조용히 살 테니 제발 한 번
만 살려주라. 부탁한다."

"흐흐흐, 글쎄……."

"살려줘!"

눈알을 부라리며 전음을 보내는 도천혁의 표정에서는 비장미까지 흘러나왔다.

백무결의 수하와 애첩들은 백무결이 돌아서 있는 까닭에 그의 등만을 볼 수 있었고, 도천혁의 얼굴만 볼 수 있는 위치였던지라 비장미가 흐르는 도천혁의 표정을 보면서 은근히 마음을 졸였다.

멀리서 보기에 도천혁의 얼굴 표정이 심상치 않았기 때문이다.

어느 순간 붉게 상기되는가 싶었는데 난데없이 눈알을 부라리니 급작스럽게 기습을 전개해 혹여 그들의 주군이 피해를 입지 않을까 염려스러웠던 것이다.

하지만 외적으로 보여지는 모습과는 달리 진정 속마음의 도천혁은 마지막으로 사정을 하느라 피가 마를 지경이었다.

백무결은 거의 들리지 않을 정도로 피식 하고 웃으며 고개를 가로저었다.

도천혁의 얼굴이 어두워졌다.

"왜 안 된다는 것이냐?"

"대종사답게 마지막을 깔끔히 장식하도록 해주는 것이 나로선 예의라고 생각한다."

"무슨 소리냐? 내가 살려달라는데. 대종사 같은 거 다 필요없단 말이다!"

"안 된다. 그만 물러서라. 멋지게 죽는 것이 더 낫다."

"으윽."

도천혁은 이를 악물고는 뒷걸음으로 본래 있던 자리로 돌아갔다. 마지막 희망이 여지없이 무너져 내리고 만 것이다. 자결도 안 되고 타협도 안 되니 더 이상 다른 선택은 없었다.

'제기랄이구나.'

백무결이 도천혁의 사실상 완전 항복을 거절한 이유는 대종사의 위엄이나 혹여 나중에 있을 반격과 보복을 염려해서가 결코 아니었다. 그는 오로지 멋지게 역사에 남겨지길 바랐기 때문에 어떤 일이 있어도 결투를 벌이고자 했다. 너그러운 마음에 살려둔다는 것도 좋지만 그건 아무래도 역사적인 관점으로 볼 때 영 찜찜한 일이었다.

"자, 모두들 멀찌감치 떨어져 있도록!"

백무결이 비장한 어조로 말하자 수하들과 처첩들이 물러나면서 한 마디씩 응원을 보냈다.

"지존이시여, 이 시대의 정의가 살아 있음을 보여주십시오."

"악의 뿌리를 파내고 새로운 질서를 세워주소서."

"가가, 너무 무리하지는 마세요."

"혼내주세요."

"끝내고 나면 제가 어깨를 주물러 드릴게요."

"너무 오래 끄시면 안 돼요."

하나같이 백무결에게는 어깨를 으쓱하게 해주는 말이었고 도천혁에게 있어서는 염장을 질러대는 말들이었다.

어느 누구 하나 도천혁을 응원하는 이가 없어 도천혁은 뻘쭘하게 있기 뭣해 양팔을 휘두르며 몸을 풀었다.

솔직히 절정의 고수가 양팔을 휘둘러 몸을 푼다는 것이 무슨 의미가 있겠는가 그냥 있기가 여간 멋적은 일이 아니라 좌우지간 뭐라도 해야만 했던 것이다.

두 사람은 중앙에서 서로 십여 장의 거리를 둔 채 마주 섰다.

백무결이 한 줌의 진기를 호흡해 기를 운행시키자 그의 어깨로부터 백색 광휘가 일어나 팔에서 손 쪽으로 이동하면서 신비한 광경을 드러냈다.

극렬순백장(極烈純白掌)이었다.

한편 도천혁도 기를 운집했다. 그의 허리로부터 자줏빛 광채가 일며 은은하게 몸 주변을 감돌았다.

"자, 이제 시작하도록 하자."

백무결이 여전히 반말로 지껄였고, 거기에 도천혁이 답했다.

"오시오."

도천혁은 엉겁결에 말하고는 그만 얼굴이 화끈 달아오르고 말았다. 조금 쫄고 있었던 터라 자신도 모르게 공손한 어투로 말하고 만 것이다.

저만치 물러서 있던 백무결의 애첩 중 하나인 옥선랑이 큰 소리로 말했다.

"야, 혁팔이! 벌써 주눅 든 거냐? 임마, 웃기지도 않다!"

도천혁도 실수했다고 느꼈던 터에 옥선랑에게 비웃음까지 듣게 되자 마음이 심란하기 그지없었다. 옥선랑은 그가 백무결을 침상에서 암살하라고 보낸 절정 미녀 중 하나였다.

그녀는 암살녀로 키워질 때만 해도 주군이라며 얼마나 깍듯이 예의를 갖추었는지 모른다. 그런데 지금 와서는 혁팔이라고 놀려대니 미치고 환장할 노릇이었다.

'헤유, 이 무슨 망신발이란 말이냐.'

모욕을 당하니 그냥 빨리 죽어버리자는 마음이 들 지경이었다.

한편 백무결은 나름대로 철저히 계산을 하고 있었다.

'제일 먼저 가볍게 극렬순백장을 이용해 견제하며 초식을 교환하도록 하자. 그리고 다음에는 은하장(銀河掌)을 이용해 지치게 만든다. 그리고 거의 천여 초를 교환할 때쯤에 비로소 천세만세초박살공을 이용해 대폭발에 가까운 공격으로 매듭을 짓는 것이다. 아마 그때쯤이면 도천혁도 최후의 무공을 끄집어 내놓겠지. 후후후.'

대충 공격에 대한 계산을 끝낸 후 백무결은 신형을 날렸다.

"간다."

그의 몸이 빗살처럼 움직이며 흰 광채를 그리며 날아갔고, 그와 거의 동시에 도천혁도 달려들었다. 두 신형이 거의 동시에 중간 지점에서 만나게 되었을 때 두 사람의 손이 현란하게 움직이며 크게 충돌했고 거대한 폭발음이 사방에 울려 퍼졌다.

퍼어엉!

너무도 강력한 충돌이었다. 상당히 멀리 떨어져 있던 이들조차 몸이 흔들리며 다시금 더 뒤로 물러서야 할 지경이었다.

충돌이 이루어졌던 곳은 뿌연 흙먼지가 오 장여의 높이까지 치솟아 잠시 동안 아무것도 볼 수가 없었다.

그 뿌연 먼지 속에서 힘겨운 목소리가 새어 나왔다.

"쿨럭쿨럭……."

숨이 차 쿨럭거리는 소리는 도천혁의 목소리였다. 그것을 들은 백무결의 애첩들과 수하들은 일제히 환호성을 내질렀다.

"한 방에 끝나 버렸구먼."

"애구, 이거 너무 싱거운걸."

"미친놈, 그러게 자결을 하는 것이 훨씬 나았지."

"웃훙! 가가, 너무 멋져요!"

"야호~"

"혁팔아, 이젠 안녕이구나!"

그칠 줄 모르는 환호성 속에 잠시 뒤 먼지가 내려앉았고, 상황이 백일하에 드러났다.

도천혁은 허리를 숙인 채 거칠게 콜록이는 것이 몸 상태가 좋지 않은 듯이 보였고, 백무결은 고개를 약간 숙인 채였지만 두 다리를 굳건히 한 채 서 있었다.

"끝내 버리십시오."

"가가, 마무리하세요."

"제가 어깨를 주물러 드릴 준비를 하고 있답니다."

하지만 어찌 된 일인지 백무결은 전혀 움직이질 않았다.

평상시의 그라면 애첩들의 환호성에 뒤돌아 방긋 웃어주거나 손을 흔들었을 텐데 말이다.

그때 콜록이며 곧 쓰러질 것 같던 도천혁이 가만히 손을 뻗어 백무결의 가슴께를 살그머니 밀었다. 그 광경은 아주 천천히 이루어진 것이었고 마치 시간이 느려져서 모든 만물이 느리게 움직이는 것은 아닌가 하는 착각이 들 지경이었다.

도천혁의 손은 특별히 힘을 세게 준 것도 아니고, 말 그대로 그냥 가볍게 밀었을 뿐이다. 하지만 백무결의 몸은 맥없이 뒤로 넘어가고 있었다.

믿을 수 없는 광경이었다. 아니, 결코 저렇게 돼서는 안 되는 모습이 눈앞에 펼쳐지고 있는 것이다. 순간 아무도 입을 여는 이는 없었다.

털퍼덕.

끝내 백무결의 몸이 지면에 닿아 축 처졌고, 입가와 눈가에서 피가 새어 나와 땅을 적시고 있었다.

혹시 꿈인가 생각하고 있던 백무결의 애첩들은 그제야 놀라 비명을 질러대며 난리도 아니었다. 천위십대고수는 체통을 지키느라 차마 비명은 지르지 못하고 깊은 신음만을 내뱉었다.

도천혁은 기침을 멈추고 너털웃음을 터뜨렸다. 기운찬 웃음이었기에 전혀 몸에 이상이 없는 것이 분명했다.

"으하하! 이놈, 알고 보니 별거 아니로구나! 으하하하!"

도대체 이 상황은 어찌 된 것이란 말인가? 애첩들과 십대고수들이 이해할 수 없는 이 상황의 진실은 의외로 간단했다.

백무결은 계속해서 이 대결을 역사에 길이 남을 대결로 남기고자 노력했고, 도천혁은 그런 것에는 전혀 관심이 없었다는 것으로 이 상황은 설명할 수 있었다.

백무결은 과거 수많은 영웅과 악당들의 결투가 마지막에 이르러 비장의 무공을 꺼내 최후의 격전을 벌였던 것을 염두해 두었던지라 처음에는 중간 정도 수위의 무공을 펼쳐 낸 것이고, 도천혁은 이미 포기한 상태라 마지막 비장의 무공을 인정사정없이 처음부터 그냥 막무가내로 밀어붙인 것이다.

결국 백무결의 오만방자함이 스스로의 무덤을 파고 만 셈이었다.

왜 꼭 비장의 무공은 마지막에 펼쳐야 한단 말인가.

그는 너무도 강호를 낭만적으로 바라보는 바람에 맥없는 죽음을 맞이하고 만 것이었다.

일이 이 지경에 이르자 이제 다급하게 된 것은 백무결의 수하들과 애첩들이었다.

사실 백무결과 비교했을 때 도천혁의 무공이 낮은 것이지 백무결의 수하 백 명을 갖다 놔도 결코 도천혁과 비교할 바가 아니었다.

아까까지만 해도 기고만장하던 이들은 얼굴이 사색이 되었고, 겁 많은 애첩들은 무릎을 꿇고 빌기 시작했다.

"제발 살려주십시오. 시키는 대로 다 하겠습니다요."

"사실 백무결 저놈이 협박하는 바람에 못 이기는 척 따라다녔을 뿐입니다."

아까까지 욕을 해댄 옥선랑은 애걸의 정도가 더욱 심했다.

"저는 극독을 복용시키고 해독제를 주지 않으면서 말을 들으라고 했습니다. 제 뜻이 아니었습니다."

그중 염치없는 여인들은 꽃웃음을 짓고 쾌활하게 움직이며 도천혁에게 엉겨붙었다.

"아잉, 가가, 수고 많으셨어요."

"어깨 아프시죠?"

"얼마나 힘드셨어요? 그래, 어린 놈이 까부는 것 때문에 마음이 많이 상하셨죠? 까르르르!"

백무결을 추종하던 천위십대고수들은 서로 당혹스런 눈빛을 교환하다가 조심스럽게 무릎을 꿇고 고개를 숙였다.

"저희의 충성을 받아주십시오."

도천혁은 연신 너털웃음을 터뜨렸다.

역시 승리는 좋은 것이다.

권력은 무공에서 비롯되는 강호의 생리가 눈앞에 펼쳐지고 있지 않는가.

게다가 아까까지 상당히 비굴한 입장이었지만 이젠 아무 염려도 할 것이 없었다.

역사는 승자의 것이니 이 대결도 멋지게 왜곡시킨다면 훌륭한 전설과 신화로 남게 될 것이 아니겠는가.

'하하하, 도대체 백무결 이 자식은 무슨 생각으로 그런 어리벙한 장력을 펼쳤더란 말인가? 다 이긴 것으로 생각하고 낭만을 꿈꾼 것이냐? 후하하하!'

그는 가슴이 터질 듯이 기뻤다.

천하의 절세미녀들과 고수들이 머리를 조아리는 것을 보다가 그는 가까이 다가가 그들의 머리를 손바닥으로 한 대씩 후려갈겼다.

"그래, 아까는……."

파악~

"다들 신났었지?"

파악~

"재밌더냐? 응? 어땠어?"

파곽!

"말을 해봐!"

파악~

"재밌었냐구?"

파곽!

"뭐, 혁팔이? 너, 진짜 죽고 싶냐?"

파파파곽! 파파곽!

"아까 너, 나보고 혀 찼지?"

파파곽! 곽곽!

내공을 싣지 않은 타격이라 죽지는 않을 터였지만 어찌나 세게 쳤는지 맞은 이들은 모두 몸이 휘청거릴 지경이었다. 그들은 머리가 땅에 처박힐 만큼 얻어맞고서도 얼른 자세를 가다듬고는 바르게 무릎 꿇는 자세를 취했다.

몇 대 후려갈기고 나자 도천혁은 기분이 조금 나아졌다.

이제 천하는 자신의 것이나 다름없었다.

그는 아무도 몰래 슬그머니 허벅지를 꼬집어보았다.

'흐흐, 진짜 아프다.'

어느새 하늘은 붉게 노을이 지고 있었다.

그는 걸음을 옮겨 절벽에 이르러 어깨를 활짝 펴고 크게 웃음을 터뜨리며 먼 하늘을 향해 소리쳤다.

"낭만이여~ 그대가 나를 살렸구나! 고맙다! 낭만 만세!! 하하하하!!"

〈제1권 끝〉